Inhaltsverzeichnis

Kapitel 1: Erste Funken

Hokkaido im Winter hatte seinen ganz eigenen Charme. Die schneebedeckten Straßen von Sapporo glänzten unter dem Licht der Straßenlaternen, und der kalte Wind wehte sanft durch die Stadt. Masahiro schätzte diese Ruhe. Er liebte die Stille, die der Schnee mit sich brachte, als ob die ganze Welt für einen Moment den Atem anhielt. Es war ein perfekter Abend für ihn, um sich in seiner Wohnung einzuschließen und an seinem neuesten Manga-Projekt zu arbeiten.

Doch dieser Frieden sollte nicht lange anhalten.

In einem Manga-Laden in der Nähe der Innenstadt stöberte Masahiro, wie so oft nach neuen Inspirationen suchend, durch die Regale. Er war allein, wie immer, und sein Blick glitt ruhig über die bunten Buchrücken. Die Szene wirkte friedlich, fast meditativ. Aber plötzlich wurde diese Ruhe von einer lauten, energischen Stimme gestört.

„Hey, kannst du das glauben? Dieser Manga hat so ein beschissenes Ende!"
Masahiro hob irritiert den Kopf. Er sah den Ursprung der Stimme – ein junger Mann, der viel zu laut sprach und mit wildem Enthusiasmus ein Manga-Heft in der Hand hielt. Der Mann hatte leicht zerzaustes blondes Haar, das ihm frech ins Gesicht fiel, und seine Kleidung war eine Art

unpassender Mischmasch aus Schichten, als wüsste er nicht, wie man sich für den Winter richtig anzieht. Seine Augen funkelten vor Aufregung, als er sich mit einem Freund über die Qualität des Manga stritt, den er gerade aus dem Regal gezogen hatte.

Masahiro runzelte die Stirn. Diese Art von Lärm in einem Manga-Laden war unerhört – zumindest in seiner Welt. Er wollte sich gerade wieder seiner Suche widmen, als der junge Mann direkt neben ihm auftauchte und das Buch vor seine Nase hielt.

„Hast du das gelesen? Voll der Mist, oder?" fragte der Junge, ohne auf eine wirkliche Antwort zu warten.

Masahiro hob eine Augenbraue und sah den Fremden an. „Ich lese das nicht", sagte er ruhig, in der Hoffnung, das Gespräch so schnell wie möglich zu beenden.

Doch der Junge schien unbeeindruckt. Stattdessen lachte er laut. „Echt? Du siehst aus wie jemand, der diesen Kram lesen würde."

„Ich schätze, du liegst falsch", antwortete Masahiro kühl und wandte sich ab, in der Hoffnung, dass das Gespräch damit beendet war.

Aber das war es nicht.

„Du scheinst ja eine Menge Spaß zu haben", sagte der Fremde, nun offensichtlicher in seinem Versuch, Masahiro herauszufordern. „Ich bin Kjell, übrigens. Und du?"

Masahiro sah den jungen Mann noch einmal an, als würde er versuchen, den Grund für diese plötzliche Konversation zu entschlüsseln. „Masahiro", antwortete er knapp.

„Masahiro, huh?" Kjell grinste breit, als hätte er gerade etwas Besonderes entdeckt. „Klingt ernst. Bist du immer so ernst?"

Masahiro verspürte den Drang, den Laden zu verlassen. Aber etwas an Kjells frecher, fast respektloser Art hielt ihn fest. Er war es nicht gewohnt, dass jemand so unbeschwert mit ihm sprach – oder dass er überhaupt jemandem auffiel. Meistens zogen die Menschen an ihm vorbei, so wie er es bevorzugte. Doch Kjell war anders. Kjell sah ihn direkt an, als ob er absichtlich nach einer Reaktion suchte.

„Nur wenn es notwendig ist", sagte Masahiro schließlich und griff nach einem Buch im Regal, um das Gespräch endgültig zu beenden.

„Tja, das ist ziemlich oft, oder?" Kjell lehnte sich gegen das Regal, als hätte er nicht vor, so schnell zu verschwinden. „Ich meine, du bist hier in einem Manga-Laden. Es ist nicht gerade der ernsteste Ort der Welt."

Masahiro warf Kjell einen kurzen, skeptischen Blick zu, bevor er sich wieder auf das Buch in seinen Händen konzentrierte. „Und du bist hier, um lautstark über Manga zu meckern?"

„Hey, jemand muss es ja tun", antwortete Kjell mit einem breiten Grinsen. „Es gibt so viele schlechte Storylines da draußen, jemand muss sie anprangern."

„Vielleicht solltest du einfach aufhören, sie zu lesen, wenn sie dir nicht gefallen", murmelte Masahiro, ohne wirklich auf eine Antwort zu warten.

Kjell lachte wieder, dieses Mal noch lauter. „Vielleicht hast du recht. Aber wo bleibt der Spaß daran?"

Masahiro warf einen letzten Blick auf das Buch in seinen Händen, entschied dann, dass er genug von diesem Laden und seinem aufdringlichen Besucher hatte. Er stellte das Buch zurück ins Regal und wandte sich zum Gehen.

Doch Kjell ließ ihn nicht so einfach davonkommen.

„Hey, warte mal", rief er und eilte ihm nach. „Wohin so schnell? Ich dachte, wir könnten noch ein bisschen plaudern."

„Ich denke, wir haben genug geredet", sagte Masahiro kühl und ging weiter.

„Oh, komm schon. Ich kann sehen, dass du interessiert bist", sagte Kjell in einem spöttischen Ton, während er sich neben Masahiro hielt. „Du tust so, als wärst du der ernste Typ, aber du hast Spaß daran, mir zuzuhören, oder?"

Masahiro blieb abrupt stehen und drehte sich zu Kjell um. „Was willst du wirklich von mir?"

Kjell grinste nur noch breiter. „Nichts Großes. Vielleicht einfach jemanden, der mir ab und zu widerspricht. Du siehst so aus, als wärst du gut darin."

Masahiro konnte nicht anders, als innerlich zu seufzen. Dieser Typ war unmöglich. Er war das genaue Gegenteil von allem, was Masahiro an einem friedlichen Nachmittag schätzte – laut, respektlos und voller Energie. Doch gleichzeitig konnte er nicht leugnen, dass etwas an Kjell ihn faszinierte. Vielleicht war es die Tatsache, dass Kjell sich nicht um die stille Fassade kümmerte, die Masahiro so sorgfältig errichtet hatte. Vielleicht war es einfach die Tatsache, dass Kjell nicht zu ignorieren war.

„Ich habe zu tun", sagte Masahiro schließlich und setzte seinen Weg fort. „Viel Glück mit deinen schlechten Mangas."

„Das war kein ‚Nein', dich wiederzusehen!" rief Kjell ihm hinterher, seine Stimme immer noch voller Energie, während Masahiro durch die Tür trat.

Masahiro dachte nicht, dass er Kjell jemals wiedersehen würde. Doch es stellte sich heraus, dass das Schicksal andere Pläne hatte.

Ein paar Tage später, als Masahiro wieder durch die Gassen von Sapporo lief, um einen weiteren Arbeitstag zu beginnen, hörte er dieselbe laute Stimme, die ihn im Manga-Laden verfolgt hatte.

„Masahiro! Hey, Masahiro!"

Masahiro hielt inne und drehte sich um. Natürlich war es Kjell. Er kam mit schnellen Schritten auf ihn zu, als wäre es das Natürlichste auf der Welt, sich wiederzufinden.

„Was machst du hier?" fragte Masahiro, ein wenig genervt, aber auch neugierig.

„Ich könnte dich dasselbe fragen", antwortete Kjell mit einem frechen Grinsen. „Ich war gerade auf dem Weg zu einem Café und habe dich gesehen. Zufälle gibt's."

Masahiro verschränkte die Arme. „Wirklich?"

„Okay, vielleicht habe ich dich ein wenig verfolgt", gab Kjell zu, ohne auch nur einen Hauch von Scham. „Aber hey, ich dachte, wir hätten ein paar unausgesprochene Dinge zwischen uns."

„Ich glaube nicht, dass es irgendwas zu besprechen gibt", sagte Masahiro trocken.

„Doch, doch", sagte Kjell und stellte sich demonstrativ vor Masahiro. „Ich habe beschlossen, dass du mein neuer Freund bist. Und wir müssen über Manga reden. Das ist der Deal."

6

Masahiro schüttelte den Kopf, unsicher, wie er auf diese schiere Entschlossenheit reagieren sollte. Kjell hatte eine Art, sich in Masahiros Leben zu drängen, ohne eine echte Einladung zu brauchen.

„Ich habe keine Zeit für Freunde", sagte Masahiro leise.

„Das ist die größte Lüge, die ich je gehört habe", antwortete Kjell fröhlich und schlug Masahiro freundschaftlich auf die Schulter. „Aber das ist okay. Ich habe genug Zeit für uns beide."

Masahiro konnte nicht anders, als leicht zu lächeln. Kjell war vielleicht ein Wirbelwind, aber es war schwer, sich gegen ihn zu wehren. „Du bist unmöglich."

„Das hab ich schon öfter gehört", sagte Kjell mit einem Augenzwinkern, bevor er Masahiro sanft am Arm zog. „Komm schon. Lass uns Kaffee trinken gehen."

Masahiro wusste, dass er eigentlich ablehnen sollte. Aber in diesem Moment, unter dem klaren Winterhimmel und mit Kjell, der ihn mit einer Mischung aus Frecher

... und unverhohlener Aufrichtigkeit anlächelte, konnte Masahiro nicht widerstehen. Vielleicht war es Kjells ansteckende Energie oder einfach die Tatsache, dass es schon eine Weile her war, seit Masahiro sich wirklich mit jemandem unterhalten hatte.

„Also gut", seufzte Masahiro und ließ Kjell gewähren. „Aber nur einen Kaffee. Ich habe viel zu tun."

„Perfekt!", rief Kjell triumphierend und zog Masahiro energisch durch die verschneiten Straßen. „Du wirst es nicht bereuen."

Das kleine Café, in dem sie landeten, war warm und gemütlich, und die Fenster waren von innen leicht beschlagen, während draußen weiterhin die Flocken sacht zu Boden fielen. Kjell bestellte sich mit voller Begeisterung einen großen Cappuccino und wartete dann gespannt, bis Masahiro sich ebenfalls etwas bestellte.

„Also", begann Kjell, nachdem sie ihre Getränke erhalten hatten und sich gegenüber an einen kleinen Tisch setzten. „Was machst du so? Außer Mangas lesen und ernsthaft durch die Gegend laufen?"

Masahiro nahm einen kleinen Schluck von seinem Kaffee, während er Kjell beobachtete. Der junge Mann war ein Wirbelwind, ein lebendiges Chaos, und dennoch spürte Masahiro, dass mehr hinter dieser sorglosen Fassade steckte.

„Ich bin Manga-Künstler", sagte er schließlich, in der Hoffnung, dass diese Information Kjell überraschen oder zumindest kurzzeitig still werden lassen würde.

Stattdessen weiteten sich Kjells Augen vor Begeisterung. „Kein Scheiß? Wirklich?"

„Ja", antwortete Masahiro knapp. „Ich arbeite an meiner eigenen Serie."

„Das ist ja mal verdammt cool", sagte Kjell, seine Augen funkelten neugierig. „Und worum geht's? Ist es was Dramatisches? Action? Romance? Oder vielleicht was Düsteres?" Seine Stimme sprudelte förmlich vor Interesse.

Masahiro war es gewohnt, dass die Leute auf seine Arbeit mit Interesse reagierten, aber die Art, wie Kjell sich auf die Antwort freute, war ungewöhnlich. „Es ist eher ein psychologischer Thriller. Mit etwas Drama", erklärte Masahiro vorsichtig, als ob er abwarten wollte, ob Kjell ihn auslachen würde.

Doch Kjell nickte anerkennend. „Das klingt richtig gut. Vielleicht ein bisschen wie... ‚Tokyo Ghoul' oder so was?"

Masahiro konnte nicht anders, als leicht zu lächeln.

„Vielleicht. Aber weniger blutig."

„Weniger blutig, aber genauso spannend, hoffe ich", sagte Kjell, bevor er einen großen Schluck von seinem Cappuccino nahm. „Also, warum erzählst du mir nicht mehr darüber?"

Masahiro war überrascht. Die meisten Menschen, selbst seine engsten Kollegen, stellten keine weiteren Fragen, wenn sie erfuhren, dass er Manga-Künstler war. Aber Kjell war anders. Seine Neugier schien ehrlich, und Masahiro spürte, dass er vielleicht bereit war, ein wenig mehr zu teilen.

„Es geht um einen jungen Mann, der sich in einem moralischen Dilemma wiederfindet", begann Masahiro. „Er entdeckt, dass er die Fähigkeit hat, die Erinnerungen anderer Menschen zu verändern, und muss entscheiden, ob er diese Macht für das Gute oder das Böse einsetzen soll."

Kjell lehnte sich vor, als wäre die Geschichte bereits das Spannendste, was er seit Langem gehört hatte. „Und was entscheidet er?"

„Das... musst du selbst herausfinden, wenn es veröffentlicht wird", sagte Masahiro und nahm einen weiteren Schluck von seinem Kaffee, während er Kjell über den Rand der Tasse hinweg ansah.

Kjell grinste. „Fair genug. Aber ich wette, es gibt da eine Menge verdrehter Entscheidungen. Psychothriller halt. Du siehst aus wie jemand, der diese Art von Spannung mag."

„Vielleicht", gab Masahiro zu und sah kurz aus dem Fenster. Der Schneefall hatte zugenommen, und die Welt draußen wirkte, als wäre sie unter einer dicken, weißen Decke eingeschlossen.

„Ich mag es, wie du ruhig bleibst, auch wenn du über so düstere Themen sprichst", sagte Kjell, als ob er die Gedanken von Masahiro einfach unterbrechen könnte. „Die meisten Leute würden darüber reden und dabei ein bisschen nervös werden, aber du... du bleibst die ganze Zeit cool."

„Das kommt vielleicht mit der Zeit", sagte Masahiro schulterzuckend. „Oder es liegt einfach daran, dass ich nicht so emotional reagiere wie andere."

„Oder du versteckst es gut", konterte Kjell mit einem spitzbübischen Lächeln. „Wetten, dass ich irgendwann einen Weg finde, dich aus der Ruhe zu bringen?"

„Ich glaube nicht, dass du das schaffen wirst", antwortete Masahiro kühl, obwohl er insgeheim wusste, dass Kjell bereits auf dem besten Weg war, ihn zu verwirren.

Kjell lachte leise, als ob er genau wüsste, was in Masahiros Kopf vorging. „Herausforderung angenommen."

Der Abend verging schneller, als Masahiro erwartet hatte. Kjell redete über alles und nichts – von seiner Liebe zu alten Animes bis hin zu den verrücktesten Dingen, die er in Sapporo erlebt hatte. Masahiro hörte ihm die meiste Zeit still zu, fügte ab und zu einen trockenen Kommentar ein, der Kjell noch mehr anspornte, weiterzureden.

Als es schließlich Zeit war, sich zu verabschieden, standen sie wieder im Schnee draußen vor dem Café.

„Das war nett", sagte Kjell und grinste. „Vielleicht sollten wir das öfter machen."

Masahiro sah ihn an, überrascht über sich selbst, als er langsam nickte. „Vielleicht."

„Gut", antwortete Kjell, als wäre die Sache bereits entschieden. „Ich finde dich schon, keine Sorge."

„Das glaube ich dir", murmelte Masahiro, bevor er sich abwandte und in Richtung seiner Wohnung ging.

Doch als er die Straße hinunterging, hörte er Kjells Stimme wieder hinter sich. „Masahiro!"

Er drehte sich um. Kjell stand immer noch vor dem Café, die Hände in die Taschen seiner Jacke gesteckt und das Gesicht zu einem breiten Grinsen verzogen. „Versuch nicht, mich loszuwerden!"

Masahiro lachte leise und winkte ab, während er sich umdrehte und weiterging. Doch innerlich wusste er, dass Kjell es ernst meinte. Dieser Junge war wie ein Sturm, und Masahiro hatte das Gefühl, dass sein Leben nie wieder so ruhig sein würde wie zuvor.

Kapitel 2: Gegensätze prallen aufeinander

Es war ein klarer Wintermorgen, als Masahiro sich wieder in seine gewohnte Routine vertiefte. Die Stille seiner

Wohnung war fast greifbar, unterbrochen nur vom Kratzen seines Stiftes auf dem Zeichenpapier. Das vertraute Geräusch half ihm, sich zu fokussieren. Doch trotz der scheinbar perfekten Umgebung war da etwas, das ihn störte. Oder besser gesagt, jemand.

Kjell.

Seit ihrer Begegnung im Manga-Laden und dem folgenden Kaffeetrinken hatte Kjell es geschafft, sich in Masahiros Gedanken einzunisten. Sein freches Lachen, seine provokanten Bemerkungen und seine unaufhörliche Energie, die sich so stark von Masahiros ruhigem Leben abhoben, schienen ihn zu verfolgen. Es war, als hätte Kjell sich entschlossen, ein Teil seines Lebens zu sein, ob er es wollte oder nicht.

Masahiro versuchte, sich auf die Arbeit zu konzentrieren, doch seine Gedanken schweiften immer wieder ab. Er legte den Stift zur Seite und lehnte sich zurück, seine Augen starrten auf das unfertige Manga-Paneel vor ihm. Kjell war wie ein Wirbelwind in sein Leben gestürmt und hatte in kürzester Zeit Chaos angerichtet. Aber es war nicht nur das Chaos. Es war auch die unbestreitbare Tatsache, dass Masahiro sich zu ihm hingezogen fühlte – auf eine Art, die er nicht recht verstand.

Er stand auf, trat ans Fenster und blickte hinaus auf die schneebedeckten Straßen. Die Stadt wirkte friedlich, doch in Masahiros Kopf tobte ein Sturm. Vielleicht lag es daran, dass Kjell so anders war als alle anderen Menschen, die Masahiro bisher gekannt hatte. Kjell war laut, energisch und respektlos, während Masahiro die Ruhe und den Rückzug in seine eigene Welt bevorzugte.

„Warum zum Teufel denke ich überhaupt noch über ihn nach?" murmelte Masahiro leise zu sich selbst. Es war sinnlos, sich weiter den Kopf darüber zu zerbrechen. Doch genau in diesem Moment klingelte es an seiner Tür.

Mit einem leichten Stirnrunzeln trat Masahiro zur Tür, öffnete sie und sah – zu seiner nicht ganz so großen Überraschung – Kjell auf der Schwelle stehen. Der Schnee lag ihm im Haar, und er lächelte breit, als wäre es das Normalste auf der Welt, unangemeldet aufzutauchen.

„Hey!", sagte Kjell fröhlich. „Ich dachte, ich schaue mal vorbei. Du sahst das letzte Mal so aus, als könntest du Gesellschaft gebrauchen."

Masahiro starrte ihn an, vollkommen sprachlos. „Was... Was machst du hier?"

„Ich habe dir doch gesagt, dass ich dich finden werde", antwortete Kjell, als wäre es die logischste Erklärung der Welt. „Also, darf ich reinkommen?"

Masahiro war kurz davor, die Tür vor Kjells Gesicht zuzumachen, doch irgendetwas hielt ihn davon ab. Vielleicht war es Neugier. Vielleicht war es das subtile Lächeln auf Kjells Lippen. Oder vielleicht war es die

Tatsache, dass Masahiro, so sehr er es auch verleugnete, tatsächlich ein wenig Gesellschaft gebrauchen konnte.

Er seufzte tief und trat zur Seite, um Kjell hereinzulassen. „Nur kurz. Ich habe viel zu tun."

„Natürlich", sagte Kjell, während er die Schuhe auszog und die Wohnung betrat. Er sah sich um, seine Augen nahmen jedes Detail auf – die schlichten Möbel, die geordneten Regale, die vollgestopfte Zeichenstation. „Wow, du bist echt ordentlich."

„Danke", sagte Masahiro trocken und schloss die Tür hinter ihm. „Was genau willst du?"

Kjell zuckte mit den Schultern. „Nichts Besonderes. Ich wollte einfach nur sehen, wie du so lebst. Und vielleicht etwas über dein neues Manga-Projekt erfahren."

Masahiro seufzte wieder und setzte sich an seinen Schreibtisch, während Kjell sich auf die Couch warf, als wäre er schon seit Jahren ein Teil dieses Haushalts.

„Du hast ein bisschen was an deinem Stil verändert", sagte Kjell plötzlich, als er einen Blick auf Masahiros Zeichnungen warf. „Dein Protagonist sieht jetzt viel ernster aus."

Masahiro war überrascht. Kjell hatte offensichtlich ein Auge für Details. „Ich arbeite daran, die innere Zerrissenheit des Charakters besser darzustellen", erklärte er und griff nach einem Bleistift. „Es ist nicht einfach, diese Mischung aus Zweifeln und Entschlossenheit einzufangen."

„Das kannst du laut sagen", murmelte Kjell, während er die Zeichnungen weiter betrachtete. „Du machst dir viele Gedanken über solche Dinge, was?"

„Natürlich", sagte Masahiro, seine Augen auf das Papier gerichtet. „Es ist mein Job."

„Dein Job, ja", wiederholte Kjell, seine Stimme etwas nachdenklicher als zuvor. „Aber es muss auch mehr sein. Ich meine, du investierst so viel von dir selbst in diese Geschichten. Es ist fast, als würdest du versuchen, durch deine Charaktere etwas über dich selbst herauszufinden."

Masahiro hielt inne. Er hob den Kopf und sah Kjell direkt an. „Wie kommst du darauf?"

Kjell zuckte mit den Schultern, seine Augen suchten den Raum ab, als hätte er plötzlich das Interesse am Gespräch verloren. „Nur so ein Gefühl. Aber ich habe recht, oder? Du bist viel ernster, als du nach außen hin zeigst."

Masahiro fühlte sich ertappt, aber er wollte nicht zugeben, dass Kjell mit seiner Vermutung genau ins Schwarze getroffen hatte. Stattdessen schüttelte er den Kopf und lenkte das Gespräch zurück auf seine Arbeit. „Es ist nur eine Geschichte, Kjell. Nicht mehr und nicht weniger."

„Mhm", machte Kjell und grinste, als wüsste er es besser. Er lehnte sich auf der Couch zurück und verschränkte die Arme hinter dem Kopf. „Also, was machst du sonst so, wenn du nicht gerade zeichnest?"

„Arbeiten. Zeichnen. Mehr gibt es nicht", antwortete Masahiro trocken. „Du scheinst es nicht zu verstehen, aber ich mag mein ruhiges Leben."

„Ruhig, ja", wiederholte Kjell leise. „Langweilig trifft es besser."

„Was?" Masahiro blickte scharf zu ihm herüber.

„Keine Beleidigung", sagte Kjell schnell, während er abwehrend die Hände hob. „Aber komm schon, Masahiro. Du kannst mir nicht erzählen, dass du nie das Gefühl hast, dass du etwas verpasst. So viel Arbeit und kein Spaß? Das muss doch frustrierend sein."

Masahiro verschränkte die Arme vor der Brust. „Ich brauche keinen ‚Spaß', um mich erfüllt zu fühlen. Ich arbeite an etwas, das mir wichtig ist."

„Und was ist mit dem Rest deines Lebens?", fragte Kjell, plötzlich ernster. „Gibt es da nicht mehr als nur Arbeit?"

Die Frage traf Masahiro tief. Natürlich hatte er sich das auch schon gefragt. Aber er hatte sich immer wieder eingeredet, dass es genug war. Er liebte seine Arbeit, und das sollte doch reichen, oder? Doch in dem Moment, als

Kjell diese Frage stellte, wusste Masahiro, dass er die Antwort nicht leugnen konnte.

„Ich... weiß nicht", sagte er leise, ohne Kjell anzusehen.

„Tja, vielleicht ist es Zeit, das herauszufinden", sagte Kjell, sein Ton wurde sanfter, fast fürsorglich. „Und ich könnte dir dabei helfen."

Masahiro hob eine Augenbraue. „Du? Wie genau willst du mir helfen?"

„Indem ich dich dazu bringe, ein bisschen Spaß zu haben", antwortete Kjell und sprang plötzlich von der Couch auf. „Komm schon. Zieh dir deine Jacke an. Wir gehen raus."

„Was? Jetzt?" Masahiro sah Kjell an, als hätte er den Verstand verloren. „Ich habe noch viel Arbeit zu tun."

„Deine Arbeit läuft nicht weg", sagte Kjell bestimmt und griff nach Masahiros Jacke, die über einem Stuhl hing. „Und du auch nicht. Also komm schon."

Masahiro wollte protestieren, doch bevor er sich versah, hatte Kjell ihm bereits die Jacke in die Hand gedrückt und zog ihn zur Tür.

„Kjell, ich habe keine Zeit für..." begann Masahiro, doch Kjell schnitt ihm das Wort ab.

„Du hast immer Zeit für ein bisschen Leben, Masahiro", sagte Kjell fest, während er ihn nach draußen in die kalte, verschneite Welt zog. „Und ich werde dir zeigen, was du verpasst."

Sie liefen eine Weile schweigend durch die verschneiten Straßen von Sapporo. Der Wind war kalt, aber Kjell schien das nicht zu stören. Er plauderte fröhlich vor sich hin, während Masahiro ihm mit einer Mischung aus Skepsis und stiller Faszination folgte.

Schließlich blieben sie vor einem kleinen, unscheinbaren Gebäude stehen. Es war eine alte Arcade-Halle, das Licht der Automaten schimmerte durch die Fenster, und Masahiro konnte das gedämpfte Summen von Spielen und das Klirren von Münzen hören

Das gedämpfte Summen der Arcade-Halle und die blinkenden Lichter hinter den Fenstern wirkten auf Masahiro fast surreal. Er hatte seit Jahren keine Arcade mehr betreten, vielleicht nicht einmal seit seiner Kindheit. Das war definitiv nicht der Ort, an dem er seinen Freiraum suchte. Aber Kjell schien ihn ohne Umschweife hineinzuziehen, als wäre es das Selbst-verständlichste auf der Welt.

„Ernsthaft? Eine Arcade?", fragte Masahiro skeptisch, während Kjell ihn durch die Eingangstür zog.

„Oh, komm schon!", rief Kjell über die Schulter, seine Augen leuchteten vor Begeisterung. „Hier drin kann man wirklich loslassen! Und du wirst mir nicht erzählen, dass du noch nie bei einem guten alten Retro-Spiel ausgerastet bist."

„Retro...", murmelte Masahiro, als sie in den hell erleuchteten Raum traten. Vor ihnen erstreckten sich Reihen von Spielautomaten, einige modern, andere waren Relikte aus der Vergangenheit – mit abgenutzten Joysticks und verblassten Knöpfen. Der Geruch von warmem Plastik und Münzen, gemischt mit dem dumpfen Klang von Kollisionen und Explosionen aus den Boxen der Maschinen, erfüllte die Luft.

Kjell steuerte sofort auf einen der älteren Automaten zu.

„Hier, das ist perfekt!", sagte er und deutete auf ein Spiel, das Masahiro vage aus seiner Kindheit kannte. Es war eines dieser Beat'em-up-Spiele, bei dem man sich durch Horden von Feinden prügeln musste, bis man den Endboss erreichte.

„Ich habe schon lange nicht mehr gespielt", sagte Masahiro und fühlte sich plötzlich ein wenig fehl am Platz.

„Das macht es nur noch besser", sagte Kjell lachend, während er ein paar Münzen in den Automaten einwarf. „Komm, ich bring dich in Form."

Masahiro seufzte, griff aber schließlich nach dem Controller. „Das ist eine schlechte Idee", murmelte er, als das Spiel begann.

Kjell war sofort voll bei der Sache, seine Finger flogen über die Tasten, während er eine unaufhörliche Welle von Feinden abwehrte. Masahiro versuchte, Schritt zu halten, war aber eindeutig langsamer und ungeschickter als Kjell. Es dauerte nicht lange, bis sein Bildschirmcharakter das Zeitliche segnete.

„Haha!", lachte Kjell und klopfte Masahiro auf die Schulter. „Na komm, gib nicht so schnell auf. Du wirst besser, je mehr du verlierst!"

Masahiro runzelte die Stirn, war aber auch leicht amüsiert von Kjells Enthusiasmus. „Das ist eine sehr... ungewöhnliche Philosophie."

„Ungewöhnlich, aber wahr", sagte Kjell und setzte das Spiel fort, während Masahiro sich erneut ins Getümmel stürzte. Diesmal war er etwas erfolgreicher, und obwohl sie beide von einer weiteren Welle Feinde überwältigt wurden, konnte Masahiro nicht anders, als sich von der Euphorie der schnellen Action und der Tatsache, dass Kjell so sehr bei der Sache war, anstecken zu lassen.

Nach einer Weile merkten sie nicht einmal mehr, wie viel Zeit vergangen war. Masahiro, der sich anfangs unwohl gefühlt hatte, fand sich schließlich immer mehr in der

Dynamik des Spiels wieder. Kjell hatte es irgendwie geschafft, ihn aus seiner Schale zu locken, und Masahiro musste zugeben, dass es sich... gut anfühlte.

„Du bist gar nicht mal so schlecht", sagte Kjell schließlich, als sie eine weitere Runde beendeten.

„Es ist nichts Besonderes", murmelte Masahiro bescheiden, doch in seiner Brust pochte ein kleiner Funken Stolz. „Aber danke."

„Ach, komm schon", sagte Kjell, immer noch voller Energie. „Du musst dich nicht immer so unter Wert verkaufen. Es ist okay, auch mal Spaß zu haben und gut darin zu sein."

Masahiro nickte leicht und blickte über die Schulter zu den anderen Automaten, die weiterhin blinkten und summten. Er hatte wirklich nicht erwartet, dass er jemals wieder in einer Arcade landen würde, geschweige denn, dass er Spaß dabei haben könnte. Doch Kjell hatte etwas an sich, das ihn aus seiner Ruhe und dem Alltag riss – etwas, das Masahiro verwirrte, aber auch faszinierte.

Sie verließen die Arcade spät am Abend, als die Straßen bereits menschenleer und in tiefen Schnee gehüllt waren. Masahiro zog die Schultern hoch und atmete die kalte Nachtluft ein. Neben ihm lief Kjell, der – wie immer – unbeeindruckt von der Kälte wirkte.

„Na, wie war's?", fragte Kjell und sah Masahiro mit einem breiten Grinsen an.

„Es war... in Ordnung", gab Masahiro zu und schob die Hände in die Taschen seines Mantels.
„Überraschenderweise."

Kjell stieß ihm freundschaftlich den Ellbogen in die Seite. „Überraschenderweise? Ich glaube, du hattest ziemlich viel Spaß!"

„Ich würde es nicht übertreiben", sagte Masahiro trocken, doch er konnte das leichte Lächeln auf seinen Lippen nicht verbergen.

„Hey, das ist ein Fortschritt", sagte Kjell und blieb kurz stehen, um Masahiro zu mustern. „Du bist nicht so unnahbar, wie du denkst, Masahiro."

Masahiro hielt inne, seine Augen ruhten auf Kjell, der ihn mit einem nachdenklichen Blick ansah. „Und du bist nicht so oberflächlich, wie du tust", erwiderte er ruhig.

Kjell lachte leise. „Vielleicht. Aber das bedeutet nicht, dass ich aufhören werde, dich zu ärgern."

„Das habe ich nicht erwartet", sagte Masahiro und setzte seinen Weg fort, während Kjell ihn einholte.
Zurück in Masahiros Wohnung, fühlte sich die Stille anders an als sonst. Es war, als hätte Kjells Energie den Raum verändert, auch wenn er ihn noch nicht einmal

richtig betreten hatte. Kjell blieb in der Tür stehen, seine Hände in den Taschen, während er Masahiro ansah.

„Das war nett", sagte Kjell schließlich, fast so, als sei es das erste Mal, dass er diesen Gedanken laut aussprach.

„Ja, das war es", gab Masahiro zu und lehnte sich gegen die Wand. „Danke, dass du mich mitgenommen hast. Auch wenn ich es nicht geplant hatte."

„Ach, mach dir keine Sorgen", sagte Kjell mit einem leichten Lächeln. „Ich bin immer für eine spontane Abwechslung zu haben."

Masahiro nickte, doch als Kjell sich anschickte zu gehen, hielt ihn etwas zurück. „Kjell."

Der junge Mann blieb stehen und drehte sich um. „Ja?"

Masahiro zögerte einen Moment, bevor er sagte: „Wir sollten das vielleicht wiederholen. Irgendwann."

Kjells Gesicht erhellte sich sofort. „Das werde ich mir merken", sagte er mit einem Grinsen, das Masahiro fast schon ärgerlich glücklich machte. „Keine Sorge, ich werde dir nicht die Chance geben, dich vor mir zu verstecken."

Masahiro lachte leise und schüttelte den Kopf. „Ich erwarte es nicht anders."

„Gut", sagte Kjell, bevor er die Tür hinter sich schloss und in die kalte Nacht verschwand.

Masahiro stand eine Weile still, seine Gedanken noch immer bei dem Abend. Kjell war wie ein unaufhaltsamer Sturm in sein Leben getreten, und obwohl es ihn aus der Fassung brachte, konnte Masahiro nicht leugnen, dass er sich... belebt fühlte. Es war, als hätte Kjell eine Seite in ihm geweckt, die er lange unterdrückt hatte – eine Seite, die nach mehr suchte als nur nach Routine und Arbeit.

Er lächelte leise in die Dunkelheit seiner Wohnung, bevor er die Tür schloss und sich in seine vertraute Stille zurückzog. Aber die Stille fühlte sich nicht mehr so endgültig an. Etwas war in Bewegung geraten, und Masahiro wusste, dass dies erst der Anfang war.

Kapitel 3: Das erste Zeichen

Die Tage nach ihrem spontanen Ausflug in die Arcade vergingen schneller, als Masahiro erwartet hatte. Er arbeitete intensiv an seinem Manga-Projekt, versunken in den Zeichnungen und den Geschichten seiner Charaktere. Doch egal, wie sehr er sich in seine Arbeit vertiefte, Kjell schlich sich immer wieder in seine Gedanken. Masahiro wollte es sich nicht eingestehen, aber etwas an dem jungen Mann hatte seine perfekte Routine durcheinandergebracht.

Es war seltsam. Normalerweise blieben Menschen nicht lange in seinem Kopf hängen. Er hatte seine kleinen Interaktionen, führte sein ruhiges Leben und tauchte dann wieder in seine Welt der Arbeit ein. Aber mit Kjell war es anders. Seine laute, ungebändigte Energie hatte Spuren hinterlassen, die sich nicht so einfach abschütteln ließen.

Und dann, genau als Masahiro dachte, er hätte Kjell aus seinem Kopf verbannt, klingelte es wieder an seiner Tür. Masahiro blinzelte überrascht, als er das Geräusch hörte. Er war gerade dabei gewesen, die letzten Feinarbeiten an einem Paneel zu zeichnen, und das Klingeln riss ihn abrupt aus seinem kreativen Fluss. Mit einem leisen Seufzen legte er den Stift zur Seite und stand auf.

Er ahnte bereits, wer vor der Tür stehen würde, aber ein Teil von ihm hoffte immer noch, dass es vielleicht jemand anders war – ein Paketbote, ein Nachbar, irgendwer. Doch als er die Tür öffnete, war da natürlich niemand anderes als Kjell, der ihn mit einem breiten Grinsen anstarrte.

„Na, wie läuft's?", fragte Kjell, als wäre es das Normalste auf der Welt, unangemeldet bei Masahiro aufzutauchen. „Kjell", sagte Masahiro mit einem leicht genervten Ton, aber gleichzeitig konnte er nicht leugnen, dass ihn Kjells Anwesenheit ein wenig aufmunterte. „Was machst du hier?"

„Ich dachte, ich schau mal vorbei", sagte Kjell und zuckte die Schultern. „Du hast doch bestimmt die ganze Zeit nur gearbeitet, oder?"

Masahiro runzelte die Stirn. „Ja, und?"

Kjell lachte und schüttelte den Kopf. „Das dachte ich mir. Komm schon, Masahiro. Du kannst doch nicht die ganze Zeit nur arbeiten."

„Doch, das kann ich", sagte Masahiro trocken, aber Kjell ließ sich davon nicht beeindrucken.

„Ach, du bist unmöglich", murmelte Kjell und trat einfach ohne Aufforderung in die Wohnung. „Aber keine Sorge, ich bin hier, um das zu ändern."

Masahiro seufzte tief und schloss die Tür hinter Kjell. „Du weißt, dass ich Arbeit zu erledigen habe, oder? Ich habe eine Deadline."

„Und ich bin sicher, du schaffst das schon", sagte Kjell, als er sich auf die Couch warf und die Arme hinter dem Kopf verschränkte. „Aber ein bisschen Pause schadet dir bestimmt nicht."

Masahiro ging zurück an seinen Schreibtisch und ignorierte Kjell so gut er konnte. Doch Kjell schien es sich zur Aufgabe gemacht zu haben, Masahiro davon abzuhalten, sich vollständig auf seine Arbeit zu konzentrieren.

„Was genau machst du da eigentlich?", fragte Kjell schließlich, als er Masahiro beim Zeichnen beobachtete.

„Ich arbeite an einem wichtigen Kapitel meines Mangas", sagte Masahiro, ohne den Blick vom Papier zu nehmen.
„Darf ich mal sehen?", fragte Kjell neugierig, und bevor Masahiro protestieren konnte, war Kjell bereits aufgestanden und stand neben ihm.

Masahiro seufzte und schob das Blatt leicht zur Seite, damit Kjell einen besseren Blick darauf hatte. Er war sich unsicher, wie Kjell reagieren würde. Normalerweise zeigte er seine unfertigen Zeichnungen niemandem. Doch Kjell schien in dieser Hinsicht anders zu sein. Er wollte Kjell nicht beeindrucken, aber ein Teil von ihm war neugierig, was Kjell sagen würde.

„Wow", murmelte Kjell und starrte auf das Paneel. „Das ist... wirklich beeindruckend."
Masahiro sah Kjell von der Seite an. „Echt jetzt?"

„Ja, wirklich", sagte Kjell ehrlich. „Ich meine, ich kenne mich nicht so gut mit Zeichnungen aus, aber das hier... das hat Tiefe. Man sieht den Schmerz in den Augen deines Protagonisten. Es ist, als ob er zwischen zwei Welten gefangen ist."

Masahiro hob überrascht eine Augenbraue. „Du hast tatsächlich etwas davon verstanden?"

Kjell grinste und nickte. „Hey, ich bin vielleicht nicht der ernsthafte Typ, aber ich kann Dinge erkennen, wenn sie gut gemacht sind. Und das hier ist gut. Echt gut."

Masahiro fühlte ein leichtes, ungewohntes Gefühl der Zufriedenheit in sich aufsteigen. Es war selten, dass jemand seine Arbeit so offen und ehrlich lobte. Die meisten Leute waren entweder zu höflich oder zu distanziert, um wirklich etwas dazu zu sagen. Aber Kjell schien es ernst zu meinen. Und das war... unerwartet.

„Danke", sagte Masahiro schließlich, etwas unsicher, wie er mit dem Lob umgehen sollte.

„Kein Ding", sagte Kjell und klopfte Masahiro auf die Schulter. „Also, was passiert als Nächstes in der Story?"

Masahiro überlegte kurz, bevor er antwortete. „Der Protagonist steht vor einer schwierigen Entscheidung. Er hat die Macht, das Leben der Menschen um ihn herum zu verändern, aber er weiß nicht, ob er sie nutzen soll."

Kjell nickte nachdenklich. „Das klingt nach einem echten moralischen Dilemma."

„Ja", sagte Masahiro leise und sah Kjell an. „Es geht darum, was richtig und was falsch ist. Und wie man das überhaupt definiert."

Kjell hielt inne und sah Masahiro ernst an. „Das ist... schwer. Aber ich mag es. Ich mag, dass du nicht einfach alles schwarz-weiß machst. Die besten Geschichten sind die, bei denen man nicht sofort weiß, wer der Gute oder der Böse ist."

Masahiro nickte. „Genau das ist der Punkt. Nichts im Leben ist einfach nur gut oder böse."

Kjell grinste plötzlich wieder und schlug Masahiro freundschaftlich auf den Rücken. „Weißt du, ich glaube, wir haben mehr gemeinsam, als du denkst."

„Was meinst du?" Masahiro sah ihn skeptisch an.

„Du hast auch eine wilde Seite, Masahiro. Du versteckst sie nur hinter deiner ruhigen Fassade", sagte Kjell mit einem herausfordernden Lächeln. „Aber ich wette, tief in dir drin bist du genauso chaotisch wie ich."

Masahiro schnaubte leise, konnte aber nicht verhindern, dass ein kleines Lächeln seine Lippen umspielte. „Das glaube ich nicht."

„Oh, doch", sagte Kjell grinsend. „Warte nur ab."

Am nächsten Tag fand sich Masahiro erneut bei der Arbeit an seinen Zeichnungen wieder. Doch Kjells Worte ließen ihn nicht los. War es möglich, dass er tatsächlich eine chaotische Seite hatte? Oder war das nur eine von Kjells typischen Übertreibungen? Masahiro war sich unsicher.

Er war es gewohnt, in seiner eigenen Welt zu leben – eine Welt, die er kontrollierte. Seine Kunst war sein

Zufluchtsort, seine Art, die Welt um sich herum zu ordnen und zu verstehen. Doch Kjell brachte dieses geordnete System ins Wanken. Und Masahiro wusste nicht, ob er das als Bedrohung oder als Befreiung sehen sollte.

Gerade als er tief in seine Gedanken versunken war, klingelte sein Telefon. Es war eine Nachricht von Kjell. Natürlich.

Kjell: „Hast du schon wieder den ganzen Tag gearbeitet?"

Masahiro starrte einen Moment lang auf den Bildschirm, bevor er antwortete.
Masahiro: „Ja."

Kjell: „Du bist echt unmöglich, weißt du das?"

Masahiro konnte sich ein Lächeln nicht verkneifen.

Masahiro: „Das hast du schon mal gesagt."

Kjell: „Und ich werde es so lange wiederholen, bis du es endlich verstehst. Aber keine Sorge, ich werde dich retten. Wir treffen uns morgen. Keine Ausreden."

Masahiro: „Ich habe Arbeit."

Kjell: „Arbeit kann warten. Du hast mir versprochen, dass wir das wiederholen. Also... morgen. Keine Diskussion."
Masahiro seufzte tief, doch gleichzeitig fühlte er sich ein wenig... erleichtert? Vielleicht war es die Tatsache, dass Kjell so entschlossen war, ihn aus seiner Routine zu

reißen. Vielleicht war es auch die Tatsache, dass Masahiro sich tatsächlich auf das Treffen freute.

Er wusste es nicht genau. Aber eines war sicher: Kjell würde ihn nicht so leicht aus seinen Plänen entlassen.

Am nächsten Tag trafen sich Masahiro und Kjell wieder in der Stadt. Dieses Mal war Kjell noch enthusiastischer als zuvor und hatte sich offensichtlich bereits einen Plan für ihren Tag zurechtgelegt.

„Ich hab etwas Besonderes vorbereitet", sagte Kjell geheimnisvoll, als sie durch die verschneiten Straßen gingen.

Kjell grinste schelmisch, während er Masahiro durch die verschneiten Straßen führte. Masahiro konnte sich nur vorstellen, was für eine „besondere" Idee Kjell dieses Mal hatte. Bisher hatte er den Tag damit verbracht, still seinen Kaffee zu trinken, und Kjell ihm eine bunte Palette von Vorschlägen für ihre Unternehmungen vor die Füße geworfen hatte – alle so chaotisch und unvorhersehbar wie Kjell selbst.

„Also, was genau hast du vor?" fragte Masahiro, als sie an einer Ecke stehen blieben.

„Geduld", sagte Kjell geheimnisvoll und zwinkerte ihm zu. „Es ist ein Ort, den du definitiv noch nicht kennst. Aber ich bin sicher, du wirst es lieben."

Masahiro runzelte die Stirn, fühlte sich gleichzeitig aber auch ein wenig neugierig. Es war nicht so, dass er sich absichtlich aus neuen Erfahrungen heraushielt – aber Kjell hatte eine Art, ihn immer wieder in Situationen zu bringen, die Masahiro nicht geplant hatte. Und zu seinem eigenen Erstaunen hatte er diese spontane Energie mehr genossen, als er zugeben wollte.

Sie gingen durch eine kleine Gasse, bis sie schließlich vor einem unscheinbaren Gebäude stehen blieben. Kjell öffnete die Tür und führte Masahiro hinein.

„Was ist das hier?" fragte Masahiro, als sie eine enge Treppe hinaufgingen. Der Ort war klein und düster, und es war schwer zu sagen, was sich am Ende der Treppe befand.

„Nur ein kleiner Ort, den ich entdeckt habe", sagte Kjell vage und lächelte geheimnisvoll. „Vertrau mir."

Masahiro war sich nicht sicher, ob er Kjell jemals vollständig vertrauen sollte, wenn es um Überraschungen ging, aber er folgte ihm dennoch. Sie erreichten das obere Stockwerk, und Kjell schob eine schwere, alte Tür auf.

Im Inneren fand sich Masahiro in einem Raum wieder, der so bunt und lebendig war, dass es einen Moment dauerte, bis er alles erfassen konnte. Es war ein Ort, den man vielleicht als „geheime Mangawelt" bezeichnen konnte. Die Wände waren von oben bis unten mit Postern, Kunstwerken und Manga-Volumen dekoriert, und in der Mitte des Raumes standen niedrige Tische, um die sich ein paar Menschen versammelt hatten. Es wirkte fast wie ein Café, aber mit einem ganz besonderen Thema: Manga und Animes.

„Willkommen in meinem geheimen Manga-Café", sagte Kjell grinsend. „Ich habe diesen Ort durch Zufall entdeckt und wusste sofort, dass du ihn lieben würdest."

Masahiro stand da, starrte um sich und fühlte, wie sich ein kleines Lächeln auf seinen Lippen abzeichnete. Es war, als hätte Kjell einen Ort gefunden, der genau Masahiros Vorlieben entsprach – ein Raum, in dem seine Arbeit und seine Leidenschaft Teil der Umgebung waren. Und obwohl es unerwartet war, fühlte es sich richtig an.

„Nicht schlecht", sagte Masahiro schließlich und setzte sich auf eines der flachen Kissen am Tisch.

„Nicht schlecht?", wiederholte Kjell und setzte sich ihm gegenüber. „Das ist der beste Ort, den du je gesehen hast, gib es zu."

„Ich gebe zu, dass du diesmal recht hattest", sagte Masahiro, ohne Kjell den Gefallen zu tun, ihn vollständig zu loben.

„Nimm das als ein Sieg", sagte Kjell zufrieden und bestellte zwei Getränke beim Café besitzer, einem älteren Mann, der aussah, als hätte er bereits sein Leben lang Manga und Anime geliebt.

Der Nachmittag verging schnell, während Masahiro und Kjell zwischen den Manga-Bänden stöberten, über alte Serien sprachen und sich über die neuesten Entwicklungen in der Mangaszene unterhielten. Kjell brachte immer wieder neue Vorschläge für Serien ein, die Masahiro lesen sollte, und Masahiro war überrascht, wie gut Kjell tatsächlich über das Medium Bescheid wusste.

„Du weißt mehr, als ich gedacht hätte", sagte Masahiro, als sie sich wieder an den Tisch setzten.

„Na klar", antwortete Kjell und lehnte sich entspannt zurück. „Du hast mich wohl unterschätzt."

„Vielleicht", sagte Masahiro leise und nahm einen Schluck von seinem Getränk. „Aber es ist gut zu wissen, dass du nicht nur Unsinn redest."

Kjell lachte. „Unsinn macht das Leben interessanter."

Masahiro sah ihn über den Rand seiner Tasse hinweg an und konnte nicht anders, als leicht zu lächeln. Es war seltsam – normalerweise hätte er sich bei so einem Satz nur genervt gefühlt, aber Kjell hatte eine Art, diese Worte tatsächlich mit Leben zu füllen.

„Vielleicht hast du recht", sagte Masahiro schließlich, als die Stille sich angenehm über den Raum legte. Die wenigen Menschen im Café schienen in ihre eigenen Welten vertieft zu sein, und für einen Moment war alles ruhig und friedlich.

Als sie das Café später am Abend verließen, lag eine entspannte Stimmung zwischen ihnen. Der Schnee war dichter geworden, und die Straßen von Sapporo waren in eine weiße Decke gehüllt.

„Also, was hältst du von dem Ort?" fragte Kjell, als sie langsam die Straße hinuntergingen.

„Es war... interessant", sagte Masahiro, wählte seine Worte vorsichtig. „Ich hätte nicht gedacht, dass du einen Ort wie diesen kennst."

„Tja, ich bin voller Überraschungen", antwortete Kjell lächelnd.

Masahiro nickte und steckte die Hände in die Taschen seines Mantels, während sie weiter durch den Schnee liefen. Kjell erzählte eine Geschichte über ein altes Anime-Festival, das er einmal besucht hatte, aber Masahiro war mit seinen Gedanken woanders. Er dachte darüber nach, wie sich sein Leben in den letzten Wochen verändert hatte – wie Kjell es geschafft hatte, sich so schnell in seinen Alltag einzumischen.

Es war nicht unangenehm, erkannte Masahiro. Im Gegenteil, Kjell brachte eine Art von Lebendigkeit in sein Leben, die ihm gefehlt hatte. Und obwohl er es nicht zugeben wollte, begann er sich darauf zu freuen, Zeit mit Kjell zu verbringen. Etwas an seiner Energie, seiner Unbeschwertheit, machte es Masahiro leicht, ihn zu mögen.

„Masahiro?", fragte Kjell plötzlich und riss ihn aus seinen Gedanken.

„Was?" Masahiro sah ihn an und bemerkte, dass Kjell stehen geblieben war.

„Du bist so still", sagte Kjell und sah ihn mit einem amüsierten Lächeln an. „Woran denkst du?"

Masahiro zögerte, bevor er antwortete. „An nichts Besonderes."

Kjell schnaubte. „Das ist die größte Lüge, die du mir jemals erzählt hast."

Masahiro sah Kjell in die Augen, und für einen Moment schien die Welt um sie herum zu verschwinden. Es war, als ob sie die einzige Konstante in dieser verschneiten Nacht wären – zwei Menschen, die auf seltsame Weise zueinander gefunden hatten.

„Vielleicht denke ich an dich", sagte Masahiro schließlich leise.

Kjell blinzelte überrascht und lachte dann laut auf. „Wow, das hätte ich nicht erwartet. Aber ich nehme es als Kompliment."

„Du solltest", sagte Masahiro trocken, obwohl er spürte, wie ihm das Herz ein wenig schneller schlug.

„Das mache ich", sagte Kjell und trat einen Schritt näher. „Aber du solltest wissen, dass ich auch an dich gedacht habe, Masahiro."

Masahiro erwiderte Kjells Blick und fühlte eine seltsame Spannung in der Luft. Es war nicht unangenehm – im Gegenteil, es war fast wie ein Funken, der zwischen ihnen hin und her sprang, als ob etwas Neues, etwas Unbekanntes im Entstehen war.

„Was immer das hier ist", sagte Kjell schließlich leise, „es gefällt mir."

Masahiro nickte stumm, unfähig, etwas zu sagen. Denn in diesem Moment wusste er, dass er dasselbe fühlte. Was auch immer zwischen ihnen geschah, es war etwas Echtes, etwas, das sie beide ergriffen hatte, ohne dass sie es wirklich bemerkt hatten.

Kapitel 4: Emotionen im Verborgenen

Der nächste Morgen begann mit einem ruhigen Winterregen, der gegen die Fenster von Masahiros Wohnung trommelte. Er saß in seinem kleinen Arbeitszimmer, seine Hände ruhten auf dem Zeichenbrett, aber seine Gedanken waren weit entfernt von den Seiten seines Mangas. Immer wieder ertappte er sich dabei, wie seine Gedanken zu Kjell wanderten, zu ihren Gesprächen und der wachsenden Spannung, die sich zwischen ihnen aufbaute.

Es war irritierend, denn Masahiro war es gewohnt, seinen Fokus komplett auf seine Arbeit zu lenken. Ablenkungen, vor allem emotionaler Natur, waren für ihn nicht willkommen. Doch Kjell hatte es irgendwie geschafft, sich in diese geordnete Welt zu drängen, ohne Rücksicht darauf, wie sehr er Masahiros Routine durcheinanderbrachte.

Masahiro lehnte sich in seinem Stuhl zurück, seine Augen starrten an die Decke, während der Regen weiter auf die Fenster prasselte. Er dachte darüber nach, was Kjell gesagt hatte – dass er „auch an ihn gedacht hatte". Es war ein einfacher Satz gewesen, fast beiläufig, aber die Bedeutung dahinter hatte Masahiro tiefer berührt, als er erwartet hatte.

Was bedeutete das alles? Kjell war so anders als er. Laut, respektlos, immer voller Energie. Und dennoch fühlte sich Masahiro zu ihm hingezogen. Es war, als ob Kjell eine

Seite in ihm weckte, die er lange Zeit unterdrückt hatte – eine Seite, die er nicht einmal bewusst wahrgenommen hatte.

Mit einem leisen Seufzen erhob sich Masahiro von seinem Schreibtisch und ging zum Fenster. Der Regen hatte den Schnee in eine graue Masse verwandelt, und die Stadt draußen wirkte trist und leer. Es passte irgendwie zu seiner Stimmung – dieser Kontrast zwischen der Stille draußen und dem Wirrwarr, das in ihm tobte.

Genau in diesem Moment klingelte es an seiner Tür.

Masahiro spürte, wie sein Herz einen Schlag schneller schlug. Er wusste bereits, wer es war, bevor er überhaupt zur Tür ging. Kjell hatte sich in den letzten Tagen als unaufhaltsam erwiesen, wenn es darum ging, unangemeldet aufzutauchen. Und irgendwie schaffte er es jedes Mal, Masahiro aus seiner Fassung zu bringen.

Als er die Tür öffnete, stand Kjell da, wie erwartet – völlig durchnässt vom Regen, aber mit einem breiten Grinsen auf dem Gesicht. „Morgen, du Einsiedler", sagte er und trat ohne Einladung in die Wohnung.

Masahiro schloss die Tür und sah Kjell mit hochgezogenen Augenbrauen an. „Du bist klatschnass."

„Ja, das passiert, wenn man durch den Regen läuft", sagte Kjell mit einem Schulterzucken und schüttelte sich wie ein Hund, was Masahiro ein wenig unbeeindruckt das Gesicht verziehen ließ. „Aber hey, es lohnt sich, wenn man einen Freund besucht."

Masahiro runzelte die Stirn bei dem Wort „Freund". Es fühlte sich seltsam an, so bezeichnet zu werden. Er hatte nie viele enge Freunde gehabt, und Kjells Definition von Freundschaft schien viel lockerer zu sein als seine eigene.

„Du solltest dich abtrocknen", sagte Masahiro schließlich und ging ins Bad, um ein Handtuch zu holen. Kjell folgte ihm mit seinen üblichen großen Schritten, als gehöre ihm der Raum.

„Mach dir keine Sorgen um mich", sagte Kjell, als Masahiro ihm das Handtuch reichte. „Ich bin hart im Nehmen."

„Das sehe ich", murmelte Masahiro trocken, während Kjell sich das Gesicht abtrocknete und sein Haar verwuschelte. Es war seltsam, wie normal es sich mittlerweile anfühlte, Kjell in seiner Wohnung zu haben – als ob er irgendwie dazugehöre, obwohl sie sich erst seit kurzer Zeit kannten.

„Also, was machst du?", fragte Kjell, als er sich auf die Couch fallen ließ, seine Beine lässig ausgestreckt. „Zeichnest du?"

„Das war der Plan", sagte Masahiro, setzte sich wieder an seinen Schreibtisch und griff nach seinem Bleistift. Aber seine Gedanken waren erneut zu Kjell abgedriftet, und er konnte sich nicht mehr auf die Arbeit konzentrieren.

Kjell schien das zu bemerken. Er lehnte sich vor, sein Gesicht ernst, was für ihn selten war. „Du wirkst abgelenkt."

Masahiro zuckte die Schultern und versuchte, seine Stimme so neutral wie möglich zu halten. „Ich habe viel zu tun."

„Das meine ich nicht", sagte Kjell leise und stand auf. Er ging langsam zu Masahiros Schreibtisch und beugte sich über seine Schulter. „Ich meine... du bist abgelenkt. Und es liegt nicht nur an der Arbeit, oder?"

Masahiro spürte, wie sich seine Brust zusammenzog. Kjell hatte die Angewohnheit, direkt zum Kern der Dinge zu kommen, und Masahiro wusste nicht, wie er damit umgehen sollte. „Ich weiß nicht, wovon du sprichst", sagte er schließlich und versuchte, seine Aufmerksamkeit wieder auf das Blatt Papier vor ihm zu lenken.

Kjell blieb jedoch hartnäckig. „Es liegt an uns, oder?"

Masahiro hielt inne, seine Hand auf dem Papier. Er konnte nicht leugnen, dass Kjell recht hatte. Seit ihrer ersten Begegnung hatte sich etwas zwischen ihnen verändert, und Masahiro wusste nicht, wie er damit umgehen sollte.

„Vielleicht", sagte er schließlich leise, ohne Kjell anzusehen.

Kjell setzte sich auf die Kante des Schreibtischs und sah Masahiro mit durchdringenden Augen an. „Masahiro, was ist los?"

Masahiro seufzte tief und legte den Bleistift zur Seite. „Ich weiß es nicht, Kjell. Du kommst in mein Leben, machst alles durcheinander, und... ich weiß nicht, was ich davon halten soll."

Kjell lachte leise, aber es war kein spöttisches Lachen.

„Das tut mir leid. Aber weißt du, manchmal muss das Leben durcheinandergebracht werden, um interessanter zu werden."

„Interessant", wiederholte Masahiro und schüttelte den Kopf. „Das ist nicht das Wort, das ich benutzen würde."

„Vielleicht nicht", sagte Kjell und legte eine Hand auf Masahiros Schulter. „Aber ich glaube, dass du es brauchst. Dieses Chaos."

Masahiro sah ihn an, seine Augen ruhig, aber voller Fragen. „Warum bist du so sicher?"

Kjell zuckte mit den Schultern, sein Lächeln schien wärmer als zuvor. „Weil ich dich anschaue und sehe, dass du jemanden brauchst, der dir zeigt, dass das Leben nicht immer nach Plan verläuft. Manchmal muss man sich einfach treiben lassen."

„Das klingt nach dir", murmelte Masahiro, konnte aber nicht anders, als leicht zu lächeln. „Und du meinst, ich sollte mich einfach treiben lassen?"

„Ja", sagte Kjell bestimmt und nahm Masahiros Hand in seine. „Genau das meine ich."

Masahiro spürte die Wärme von Kjells Hand und das leichte Zittern seiner eigenen. Es war so lange her, dass er sich wirklich jemandem geöffnet hatte. Und jetzt stand dieser Junge vor ihm – laut, frech, chaotisch – und bot ihm etwas an, das er nicht erwartet hatte.

„Und was, wenn ich das nicht kann?" fragte Masahiro leise.

„Du kannst", sagte Kjell sanft. „Ich weiß es."

Masahiro sah in Kjells Augen und spürte, wie sich etwas in ihm löste. Es war, als ob eine Last von seinen Schultern genommen wurde, eine Last, die er nicht einmal bemerkt hatte. Zum ersten Mal seit langer Zeit fühlte er sich... befreit.

Er nickte langsam und drückte Kjells Hand leicht.
„Vielleicht hast du recht."
Kjell lächelte breit, als hätte er gerade die Welt gewonnen.
„Das tue ich meistens", sagte er und zog Masahiro in eine

sanfte Umarmung. Es war eine kurze, aber bedeutungsvolle Geste, die mehr sagte, als Worte es jemals könnten.

Masahiro lehnte seinen Kopf leicht gegen Kjells Schulter und schloss die Augen. Für diesen Moment war alles in Ordnung. Das Chaos, das Kjell mit sich brachte, fühlte sich nicht mehr bedrohlich an. Es fühlte sich an, als wäre es genau das, was Masahiro gebraucht hatte.

Am nächsten Tag war die Stadt noch immer in Regen gehüllt, doch Masahiro fühlte sich leichter als je zuvor. Kjell hatte ihn erneut überrascht – nicht nur mit seinen Worten, sondern auch mit seiner Fähigkeit, Masahiro dazu zu bringen, sich zu öffnen. Er hatte lange Zeit geglaubt, dass er niemanden wirklich brauchte. Aber jetzt begann er zu verstehen, dass er sich geirrt hatte.

Er saß an seinem Schreibtisch, seine Hand schwebte über dem Papier, während er an seinen Manga-Charakteren arbeitete. Doch diesmal fühlte es sich anders an. Die Unsicherheit, die ihn zuvor geplagt hatte, war verschwunden. Stattdessen war da eine Klarheit, die er lange nicht gespürt hatte.

Und als er über seine Figuren nachdachte, bemerkte Masahiro, wie die Charaktere auf dem Papier zu leben begannen – so, als hätte Kjells chaotische Energie ihnen neues Leben eingehaucht. Der Protagonist seines Mangas, der zwischen zwei Welten gefangen war, schien jetzt nicht mehr so unentschlossen wie zuvor. Es war, als hätte Masahiro endlich verstanden, wie sich die innere Zerrissenheit seines Charakters auflösen könnte – durch das Akzeptieren von Unsicherheiten, durch das Annehmen des Chaos.

Während Masahiro weiter-zeichnete, klingelte plötzlich sein Telefon. Ein Blick auf das Display verriet ihm, dass es Kjell war.

„Was jetzt?", murmelte Masahiro leise, nahm aber ab.

„Hey, Masahiro!", kam Kjells fröhliche Stimme durch die Leitung. „Was machst du gerade?"

„Arbeiten", antwortete Masahiro knapp und hielt den Stift in der anderen Hand.

„Natürlich", lachte Kjell. „Aber rate mal, was? Ich habe eine Idee, und du wirst sie lieben."

Masahiro seufzte und legte den Stift zur Seite. „Kjell, ich habe wirklich viel zu tun. Ich kann nicht schon wieder..."

„Nein, nein, hör mir zu!", unterbrach Kjell ihn eifrig. „Du erinnerst dich doch an das Café, in dem wir letztens waren? Sie veranstalten heute Abend ein kleines Event – eine Art Manga-Nacht. Alle kommen zusammen, um ihre eigenen Zeichnungen zu zeigen, und es gibt sogar einen Wettbewerb."

Masahiro runzelte die Stirn. „Einen Wettbewerb?"

„Ja!", bestätigte Kjell begeistert. „Und ich habe sofort an dich gedacht. Du solltest teilnehmen. Stell dir vor, wie cool es wäre, dein Werk vor anderen Manga-Fans zu präsentieren."

Masahiro überlegte einen Moment. Es klang verlockend, aber er war sich unsicher, ob er wirklich bereit war, seine Arbeit in einem so öffentlichen Rahmen zu zeigen. Normalerweise bevorzugte er es, im Stillen zu arbeiten, ohne viel Aufmerksamkeit zu erregen.

„Ich weiß nicht, Kjell...", begann er.

„Komm schon!", drängte Kjell. „Du hast nichts zu verlieren. Du bist talentiert, Masahiro, und das solltest du zeigen. Außerdem wirst du mich als moralische Unterstützung haben."

Masahiro lachte leise. „Ich bin mir nicht sicher, ob du der beste Kandidat für moralische Unterstützung bist."

„Das hat wehgetan", scherzte Kjell gespielt verletzt. „Aber im Ernst, Masahiro. Du solltest das wirklich tun. Es wäre eine großartige Gelegenheit für dich."

Masahiro lehnte sich zurück und blickte auf die unfertigen Paneels vor ihm. Vielleicht hatte Kjell recht. Vielleicht war es an der Zeit, aus seiner Komfortzone herauszutreten und etwas Neues zu wagen – etwas, das er bisher nie in Betracht gezogen hatte.

„Okay", sagte er schließlich leise. „Ich mache mit."

„Ja!", rief Kjell triumphierend. „Das wird großartig, ich verspreche es dir! Ich komme in einer Stunde vorbei, und dann gehen wir zusammen hin."

Bevor Masahiro widersprechen konnte, hatte Kjell bereits aufgelegt. Er schüttelte den Kopf, ein Lächeln umspielte seine Lippen. Kjell war ein unaufhaltsamer Sturm, und es war schwer, ihm zu widerstehen. Aber vielleicht war das genau das, was Masahiro brauchte – jemanden, der ihn dazu brachte, neue Wege zu gehen.

Eine Stunde später stand Kjell, wie versprochen, vor Masahiros Tür. Diesmal war er nicht durchnässt, sondern trug eine warme Jacke und ein schelmisches Grinsen im Gesicht.

„Bist du bereit?", fragte Kjell, als Masahiro die Tür öffnete.

„So bereit, wie ich sein kann", antwortete Masahiro trocken, während er seine Jacke überzog.

„Keine Sorge, das wird super", sagte Kjell und klopfte ihm auf die Schulter. „Vertrau mir, du wirst es nicht bereuen."

Sie machten sich auf den Weg zum Café, und je näher sie dem Ort kamen, desto mehr spürte Masahiro eine Mischung aus Nervosität und Vorfreude in sich aufsteigen. Er hatte lange nicht mehr in so einem öffentlichen Rahmen gearbeitet, und die Vorstellung, seine Zeichnungen vor anderen zu zeigen, war sowohl beängstigend als auch aufregend.

Das Café war bereits gut gefüllt, als sie ankamen. Der Geruch von Kaffee und warmem Gebäck hing in der Luft, während sich die Menschen um die Tische versammelt hatten, einige mit Skizzenbüchern, andere in angeregten Gesprächen vertieft.

„Schau mal", sagte Kjell und deutete auf eine Tafel an der Wand, auf der die Namen der Teilnehmer des Wettbewerbs standen. „Ich hab dich schon angemeldet."

Masahiro warf ihm einen Blick zu. „Du hast was?"

„Keine Sorge, du bist in guten Händen", sagte Kjell mit einem breiten Grinsen. „Ich hab dir nur die Arbeit abgenommen."

Masahiro atmete tief durch und ließ seinen Blick durch den Raum schweifen. Es gab einige beeindruckende Künstler hier, und er konnte nicht anders, als sich ein wenig eingeschüchtert zu fühlen. Aber bevor er in seine Zweifel versinken konnte, legte Kjell ihm die Hand auf den Rücken und schob ihn sanft in Richtung eines freien Tisches.

„Setz dich hin und zeig, was du drauf hast", sagte Kjell und zwinkerte ihm zu. „Ich hole uns was zu trinken."

Masahiro setzte sich und holte langsam sein Zeichenmaterial aus der Tasche. Der Wettbewerb würde bald beginnen, und er spürte, wie sein Herz schneller schlug. Es war eine neue Erfahrung – eine, die er ohne Kjells Drängen wahrscheinlich nie gewagt hätte.

Kjell kehrte mit zwei Tassen Kaffee zurück und setzte sich neben ihn. „Alles okay?"

„Ja, denke ich", sagte Masahiro und nahm einen tiefen Schluck von seinem Kaffee, um die Nervosität zu vertreiben.

„Du wirst das großartig machen", sagte Kjell, seine Stimme war voller Zuversicht. „Du bist einer der besten Künstler, die ich kenne. Und du wirst die Leute hier umhauen."

Masahiro sah Kjell an, überrascht von der Ernsthaftigkeit in seiner Stimme. Es war selten, dass Kjell so direkt und unterstützend war, und Masahiro spürte, wie sich eine kleine Welle der Dankbarkeit in ihm ausbreitete.

„Danke", sagte er leise.

„Keine Ursache", sagte Kjell lächelnd. „Und jetzt leg los."

Der Wettbewerb begann, und die Teilnehmer begannen, ihre Werke zu präsentieren. Masahiro beobachtete aufmerksam, wie die anderen ihre Zeichnungen zeigten und ihre Geschichten erzählten. Es war inspirierend, aber auch einschüchternd. Doch als sein Name aufgerufen wurde, stand er auf, fest entschlossen, Kjells Vertrauen nicht zu enttäuschen.

Mit zittrigen Händen legte er seine Zeichnungen auf den Tisch und begann, über sein Projekt zu sprechen. Die Worte kamen langsam, aber sicher. Er erzählte von der Idee hinter seiner Geschichte, von den moralischen Dilemmas seines Protagonisten und von den Gefühlen, die er in seine Kunst gesteckt hatte.

Die Reaktionen waren positiv. Einige nickten zustimmend, andere stellten interessierte Fragen. Masahiro spürte, wie seine anfängliche Nervosität langsam verflog. Es fühlte sich gut an, seine Arbeit zu teilen, und die Bestätigung der anderen Künstler gab ihm das Selbstvertrauen, das er gebraucht hatte.

Als er fertig war, ging er zurück zu seinem Platz, wo Kjell ihn mit einem stolzen Lächeln erwartete.

„Das war unglaublich", sagte Kjell und schlug ihm auf den Rücken. „Du hast sie alle umgehauen."

Masahiro lächelte leicht, immer noch überrascht von dem positiven Feedback. „Es war... nicht so schlimm, wie ich gedacht hatte."

„Siehst du?", sagte Kjell und hob seine Tasse, als ob er auf Masahiros Erfolg anstoßen wollte. „Ich wusste, dass du das drauf hast."

Masahiro sah Kjell an, und in diesem Moment wusste er, dass er ohne ihn niemals den Mut gehabt hätte, diesen Schritt zu wagen. Kjell war wie ein Sturm in sein Leben gekommen, aber er hatte ihn nicht zerstört. Im Gegenteil – er hatte Masahiro aufgerüttelt und ihm gezeigt, dass es mehr im Leben gab als nur seine ruhige Routine.

Und vielleicht, dachte Masahiro, war das genau das, was er gebraucht hatte.

Der Wettbewerb ging in die letzte Runde, und Masahiro hatte sich inzwischen etwas entspannt. Es war eine neue Erfahrung für ihn gewesen, seine Arbeit so offen zu präsentieren, doch er fühlte sich wider Erwarten nicht nur akzeptiert, sondern sogar anerkannt. Die anderen Künstler, die er vorher als Konkurrenten betrachtet hatte, waren offen und freundlich auf ihn zugegangen, hatten ihn gefragt, wie er bestimmte Details zeichnete, und ihm Anerkennung für seinen Stil gezollt.

Kjell saß neben ihm und beobachtete die anderen Teilnehmer mit einem breiten Grinsen auf dem Gesicht. Er wirkte so entspannt und unbeschwert, dass Masahiro nicht anders konnte, als sich zu fragen, ob er jemals so locker und selbstsicher sein würde wie Kjell.

„Du siehst erleichtert aus", sagte Kjell plötzlich und drehte sich zu Masahiro.

Masahiro zuckte leicht zusammen, überrascht, dass Kjell ihn so schnell durchschaut hatte. „Ja, vielleicht ein bisschen."

„Du warst großartig", wiederholte Kjell und hob erneut seine Kaffeetasse, als ob er auf den Erfolg anstoßen wollte. „Ich habe dir gesagt, dass du es drauf hast. Jetzt weißt du es auch."

Masahiro blickte in seine eigene Tasse und lächelte leicht. „Danke. Ohne dich hätte ich das nie gemacht."

„Genau dafür bin ich da", sagte Kjell mit einem frechen Grinsen. „Um dein Leben ein bisschen aufregender zu machen."

Masahiro konnte sich ein leises Lachen nicht verkneifen. Kjell hatte definitiv recht – seit er in sein Leben gestürmt war, war nichts mehr so wie zuvor. Aber mittlerweile konnte Masahiro nicht mehr leugnen, dass er das Chaos, das Kjell mitbrachte, tatsächlich genoss.

Der Abend näherte sich dem Ende, und die letzte Runde des Wettbewerbs begann. Masahiro spürte eine aufkeimende Nervosität, als die Jury schließlich die Gewinner bekannt gab. Er war sich nicht sicher, ob er wirklich gewinnen wollte – die Teilnahme allein war bereits ein großer Schritt gewesen.

„Und der erste Platz geht an...", verkündete die Moderatorin mit einer dramatischen Pause, bevor sie den Namen eines anderen Künstlers aufrief.

Masahiro spürte eine seltsame Mischung aus Erleichterung und leichter Enttäuschung. Er hatte es nicht erwartet, aber tief in ihm hatte sich ein Funke Hoffnung geregt, dass er vielleicht doch hätte gewinnen können. Kjell, der neben ihm saß, klopfte ihm beruhigend auf die Schulter.

„Hey, keine Sorge", sagte Kjell aufmunternd. „Das hier war erst der Anfang. Du hast heute mehr erreicht, als du denkst."

„Ja, ich weiß", antwortete Masahiro leise und nickte. Und obwohl er den ersten Platz nicht gewonnen hatte, fühlte er sich trotzdem, als hätte er etwas Bedeutendes erreicht. Er hatte sich getraut, aus seiner Komfortzone herauszutreten, und das allein war schon ein Sieg.

Als die Veranstaltung zu Ende war, machten sie sich auf den Weg nach draußen. Die kalte Nachtluft schlug ihnen entgegen, und der Regen hatte aufgehört, doch der Himmel war noch immer von dichten Wolken bedeckt.

„Was jetzt?", fragte Kjell, als sie auf die Straße traten.

Masahiro steckte die Hände in seine Manteltaschen und sah Kjell an. „Ich weiß nicht... Vielleicht einfach nach Hause?"

Kjell grinste. „Oder wir machen noch etwas. Die Nacht ist noch jung, und ich bin noch nicht müde."

Masahiro sah ihn skeptisch an. „Du bist nie müde, oder?"

„Nicht, wenn ich Spaß habe", erwiderte Kjell und hob spielerisch eine Augenbraue. „Und ich habe das Gefühl, dass du heute noch ein bisschen mehr von deiner rebellischen Seite zeigen könntest."

„Meine rebellische Seite?", fragte Masahiro, überrascht von der Beschreibung.

„Ja", sagte Kjell lachend. „Du hast sie heute Abend schon ein bisschen gezeigt, aber ich glaube, da steckt noch mehr in dir."

Masahiro schüttelte den Kopf, konnte aber nicht anders, als zu lächeln. Kjell hatte eine seltsame Art, ihn herauszufordern, aber auf eine Weise, die ihn nicht bedrängte. Er wusste, dass Kjell ihm den Raum ließ, sich in seinem eigenen Tempo zu öffnen.

„Ich denke, heute reicht es mit dem Rebellischen", sagte Masahiro schließlich und sah zu Kjell. „Aber danke, dass du mich hierher gebracht hast."

„Kein Problem", sagte Kjell und winkte ab. „Aber das war noch nicht das Ende, Masahiro. Wir haben gerade erst angefangen."

Masahiro lachte leise und schüttelte den Kopf. „Ich bin mir sicher, dass du schon den nächsten verrückten Plan hast."

„Das garantiere ich dir", sagte Kjell und trat einen Schritt näher, seine Stimme wurde etwas weicher. „Aber im Ernst, Masahiro... Es war schön zu sehen, wie du heute Abend losgelassen hast. Ich hoffe, das wird öfter passieren."

Masahiro sah Kjell an und spürte eine plötzliche Wärme, die nichts mit der Umgebung zu tun hatte. Es war seltsam, wie Kjell es immer wieder schaffte, ihn auf eine Art zu berühren, die er vorher nicht kannte.

„Vielleicht", sagte Masahiro leise. „Vielleicht werde ich öfter loslassen."

„Darauf trinke ich", sagte Kjell und hob unsichtbar eine Tasse, bevor er in die Nacht lachte.

Masahiro lachte mit, und für einen Moment fühlte er sich, als wäre die Welt um sie herum still geworden. Es war nur er und Kjell, in dieser kalten Nacht, verbunden durch etwas, das mehr als nur Freundschaft war – etwas, das er noch nicht ganz verstand, aber das er gerne weiter erkunden würde.

Als Masahiro später in seiner Wohnung ankam, legte er seine Jacke ab und ließ sich auf die Couch sinken. Seine Gedanken waren bei dem Wettbewerb, bei Kjells ständiger Präsenz und bei den unerwarteten Gefühlen, die in ihm aufkeimten. Kjell hatte nicht nur sein Leben durcheinandergebracht, sondern auch etwas in ihm geweckt, das er lange unterdrückt hatte.

Er wusste, dass Kjell in den kommenden Tagen und Wochen weiterhin Teil seines Lebens sein würde – ob er wollte oder nicht. Aber zum ersten Mal seit langer Zeit fühlte sich das nicht wie eine Bedrohung an. Es fühlte sich wie eine Möglichkeit an.

Mit einem leisen Seufzen schloss Masahiro die Augen und ließ den Abend noch einmal Revue passieren. Es war der Anfang von etwas Neuem. Etwas, das er nicht mehr aufhalten wollte.

Kapitel 5: Die erste Herausforderung

Masahiro wachte am nächsten Morgen auf und spürte sofort das Gewicht der vergangenen Nacht. Der Wettbewerb, die unerwartete Anerkennung, Kjells ständige Präsenz in seinen Gedanken – all das lastete schwer auf ihm, aber auf eine Weise, die nicht unangenehm war. Es war, als ob er langsam lernte, mit diesem neuen Chaos zu leben, das Kjell in sein Leben gebracht hatte.

Er zog die Vorhänge beiseite und blickte auf die schneebedeckte Stadt. Der Himmel war heute klarer, und die Sonnenstrahlen spiegelten sich auf dem frisch gefallenen Schnee. Es war ein friedlicher Anblick, der jedoch nicht dazu beitrug, die innere Unruhe, die er fühlte, zu besänftigen.

Noch bevor er darüber nachdenken konnte, was er mit diesem Tag anfangen wollte, ertönte sein Handy mit einer neuen Nachricht. Er wusste sofort, von wem sie war.

Kjell: „Bist du wach? Ich hoffe, du hast nicht vor, den ganzen Tag zu arbeiten. Wir haben Pläne."

Masahiro lächelte leicht und tippte seine Antwort ein.

Masahiro: „Was für Pläne?"

Kjell: „Du wirst es sehen. Ich hole dich in 30 Minuten ab."

Masahiro legte das Handy zur Seite und seufzte. Natürlich hatte Kjell wieder etwas vor. Er wusste nicht, was es war, aber nach all den vorherigen Abenteuern konnte er sich schon denken, dass es etwas war, das seine Ruhe stören würde. Doch irgendwie machte ihm das mittlerweile nichts mehr aus.

Exakt 30 Minuten später klingelte es an der Tür. Kjell stand draußen, wie immer mit einem breiten Grinsen im Gesicht, als Masahiro öffnete.

„Bereit für das nächste Abenteuer?", fragte Kjell und trat ohne Einladung in die Wohnung.

„Muss ich das wirklich jedes Mal fragen?", antwortete Masahiro trocken und griff nach seiner Jacke.

„Klar", sagte Kjell und schloss die Tür hinter sich. „Sonst wäre es nicht lustig."

„Wohin gehen wir?", fragte Masahiro, während sie die Treppen hinuntergingen.

„Du wirst es sehen", sagte Kjell geheimnisvoll, was ihn nicht wirklich beruhigte.

Sie verließen das Gebäude und schlenderten durch die kalten Straßen. Kjell führte sie durch die Innenstadt, vorbei an kleinen Geschäften und Cafés, bis sie schließlich vor einem großen Gebäude standen. Masahiro blickte auf das schlichte, aber eindrucksvolle Schild: „Manga und Anime Convention – Heute!"

„Eine Convention?", fragte Masahiro und sah Kjell skeptisch an.

„Ja!", rief Kjell begeistert. „Ich dachte, es wäre eine großartige Idee. Wir können uns umsehen, über Manga und Anime reden und vielleicht sogar ein paar Leute treffen."

Masahiro war sich nicht sicher, was er davon halten sollte. Convention waren nicht unbedingt seine erste Wahl, wenn es darum ging, den Tag zu verbringen. Sie waren laut, überfüllt und meistens chaotisch – alles Dinge, die er normalerweise vermied. Aber als er Kjells strahlendes Gesicht sah, konnte er sich nicht dazu bringen, abzulehnen.

„Na gut", sagte Masahiro schließlich, und Kjell lachte triumphierend.

„Ich wusste, dass du es lieben wirst", sagte Kjell und zog ihn energisch in das Gebäude.

Die Convention-Halle war genauso, wie Masahiro es sich vorgestellt hatte. Überall waren Menschen in bunten Cosplay-Kostümen, Verkaufsstände mit Manga, Anime-Merchandise und Fan-Art. Die Atmosphäre war laut und voller Energie, doch zu Masahiros Überraschung fühlte er sich nicht so fehl am Platz, wie er erwartet hatte. Kjell war begeistert und zog ihn von Stand zu Stand, zeigte ihm alles Mögliche und plauderte mit den Verkäufern, als ob er sie schon jahrelang kannte.

„Das ist der Wahnsinn, oder?", sagte Kjell, als sie an einem Stand für limitierte Manga-bände anhielten.

„Es ist... intensiv", antwortete Masahiro und beobachtete die Menge um sie herum.

„Komm schon, du musst das genießen!", sagte Kjell und nahm einen limitierten Band in die Hand, der offensichtlich eine seiner Lieblingsserien war. „Schau dir das an. Du bekommst solche Sachen nur hier!"

Masahiro schmunzelte, als er Kjells Enthusiasmus sah. Es war fast unmöglich, sich der Aufregung zu entziehen, die Kjell ausstrahlte. „Okay, vielleicht ist es doch nicht so schlecht", gab er zu.

Kjell grinste breit. „Das wusste ich."

Sie verbrachten den restlichen Vormittag damit, die verschiedenen Stände zu erkunden und sich über ihre Lieblingsserien auszutauschen. Kjell konnte unermüdlich über die neuesten Entwicklungen in der Amine-Welt reden, und Masahiro ließ sich von seiner Begeisterung anstecken, auch wenn er manchmal mit Kjells schnellen Gedankensprüngen nicht mithalten konnte.

Als sie sich schließlich eine Pause gönnten und in einem der überfüllten Cafés in der Halle einen Tisch fanden, setzte sich Kjell mit einem zufriedenen Seufzen hin und blickte sich um.

„Das war doch ein erfolgreicher Tag, oder?", fragte Kjell, während er sich zurücklehnte.

„Ja, war es", gab Masahiro zu und nahm einen Schluck von seinem Kaffee. „Du hattest recht, es war interessant."

„Siehst du?", sagte Kjell mit einem siegessicheren Lächeln. „Du solltest mir öfter vertrauen."

„Das habe ich nie gesagt", konterte Masahiro mit einem leichten Lächeln.

Kjell lehnte sich vor und sah Masahiro ernst an, seine Augen funkelten. „Aber du vertraust mir, oder?"

Masahiro hielt für einen Moment inne und sah Kjell in die Augen. Es war das erste Mal, dass Kjell eine so ernste Frage stellte, und Masahiro konnte spüren, dass hinter dieser Frage mehr steckte. Es war nicht nur ein Scherz oder eine Herausforderung – Kjell wollte wirklich wissen, ob er Masahiros Vertrauen gewonnen hatte.

„Ja", sagte Masahiro schließlich leise. „Ich vertraue dir."

Kjell lächelte, aber es war diesmal ein anderes Lächeln – ein warmes, fast zärtliches Lächeln, das Masahiro in seinem Innersten berührte. „Das freut mich", sagte Kjell leise.

Masahiro spürte, wie sich die Stimmung zwischen ihnen veränderte. Es war nicht mehr nur das übliche, freundschaftliche Geplänkel. Da war etwas Tieferes, etwas, das Masahiro schwer in Worte fassen konnte.

Nachdem sie die Convention verlassen hatten, liefen sie gemeinsam durch die nun ruhigeren Straßen der Stadt. Der Himmel hatte sich verdunkelt, und es schneite leicht. Die Atmosphäre war ruhig, und beide schwiegen eine Weile, doch es war kein unangenehmes Schweigen. Es war, als ob sie beide die Stille genossen, die nach dem lebhaften Trubel der Convention eintrat.

„Weißt du, Masahiro", sagte Kjell schließlich und blieb stehen, um in den verschneiten Himmel zu schauen. „Ich mag diese Stadt. Sie ist ruhig, aber voller Leben."

Masahiro sah ihn an. „Ja, das ist sie."

„Und weißt du, was ich noch mag?", fragte Kjell, ohne Masahiro anzusehen.

„Was?", fragte Masahiro leise, obwohl er bereits ahnte, was Kjell sagen würde.

Kjell drehte sich langsam zu ihm um, seine Augen suchten Masahiros Blick. „Dich."

Masahiro erstarrte. Es war, als ob die Zeit für einen Moment stehen blieb, und das sanfte Schneien um sie herum verstärkte die Stille zwischen ihnen. Kjell hatte es einfach so gesagt, als ob es das Natürlichste auf der Welt wäre – ohne Zögern, ohne Unsicherheit.

„Kjell...", begann Masahiro, unsicher, wie er antworten sollte.

Kjell trat einen Schritt näher und legte sanft seine Hand auf Masahiros Arm. „Du musst nichts sagen, Masahiro. Ich wollte nur, dass du es weißt."

Masahiro konnte Kjells warme Hand durch den Stoff seiner Jacke spüren, und er fühlte, wie sein Herz schneller schlug. Er hatte keine Worte für das, was gerade geschah. Aber in diesem Moment wusste er, dass sich zwischen ihnen etwas geändert hatte – etwas, das sie beide nicht mehr ignorieren konnten.

„Danke", sagte Masahiro schließlich leise und sah Kjell in die Augen. „Ich... schätze das."

Kjell lächelte sanft und zog Masahiro in eine kurze, aber feste Umarmung. Es war eine Umarmung, die mehr sagte als tausend Worte, eine Umarmung, die zeigte, dass sie beide bereit waren, etwas Neues zu wagen – auch wenn sie noch nicht genau wussten, wohin es führen würde.

...entwickelt sich ihre Freundschaft weiter in eine tiefere, emotionalere Richtung?. Doch es ist nicht nur die gemeinsame Leidenschaft für Manga und Anime, die sie verbindet – da ist etwas zwischen ihnen, das sich langsam entfaltet, während sie die Nacht durch die verschneiten Straßen von Sapporo gehen.

Masahiro spürte, wie sein Herz noch immer schneller schlug, während er Kjells Wärme spürte. Es war eine einfache Umarmung, aber sie fühlte sich bedeutungsvoll an. Es war, als ob all die unausgesprochenen Worte, die zwischen ihnen schwebten, plötzlich einen Ausdruck gefunden hatten, ohne dass sie überhaupt etwas sagen mussten.

„Weißt du", begann Kjell nach einer Weile, als sie sich wieder voneinander lösten, „ich wusste vom ersten Moment an, dass du jemand Besonderes bist."

Masahiro sah ihn an, überrascht von der plötzlichen Ernsthaftigkeit in Kjells Stimme. „Wirklich?"

„Ja", sagte Kjell und zuckte leicht mit den Schultern. „Ich meine, du tust immer so, als wäre dir alles egal, aber ich sehe es in deinen Augen. Da ist viel mehr in dir, als du zeigst."

Masahiro wusste nicht, was er sagen sollte. Er war es nicht gewohnt, dass jemand so offen über seine Gefühle sprach

– schon gar nicht über ihn. Doch Kjell war anders. Er hatte nie davor zurückgeschreckt, Masahiro direkt herauszufordern, seine Mauern zu durchbrechen und etwas Echtes zu zeigen.

„Es ist... kompliziert", sagte Masahiro schließlich und sah auf den Boden, während der Schnee leise unter ihren Füßen knirschte.

„Das ist es immer", antwortete Kjell leise. „Aber das ist okay."

Masahiro hob den Blick und sah in Kjells Augen, die in dem schwachen Licht der Straßenlaternen funkelten. Da war etwas Beruhigendes in Kjells Anwesenheit, etwas, das Masahiro in der Vergangenheit nie gekannt hatte. Er fühlte sich nicht gedrängt oder unter Druck gesetzt – Kjell war einfach da, ruhig und geduldig, als würde er darauf warten, dass Masahiro bereit war, sich zu öffnen.

„Ich weiß nicht, wie das weitergehen soll", sagte Masahiro schließlich und sprach die Unsicherheit aus, die ihn seit ihrer ersten Begegnung begleitet hatte. „Ich meine... wir sind so verschieden."

Kjell lachte leise, aber es war kein spöttisches Lachen. „Ja, das stimmt. Aber vielleicht ist das genau das, was es interessant macht."

Masahiro schnaubte leicht, konnte aber nicht verhindern, dass ein kleines Lächeln seine Lippen umspielte. „Vielleicht."

Sie gingen weiter, die Stille zwischen ihnen war nun vertraut, beinahe tröstlich. Die Schneeflocken wirbelten um sie herum, und der nächtliche Himmel schien endlos. Masahiro spürte, wie sich das Chaos, das Kjell in sein Leben gebracht hatte, langsam in etwas Vertrautes verwandelte – etwas, das ihm sogar gefiel.

„Du musst nicht alles sofort herausfinden, Masahiro", sagte Kjell plötzlich und sah ihn an. „Lass es einfach geschehen. Vielleicht ist das der beste Weg."

Masahiro nickte langsam. „Das ist schwer für mich."

„Ich weiß", sagte Kjell sanft und legte eine Hand auf Masahiros Arm. „Aber ich bin hier. Wir finden es gemeinsam heraus."

Masahiro spürte erneut dieses seltsame Gefühl von Wärme, das Kjell ihm gab. Es war nicht die physische Wärme der Umarmung oder der Nähe, sondern etwas Tieferes – das Wissen, dass er nicht allein war. Dass da jemand war, der ihn verstand und akzeptierte, so wie er war.

„Danke", sagte Masahiro leise, seine Stimme kaum mehr als ein Flüstern.

Kjell lächelte und zog ihn spielerisch an sich heran. „Du musst dich nicht bedanken, Masahiro. Ich bin einfach froh, dass du mich in dein Leben gelassen hast."

Masahiro ließ sich von Kjell mitziehen, ihre Schritte im Einklang, während sie weiter durch die verschneiten Straßen schlenderten. Es war ein einfacher Moment, aber es fühlte sich wie der Beginn von etwas Größerem an – etwas, das sie beide noch nicht ganz verstanden, aber das sie bereit waren, gemeinsam zu erkunden.

Später, als Masahiro wieder allein in seiner Wohnung war, ließ er den Tag Revue passieren. Die Convention, Kjells Worte, ihre Nähe – es war alles so intensiv gewesen. Und doch fühlte sich alles so... richtig an. Kjell hatte es geschafft, ihn aus seiner Komfortzone zu holen, und Masahiro hatte angefangen, sich selbst in einem neuen Licht zu sehen.

Er setzte sich an seinen Schreibtisch, öffnete sein Skizzenbuch und begann zu zeichnen. Seine Hand bewegte sich wie von selbst über das Papier, und bevor er es wusste, hatte er eine Skizze von Kjell vor sich – mit einem schelmischen Lächeln auf den Lippen und einem frechen Funkeln in den Augen. Masahiro starrte das Bild eine Weile an und konnte nicht anders, als zu lächeln.

Es war seltsam, wie sehr sich sein Leben verändert hatte, seit Kjell in es getreten war. Vor nicht allzu langer Zeit hätte er sich nicht einmal vorstellen können, jemanden wie

Kjell in seinem Leben zu haben. Doch jetzt... jetzt konnte er sich nicht mehr vorstellen, wie es ohne ihn gewesen war.

Er legte den Stift zur Seite und sah erneut aus dem Fenster. Der Schnee fiel immer noch, langsam und sanft, und die Stadt war in ein leises, beruhigendes Weiß gehüllt.
Masahiro spürte eine tiefe Ruhe in sich aufsteigen – eine Ruhe, die er lange nicht gekannt hatte.

Er wusste, dass er und Kjell noch einen langen Weg vor sich hatten. Es gab viele Fragen, die ungeklärt blieben, viele Unsicherheiten, die sie beide noch überwinden mussten. Aber Masahiro war bereit, diesen Weg zu gehen – gemeinsam mit Kjell.

Kapitel 6: Gemeinsame Momente

Der Morgen begann, wie viele andere seit Kjell in Masahiros Leben getreten war: mit einer Nachricht von Kjell. Masahiro hatte kaum die Augen geöffnet, als sein Handy auf dem Nachttisch vibrierte. Er blinzelte müde, griff danach und las die Nachricht.

Kjell: „Frühstück bei mir? Ich habe was Besonderes vorbereitet. Sei in 30 Minuten da!"
Masahiro starrte einen Moment auf den Bildschirm, noch nicht vollständig wach. Kjell war wie immer früh auf den

Beinen und bereit, Masahiros ruhigen Morgen durcheinanderzubringen. Er seufzte leise, konnte sich aber ein Lächeln nicht verkneifen. Inzwischen hatte er sich an Kjells spontane Einladungen gewöhnt.

Er setzte sich auf, rieb sich die Augen und beschloss, der Einladung zu folgen. Masahiro zog sich schnell an, und bevor er die Wohnung verließ, dachte er kurz darüber nach, was Kjell wohl diesmal geplant hatte. „Was Besonderes" konnte bei Kjell alles bedeuten – von einem einfachen Frühstück bis zu einer weiteren verrückten Idee, die Masahiro aus seiner Komfortzone reißen würde.

Als Masahiro bei Kjells Wohnung ankam, roch es bereits nach frisch gebratenem Speck und Kaffee. Kjell öffnete die Tür mit einem triumphierenden Lächeln. „Du bist pünktlich! Ich bin beeindruckt."

„Du hast mir nicht wirklich eine Wahl gelassen", murmelte Masahiro trocken, während er eintrat.

„Genau das ist der Trick", sagte Kjell grinsend und schloss die Tür hinter ihm. „Du weißt nie, was du verpasst, wenn du nicht auftauchst."

Masahiro sah sich in Kjells Wohnung um. Sie war nicht besonders groß, aber gemütlich eingerichtet. Überall hingen Poster von verschiedenen Animes und Mangas, und Regale voller Manga-Bände säumten die Wände. Es war ein wenig chaotisch, doch es passte zu Kjells Persönlichkeit.

„Setz dich", sagte Kjell, während er sich in die Küche begab und das Essen auf Teller verteilte. „Ich hab mir gedacht, es wird mal Zeit, dass ich dir etwas zurückgebe, nachdem du mich so oft ertragen musst."

Masahiro hob eine Augenbraue. „Ertragen? Das klingt so negativ."

„Ach, du weißt, was ich meine", sagte Kjell lachend, während er den Tisch deckte. „Du hast mich in dein Leben gelassen, und das ist schon mehr, als ich von den meisten Leuten verlangen kann."

Masahiro setzte sich an den kleinen Esstisch und beobachtete Kjell dabei, wie er das Frühstück servierte – Eier, Speck, Toast und ein dampfender Becher Kaffee. Es war einfach, aber liebevoll zubereitet. Kjell stellte einen Teller vor Masahiro und setzte sich ihm gegenüber.

„Also, wie geht's dir?", fragte Kjell, während er ein Stück Speck in den Mund steckte.

„Gut", antwortete Masahiro und nahm einen Schluck von seinem Kaffee. „Und dir?"

„Besser, seit du hier bist", sagte Kjell mit einem verschmitzten Lächeln.

Masahiro schüttelte leicht den Kopf, konnte aber nicht anders, als zu lächeln. Es war so typisch für Kjell, so direkt zu sein. „Du bist unmöglich."

„Das hast du schon öfter gesagt", antwortete Kjell mit einem Augenzwinkern. „Aber ich nehme das als Kompliment."

Sie aßen schweigend weiter, aber es war kein unangenehmes Schweigen. Es war die Art von Stille, die entsteht, wenn man sich wohlfühlt, wenn keine Worte nötig sind, um die Verbindung zu spüren, die sich zwischen zwei Menschen entwickelt hat.

Nach dem Frühstück lehnte sich Kjell zurück und sah Masahiro ernst an. „Weißt du, ich habe nachgedacht."

Masahiro hob überrascht eine Augenbraue. „Das klingt gefährlich."

Kjell lachte leise. „Sehr witzig. Aber im Ernst, Masahiro... Ich glaube, es wird Zeit, dass wir mal einen kleinen Ausflug machen. Nur wir beide. Weg von der Stadt."

„Einen Ausflug?", fragte Masahiro skeptisch. „Wohin?"

„Keine Ahnung", antwortete Kjell mit einem Achselzucken. „Irgendwohin, wo wir uns entspannen können. Vielleicht ins Umland. Ein bisschen raus aus dem Alltag, weißt du?"

Masahiro dachte einen Moment lang nach. Die Vorstellung, eine Weile aus der Stadt herauszukommen und dem Alltag zu entfliehen, klang verlockend. Aber gleichzeitig war es eine weitere dieser spontanen Ideen von Kjell, die ihn aus seiner gewohnten Routine reißen würden.

„Ich weiß nicht...", begann Masahiro.

„Komm schon", drängte Kjell, seine Augen funkelten vor Begeisterung. „Es wird gut. Du brauchst mal eine Pause von deiner Arbeit. Und ich brauche mal eine Pause von... na ja, mir selbst."

Masahiro lachte leise. „Eine Pause von dir selbst?"

„Ja, klar", sagte Kjell grinsend. „Manchmal bin ich sogar für mich selbst zu viel."

Masahiro schüttelte den Kopf und sah Kjell an. „Wann willst du los?"

Kjell strahlte. „Am Wochenende. Wir fahren einfach raus, finden einen schönen Ort, und dann entspannen wir. Klingt doch gut, oder?"

Masahiro seufzte tief, wusste aber bereits, dass er zustimmen würde. „Okay. Aber du übernimmst die Planung."

„Das mache ich", sagte Kjell und klopfte Masahiro triumphierend auf die Schulter. „Du wirst es nicht bereuen."

Die Tage vergingen schnell, und bevor Masahiro es sich versah, stand das Wochenende vor der Tür. Kjell hatte alles organisiert – von der Unterkunft bis zur Route, die sie fahren würden. Masahiro ließ sich auf den Ausflug ein, obwohl er nicht genau wusste, was ihn erwartete.

Am Samstagmorgen trafen sie sich an der Bushaltestelle, wo Kjell bereits mit einem breiten Grinsen auf ihn wartete. „Bist du bereit für das Abenteuer?"

Masahiro schnaubte leise. „Ich bin bereit für eine ruhige Zeit, hoffe ich."

„Das wirst du haben", versprach Kjell und schwang sich seinen Rucksack über die Schulter. „Aber ein bisschen Abenteuer gehört dazu."

Die Fahrt führte sie aus der Stadt hinaus, vorbei an verschneiten Wäldern und malerischen Dörfern, bis sie schließlich an einem kleinen, abgelegenen Gasthaus ankamen, das von Bergen und Bäumen umgeben war. Die Luft war frisch und klar, und der Schnee, der den Boden bedeckte, schimmerte im weichen Licht der Wintersonne.

„Das ist es", sagte Kjell, als sie aus dem Bus stiegen und auf das Gasthaus zugingen. „Ruhig, friedlich und weit weg von allem."

Masahiro sah sich um und atmete tief durch. „Es ist... schön."

„Genau", sagte Kjell, während sie ihre Sachen ins Gasthaus brachten. „Das hier wird großartig."

Die nächsten Stunden verbrachten sie damit, die Umgebung zu erkunden. Kjell führte Masahiro durch die nahegelegenen Wälder, zeigte ihm die Aussichtspunkte und erzählte Geschichten über die Gegend, als hätte er sie schon hundert Mal besucht. Doch Masahiro war sich sicher, dass Kjell den Ort zum ersten Mal sah – sein Enthusiasmus und seine Abenteuerlust schienen unerschöpflich.

Am Abend kehrten sie ins Gasthaus zurück, wo ein gemütliches Kaminfeuer bereits für wohlige Wärme sorgte. Sie ließen sich in den Sesseln vor dem Kamin nieder, jeder mit einem warmen Getränk in der Hand, und genossen die Stille.

„Das ist genau das, was ich gebraucht habe", sagte Kjell leise und starrte in die Flammen. „Einfach mal weg von allem."

Masahiro nickte zustimmend. Auch er spürte, wie die Anspannung der letzten Tage von ihm abfiel. Es war selten, dass er sich wirklich entspannen konnte, aber hier, in der Abgeschiedenheit, fiel es ihm leichter.

„Weißt du, Masahiro", begann Kjell nach einer Weile und drehte sich zu ihm um. „Ich bin wirklich froh, dass du mitgekommen bist."

Masahiro sah Kjell an, seine Augen leuchteten im Schein des Feuers. „Ich bin auch froh, dass ich mitgekommen bin."

Kjell lächelte und lehnte sich zurück, seine Hand ruhte auf der Sessellehne, nur wenige Zentimeter von Masahiros entfernt. Es war eine kleine Geste, aber Masahiro spürte die Nähe, die sich in den letzten Wochen zwischen ihnen aufgebaut hatte. Da war diese unausgesprochene Verbindung, die immer deutlicher wurde – eine Verbindung, die mehr war als nur Freundschaft.

Masahiro spürte, wie sein Herz schneller schlug, als Kjell langsam seine Hand auf die seine legte. Es war eine einfache, unaufdringliche Geste, aber sie sagte alles, was Worte nicht ausdrücken konnten. Masahiro
...ließ den Moment auf sich wirken. Kjells Hand auf seiner fühlte sich warm und vertraut an, und obwohl Masahiro normalerweise keine Nähe suchte, war es in diesem Moment anders. Es fühlte sich... richtig an.
Sie saßen eine Weile still da, beide mit ihren eigenen Gedanken beschäftigt, doch es war ein angenehmes Schweigen. Die Stille wurde nur durch das leise Knistern

des Kaminfeuers unterbrochen, und der sanfte Schein der Flammen tanzte auf ihren Gesichtern.

Kjell brach das Schweigen schließlich, seine Stimme war leise und sanft. „Weißt du, Masahiro, ich habe nie gedacht, dass ich jemanden wie dich treffen würde."

Masahiro drehte den Kopf leicht zu ihm und sah Kjell an, dessen Gesicht nun einen ernsteren Ausdruck angenommen hatte. „Was meinst du?"

„Ich meine, ich war immer der Typ, der dachte, ich komme allein klar. Ich brauche niemanden, dachte ich." Kjell lachte leise, aber es war ein wehmütiges Lachen. „Aber dann kamst du, und irgendwie... ich weiß nicht, du hast mich verändert."

Masahiro wusste nicht, was er darauf sagen sollte. Kjell war immer so selbstsicher, so unerschütterlich in seiner Art. Zu hören, dass er auch Zweifel und Unsicherheiten hatte, war... überraschend. Aber gleichzeitig fühlte es sich bedeutungsvoll an, dass Kjell sich ihm gegenüber so öffnete.

„Ich dachte immer, du bist derjenige, der mich verändert", sagte Masahiro schließlich leise.

„Vielleicht verändern wir uns gegenseitig", sagte Kjell und sah Masahiro mit einem sanften Lächeln an. „Aber was ich damit sagen will, ist... ich bin froh, dass wir uns getroffen haben."

Masahiro erwiderte das Lächeln, seine Hand lag noch immer unter Kjells, und er spürte, wie sich etwas in ihm entspannte. Es war selten, dass er so viel Nähe zuließ, aber mit Kjell fühlte es sich anders an. Er fühlte sich sicher.

„Ich bin auch froh", sagte Masahiro leise, seine Augen immer noch auf Kjell gerichtet.

Kjell lachte leise, aber diesmal klang es weich und glücklich. „Das ist das Netteste, was du je zu mir gesagt hast."

Masahiro schüttelte leicht den Kopf, konnte aber nicht anders, als ebenfalls zu lächeln. „Vielleicht sollte ich öfter nett zu dir sein."

„Das wäre mal was Neues", scherzte Kjell und zwinkerte ihm zu. Dann wurde sein Gesichtsausdruck wieder ernst. „Weißt du, Masahiro... ich weiß, dass wir beide nicht immer die einfachsten Typen sind. Aber was auch immer zwischen uns passiert... ich will, dass du weißt, dass ich es ernst meine. Ich will das hier nicht verlieren."

Masahiro spürte, wie sein Herz schneller schlug. Kjell sprach es aus – das, worüber sie beide schon eine Weile schwiegen, aber das dennoch zwischen ihnen wuchs. Diese Verbindung, die sie teilten, war mehr als nur Freundschaft, und beide wussten es.

„Ich will es auch nicht verlieren", sagte Masahiro ehrlich und hielt Kjells Blick. „Aber... ich bin nicht gut in sowas. Ich weiß nicht, wie das alles funktionieren soll."

Kjell nickte langsam, seine Augen voller Verständnis.

„Das müssen wir auch nicht sofort wissen. Aber wir haben Zeit, es herauszufinden, okay?"

Masahiro nickte und spürte, wie ein Teil der Unsicherheit in ihm nachließ. Kjell drängte ihn nicht. Er war einfach da, bereit, diesen Weg mit ihm zu gehen, egal wie lange es dauerte.

„Okay", sagte Masahiro leise und spürte, wie sich etwas in ihm löste. Es war nicht mehr die Angst vor dem Unbekannten, die ihn zurückhielt. Es war jetzt eher die Neugier – die Neugier darauf, wohin dieser Weg sie beide führen würde.

Kjell drückte sanft Masahiros Hand, bevor er sich zurücklehnte und die Beine ausstreckte. „Gut. Dann lass uns einfach mal sehen, was passiert."

Masahiro lehnte sich ebenfalls zurück, sein Blick auf die tanzenden Flammen gerichtet, während die Wärme des Kamins den Raum erfüllte. Es fühlte sich gut an, hier zu sein – mit Kjell, fernab vom Lärm der Stadt, nur sie beide und die Ruhe, die sie umgab.

Am nächsten Morgen wachten sie früh auf. Der Himmel war klar, und der Schnee glitzerte in der Sonne, als sie sich nach einem gemütlichen Frühstück auf den Weg machten, um noch einen letzten Spaziergang durch den verschneiten Wald zu unternehmen.

Masahiro genoss die Stille um sie herum, das leise Knirschen des Schnees unter ihren Stiefeln und die frische Luft, die ihm den Kopf freimachte. Kjell lief neben ihm, und obwohl sie nichts sagten, fühlte sich ihre gemeinsame Zeit bedeutungsvoll an.

„Es ist schön hier draußen", sagte Masahiro schließlich und brach die Stille.

„Ja", stimmte Kjell zu und grinste. „Fast so schön wie du."

Masahiro schüttelte den Kopf, konnte aber nicht anders, als zu lächeln. Kjell war unverbesserlich – immer bereit, einen frechen Kommentar abzugeben. Aber genau das war es, was Masahiro mittlerweile schätzte. Kjell brachte Leichtigkeit in sein Leben, wo vorher nur Ernst und Routine gewesen waren.

Als sie den höchsten Punkt des Hügels erreichten, blieben sie stehen und betrachteten die weite, schneebedeckte Landschaft, die sich vor ihnen erstreckte. Der Anblick war atemberaubend, und für einen Moment vergaß Masahiro all seine Zweifel und Unsicherheiten. Es gab nur diesen Moment – diesen friedlichen, perfekten Moment.

Kjell trat näher an ihn heran und legte seinen Arm um Masahiros Schultern. „Weißt du, das hier – das ist alles, was wir brauchen. Diese kleinen Momente, die machen das Leben aus."

Masahiro sah Kjell an und nickte stumm. Er wusste, dass Kjell recht hatte. Es waren diese stillen, unerwarteten Augenblicke, die das Leben lebenswert machten – und genau diese Momente wollte er mit Kjell teilen.

Als sie später am Tag ins Gasthaus zurückkehrten und sich auf die Rückfahrt vorbereiteten, spürte Masahiro, wie eine seltsame Ruhe über ihn kam. Der Ausflug hatte ihm mehr gebracht, als er erwartet hatte. Es war nicht nur die Ruhe der Natur gewesen, sondern auch die Erkenntnis, dass er in Kjell jemanden gefunden hatte, der ihn verstand – jemand, mit dem er diese besondere Verbindung teilen konnte.

Als der Bus sie zurück in die Stadt brachte, lehnte sich Masahiro in seinen Sitz zurück und schloss die Augen. Neben ihm saß Kjell, der ebenfalls ruhig war, aber Masahiro wusste, dass sie beide gerade das Gleiche fühlten. Es war der Anfang von etwas Echtem, etwas, das sie beide nicht loslassen wollten.

Und als der Bus durch die verschneiten Straßen fuhr, wusste Masahiro, dass er nicht mehr allein war – und dass er das auch nicht mehr wollte.

Als der Bus durch die verschneiten Straßen zurück in die Stadt rollte, lehnte sich Masahiro tief in den Sitz zurück, die Augen halb geschlossen. Er spürte noch immer Kjells Arm, der auf der Rückenlehne des Sitzes lag, leicht an seiner Schulter ruhend. Es war eine dieser unaufdringlichen, fast beiläufigen Gesten, die dennoch so viel aussagten – die Wärme, das stille Verständnis. Kjell sagte nichts, und das musste er auch nicht. Masahiro wusste, dass die Verbindung zwischen ihnen mit jedem Tag stärker wurde, und er fand sich langsam damit ab, dass er nicht mehr in der Lage war, sich dagegen zu wehren. Er wollte es auch nicht mehr.

„Woran denkst du?" Kjells Stimme unterbrach die Stille, leise und ruhig, fast so, als wollte er den Moment nicht zerstören.

Masahiro öffnete die Augen und drehte den Kopf leicht zu Kjell. „An den Ausflug", antwortete er schlicht, obwohl er wusste, dass es mehr als das war.

„Und? War es so schlimm, wie du gedacht hast?" Kjell grinste, das typische herausfordernde Funkeln in seinen Augen, das Masahiro so gut kannte.

Masahiro schüttelte den Kopf, ein kleines, ruhiges Lächeln auf den Lippen. „Nein. Es war... schön."

Kjell grinste noch breiter. „Sieh mal an, das hört man nicht oft von dir." Er lehnte sich vor und senkte seine Stimme, als wollte er ein Geheimnis preisgeben. „Ich sag's dir, Masahiro – du wirst noch weich."

„Ich bin nicht weich", murmelte Masahiro, auch wenn er insgeheim wusste, dass Kjell recht hatte. Er hatte sich verändert. Aber war das wirklich so schlecht?

„Vielleicht nicht", sagte Kjell leichthin und lehnte sich wieder zurück. „Aber vielleicht lässt du mich ja trotzdem irgendwann mal hinter die ganzen Mauern schauen, die du um dich gebaut hast."

Masahiro lachte leise, seine Augen auf den vorbeiziehenden Schnee gerichtet. „Vielleicht", sagte er. „Aber beeil dich nicht, Kjell. Es gibt viele Mauern."

„Ich hab Zeit", antwortete Kjell, und das sanfte, ehrliche Lächeln, das er Masahiro schenkte, brachte Masahiro erneut dazu, sich auf diese merkwürdige Mischung aus Vertrauen und Unsicherheit einzulassen.

Der Rest der Fahrt verlief in angenehmem Schweigen. Beide genossen die Ruhe und die Abgeschiedenheit des Busses, bevor sie wieder in den Trubel der Stadt eintauchen würden. Masahiro wusste, dass sie bald wieder in den Alltag zurückkehren würden, aber diesmal fühlte es sich anders an. Es war, als hätte der Ausflug sie beide noch enger zusammengeschweißt, als hätte er eine unausgesprochene Einigung zwischen ihnen geschaffen, dass sie diesen Weg gemeinsam gehen würden.

Als sie schließlich in der Stadt ankamen, war es bereits dunkel, und die Straßenlaternen beleuchteten den frischen Schnee, der die Straßen von Sapporo in ein ruhiges Winterlicht tauchte. Sie stiegen aus dem Bus, und Masahiro spürte sofort die vertraute Kälte, die durch seine Kleidung kroch. Kjell dagegen schien von der Kälte unbeeindruckt, wie immer voller Energie.

„Also, was jetzt?" fragte Kjell, während sie gemeinsam in Richtung ihrer Wohnungen gingen.

Masahiro zuckte mit den Schultern. „Keine Ahnung. Zurück zur Routine, denke ich."

„Routine?", wiederholte Kjell mit gespieltem Entsetzen. „Langweilig. Du brauchst mehr als Routine, Masahiro."

„Das hast du schon mal gesagt", antwortete Masahiro trocken, aber sein Lächeln zeigte, dass er Kjell nicht wirklich widersprach.

„Und ich werde es weiterhin sagen, bis du endlich verstehst, dass das Leben mehr ist als Arbeit und Regeln", sagte Kjell und blieb vor Masahiros Wohnhaus stehen.

Masahiro betrachtete Kjell für einen Moment, dann schüttelte er leicht den Kopf. „Ich weiß es zu schätzen, dass du versuchst, mein Leben aufregender zu machen."

Kjell grinste. „Ich bin unermüdlich."

Masahiro schob die Hände in die Taschen seines Mantels und atmete tief ein. Er wusste, dass er Kjell eine Menge zu verdanken hatte – nicht nur dafür, dass er sein Leben durcheinandergebracht hatte, sondern auch dafür, dass er ihm gezeigt hatte, dass es okay war, sich zu öffnen. Es war keine leichte Lektion gewesen, aber Kjell hatte Geduld mit ihm gehabt.

„Danke", sagte Masahiro schließlich, leise, aber aufrichtig.

Kjell blinzelte überrascht, dann lächelte er. „Für was?"

„Für alles", antwortete Masahiro und wich Kjells Blick nicht aus. „Für die Ausflüge, für die Geduld, für das... Chaos."

Kjell lachte, und das warme, fröhliche Geräusch hallte in der kalten Luft wider. „Du bist schon ein seltsamer Typ, weißt du das? Aber ich nehme es als Kompliment."

„Das war es", sagte Masahiro mit einem kleinen Lächeln.

Für einen Moment standen sie einfach nur da, die Stille zwischen ihnen war diesmal anders – sie war erfüllt von unausgesprochenem Verständnis und einer Nähe, die tiefer war als alles, was sie bisher geteilt hatten.

„Na gut", sagte Kjell schließlich und trat einen Schritt zurück. „Ich lasse dich in deine Routine zurückkehren. Fürs Erste."

Masahiro nickte und trat in den Eingang seines Wohnhauses, bevor er sich noch einmal zu Kjell umdrehte. „Aber... vielleicht können wir das bald wiederholen."

Kjell strahlte. „Das klingt nach einem Plan. Und diesmal sorge ich dafür, dass es noch weniger Routine gibt."
„Ich bin gespannt", sagte Masahiro, und mit einem letzten Blick drehte er sich um und ging die Treppe hinauf zu seiner Wohnung.

Als Masahiro die Tür hinter sich schloss, ließ er den Abend noch einmal Revue passieren. Kjell hatte es wieder einmal geschafft, ihn auf eine Weise zu berühren, die Masahiro nie erwartet hätte. Es war nicht nur das, was Kjell tat oder sagte, sondern die Art, wie er da war – immer offen, immer bereit, Masahiro aus seiner selbst gewählten Isolation herauszuholen.

Masahiro zog seine Jacke aus, ging zu seinem Schreibtisch und setzte sich. Vor ihm lag sein Skizzenbuch, und ohne lange nachzudenken, griff er nach seinem Bleistift und begann zu zeichnen. Seine Hand bewegte sich fast automatisch über das Papier, und bevor er es wusste, hatte er Kjell gezeichnet – mit diesem typischen schelmischen Lächeln und dem Funken in den Augen, der so typisch für ihn war.
Masahiro lehnte sich zurück und betrachtete die Zeichnung. Es war eine seiner besten Arbeiten, und er

wusste genau, warum. Kjell hatte ihm etwas zurückgegeben, das er lange vermisst hatte: Leidenschaft. Nicht nur für die Kunst, sondern für das Leben selbst.

Er schloss das Skizzenbuch und lehnte sich in seinem Stuhl zurück. Für den Moment war alles in Ordnung. Der Weg, der vor ihm lag, war noch ungewiss, aber Masahiro wusste, dass er nicht allein war. Kjell würde an seiner Seite sein, egal was kam. Und das war genug.

Kapitel 7: Die Grenzen der Routine

Der nächste Morgen brach kühl und klar an. Masahiro saß an seinem Schreibtisch, den Bleistift in der Hand, und versuchte, sich auf seine Arbeit zu konzentrieren. Das Geräusch des Stiftes, der über das Papier kratzte, war sonst beruhigend, doch heute schien es ihn nicht in den gewohnten Arbeitsfluss zu bringen. Seine Gedanken drifteten immer wieder zu Kjell ab – zu den gemeinsamen Momenten, zu den Worten, die sie sich in der Abgeschiedenheit der verschneiten Berge gesagt hatten.

Normalerweise hätte sich Masahiro in seine Arbeit gestürzt, um die Gedanken an Kjell zu verdrängen, aber heute war es anders. Das, was zwischen ihnen geschehen war, ließ sich nicht so einfach wegschieben. Es war, als hätte Kjell in ihm eine Tür geöffnet, die lange verschlossen war, und nun war es unmöglich, sie wieder zu schließen.

Seufzend lehnte sich Masahiro in seinem Stuhl zurück und ließ seinen Blick durch das Zimmer schweifen. Der Stapel unfertiger Zeichnungen lag auf dem Tisch, seine Figuren in ihrer üblichen Dynamik und Dramatik, aber irgendetwas fehlte ihnen. Es war, als ob sie nicht mehr dieselbe Tiefe hatten wie früher. Vielleicht, dachte er, lag das an ihm selbst. Seit Kjell in sein Leben getreten war, hatte sich alles verändert – auch seine Sicht auf seine Arbeit.

Sein Handy vibrierte auf dem Tisch. Er griff danach und las die Nachricht, die, wie erwartet, von Kjell kam.

Kjell: „Was machst du heute? Bitte sag nicht wieder arbeiten."

Masahiro lächelte leicht und tippte eine Antwort.

Masahiro: „Eigentlich schon."

Kjell: „Falsch. Heute wirst du etwas erleben. Ich hole dich in einer Stunde ab."

Masahiro schüttelte den Kopf und legte das Handy zur Seite. Er sollte sich darüber ärgern, dass Kjell ihn ständig aus seiner Routine riss, doch ein Teil von ihm – ein immer größer werdender Teil – genoss diese spontanen Einladungen. Es war, als hätte Kjell die Fähigkeit, genau dann aufzutauchen, wenn Masahiro es am wenigsten erwartete, aber am meisten brauchte.

Exakt eine Stunde später klingelte es an der Tür. Kjell, wie immer pünktlich und voller Energie, trat ein, bevor Masahiro überhaupt „Hallo" sagen konnte.

„Bereit für einen weiteren Tag voller Abenteuer?" fragte Kjell grinsend, als er seine Jacke ablegte und sich ungefragt in Masahiros Wohnung umsah.

„Abenteuer?", wiederholte Masahiro skeptisch, während er die Tür schloss. „Ich hoffe, du hast nichts allzu Verrücktes geplant."

Kjell grinste verschmitzt. „Keine Sorge, heute machen wir mal was Ruhigeres. Zumindest für meine Verhältnisse."

Masahiro seufzte, zog sich seine Jacke an und warf Kjell einen fragenden Blick zu. „Wohin gehen wir?"

„Lass dich überraschen", sagte Kjell geheimnisvoll, bevor er Masahiro zur Tür hinaus führte.

Sie gingen durch die Straßen von Sapporo, vorbei an den kleinen Geschäften und Cafés, die Masahiro nur allzu gut kannte. Doch Kjell schien ein bestimmtes Ziel zu haben, auch wenn er es Masahiro noch nicht verraten wollte. Schließlich blieben sie vor einem unscheinbaren Gebäude stehen, dessen Eingang von roten Papierlaternen beleuchtet wurde.

„Ein Teehaus?", fragte Masahiro überrascht, als er das Schild las.

„Ja", antwortete Kjell und zog Masahiro sanft in das warme Innere des Hauses. „Ich dachte, wir könnten mal was Ruhiges machen. Du weißt schon, um deine kreativen Energien wieder aufzuladen."

Masahiro war überrascht. Ein Teehaus war wirklich nicht das, was er von Kjell erwartet hatte. Doch als sie sich in einer Ecke des Raumes niederließen und das warme Licht und die beruhigende Atmosphäre auf sich wirken ließen, musste er zugeben, dass es genau das war, was er brauchte.

Kjell bestellte Tee für sie beide und lehnte sich entspannt zurück. „Ich habe überlegt, dass du mal was Neues ausprobieren solltest. Einfach mal abschalten und schauen, was passiert."

„Ich versuche das", sagte Masahiro leise, während er seinen Blick durch den Raum schweifen ließ. „Aber es ist nicht so einfach."

Kjell sah ihn an, und in seinen Augen lag ein ungewohnt ernsthafter Ausdruck. „Ich weiß. Aber du hast schon so viel geschafft, Masahiro. Du lässt immer mehr zu, und das ist gut."

Masahiro sah ihn überrascht an. Es war selten, dass Kjell so ernst sprach, doch in diesem Moment spürte er, dass

Kjell wirklich versuchte, ihn zu verstehen. „Danke", sagte er schließlich, ohne genau zu wissen, wie er diese Dankbarkeit ausdrücken sollte.

„Ich meine das ernst", sagte Kjell und nahm einen Schluck von seinem Tee. „Ich habe dich von Anfang an bewundert. Du bist so diszipliniert, so fokussiert. Aber manchmal brauchst du jemanden, der dir zeigt, dass es okay ist, loszulassen."

Masahiro nickte stumm. Kjell hatte recht – er hatte so lange versucht, alles unter Kontrolle zu halten, dass er vergessen hatte, wie es sich anfühlte, einfach mal loszulassen und das Leben geschehen zu lassen.

„Du machst das gut", sagte Kjell leise und legte eine Hand auf Masahiros Arm. „Lass dir Zeit. Ich bin hier."

Masahiro spürte die Wärme, die von Kjells Hand ausging, und er fühlte, wie sich etwas in ihm entspannte. Es war ein Gefühl von Sicherheit, von Akzeptanz, das er so lange vermisst hatte. Kjell hatte es geschafft, diese Mauern langsam zu durchbrechen, und auch wenn es Masahiro schwerfiel, er war bereit, Kjell ein Stück näher an sich heranzulassen.

Der Tag im Teehaus verging schnell. Sie redeten über alles und nichts – über Animes, Mangas, alte Erinnerungen und neue Pläne. Doch in den leisen Momenten, in denen sie schweigend ihren Tee tranken, war es die unausgesprochene Nähe, die sie verband. Kjell hatte nicht nur einen Platz in Masahiros Leben gefunden, sondern auch in seinem Herzen.

Als sie schließlich das Teehaus verließen, war die Stadt in das goldene Licht der untergehenden Sonne getaucht. Sie gingen langsam durch die Straßen, die nun ruhiger und friedlicher wirkten als noch am Morgen.

„Weißt du, Masahiro", sagte Kjell plötzlich, als sie an einer Kreuzung stehen blieben. „Manchmal frage ich mich, was du wirklich von mir hältst."

Masahiro blieb stehen und sah Kjell an, überrascht von der plötzlichen Frage. „Was meinst du?"

Kjell zuckte mit den Schultern und sah zum Himmel. „Na ja, ich weiß, dass ich oft chaotisch bin, und du bist eher der Typ, der Ruhe und Ordnung bevorzugt. Manchmal frage ich mich, ob ich dir nicht einfach zu viel bin."

Masahiro schwieg einen Moment, bevor er antwortete. „Du bist... viel. Aber genau das mag ich an dir."

Kjell sah ihn überrascht an, und für einen Moment war es, als ob er nicht wusste, was er sagen sollte. Dann lächelte er, und es war ein ehrliches, warmes Lächeln, das Masahiro bis ins Mark traf.

„Danke", sagte Kjell leise.

Masahiro nickte nur und setzte ihren Weg fort. Die Worte, die zwischen ihnen gefallen waren, waren einfach, aber sie trugen eine tiefere Bedeutung. Kjell wusste nun, dass er nicht zu viel war – nicht für Masahiro. Und Masahiro wusste, dass er bereit war, Kjell in seinem Leben zu behalten, so chaotisch es auch manchmal sein mochte.

Kapitel 8: Der Charme des Unerwarteten

Die Stadt Sapporo lag im trüben Morgenlicht, als Masahiro an seinem üblichen Platz in seiner Wohnung saß und durch die Fenster auf die schneebedeckten Straßen blickte. Der Himmel war grau, und es schien einer dieser Tage zu werden, an dem die Welt in einem ruhigen, aber melancholischen Ton verharrte. Masahiro hätte sich normalerweise in seine Arbeit gestürzt, aber heute... heute war etwas anders.

Er seufzte tief und legte den Bleistift zur Seite. Seit seiner letzten Begegnung mit Kjell hatte sich etwas in ihm verändert. Es war, als ob Kjell, mit seiner unaufhaltsamen Energie und seinem Chaos, nicht nur seine Routine durchbrochen hatte, sondern auch einen Teil von ihm geweckt hatte, den er lange unterdrückt hatte. Die unausgesprochenen Gefühle, die leise Nähe, die sich zwischen ihnen aufgebaut hatte – es war alles so neu und doch... irgendwie natürlich.

Während Masahiro in Gedanken versunken war, wurde er von einem lauten Klopfen an seiner Tür aus der Ruhe gerissen. Er runzelte die Stirn, ging zur Tür und öffnete sie – und, wie zu erwarten, stand Kjell da, sein Grinsen breiter als der Himmel draußen.

„Morgen, Schlafmütze!", rief Kjell, als er ohne Einladung in die Wohnung trat. „Du siehst so aus, als hättest du eine Aufmunterung nötig."

Masahiro verdrehte die Augen und schloss die Tür hinter ihm. „Ich habe nicht geschlafen, ich habe gearbeitet."

„Ach komm, du kannst mir nichts vormachen", sagte Kjell und grinste ihn herausfordernd an. „Ich sehe doch, dass du gedanklich ganz woanders bist."

„Und wo sollte ich deiner Meinung nach sein?", fragte Masahiro, während er sich wieder an seinen Schreibtisch setzte.

„Bei mir, natürlich", sagte Kjell mit einem zwinkernden Lächeln und setzte sich ihm gegenüber. „Aber keine Sorge, ich bin ja schon da, um dich zu retten."

„Zu retten?", wiederholte Masahiro skeptisch. „Vor was genau?"

„Vor dir selbst!", erklärte Kjell und klopfte mit beiden Händen auf den Tisch. „Du vergräbst dich wieder in deinem Kopf und deinen Zeichnungen, und ich werde nicht zulassen, dass du dich in deiner Routine verlierst."

„Und was hast du diesmal vor?", fragte Masahiro, obwohl er die Antwort bereits ahnte.

„Ein Date", sagte Kjell und lehnte sich mit einem triumphierenden Lächeln zurück. „Heute gehen wir auf ein richtiges Date."

Masahiro blinzelte überrascht. „Ein Date? Du meinst, wie... romantisch?"

Kjell lachte und beugte sich vor, seine Augen funkelten schelmisch. „Ja, genau das. Romantisch, Masahiro. So richtig kitschig und alles."

Masahiro spürte, wie ihm die Röte ins Gesicht stieg. Er hatte nicht erwartet, dass Kjell das so direkt ansprechen würde, und es fühlte sich... merkwürdig an. Nicht unangenehm, aber definitiv unerwartet.

„Und was genau hast du geplant?", fragte Masahiro, bemüht, ruhig zu bleiben.

„Das wäre doch langweilig, wenn ich dir das jetzt verraten würde", sagte Kjell mit einem Augenzwinkern. „Zieh dich einfach warm an, wir gehen raus. Der Rest ist eine Überraschung."

„Kjell, ich bin wirklich nicht sicher, ob—"

„Keine Diskussionen", unterbrach Kjell ihn und zog ihn energisch vom Stuhl hoch. „Du bist mir was schuldig. Außerdem weiß ich, dass du Spaß haben wirst. Vertraue mir."

Masahiro seufzte und ließ sich widerstandslos mitziehen. Kjell hatte recht – er war ihm etwas schuldig. Und tief in seinem Inneren spürte Masahiro auch eine gewisse Neugier, was Kjell diesmal für ihn geplant hatte.

Wenige Minuten später standen sie draußen in der kalten Winterluft, Kjell neben ihm, der seine Hände in den Taschen seines Mantels vergraben hatte, und Masahiro, der sich fragte, wohin Kjell ihn dieses Mal bringen würde.

„Also, wohin geht's?", fragte Masahiro, als sie durch die verschneiten Straßen liefen.

„Geduld", sagte Kjell und grinste. „Das wirst du schon sehen."

Nach einer Weile des Gehens erreichten sie schließlich den Stadtpark, der unter einer dicken Schneeschicht lag. Überall waren Menschen unterwegs – Paare, Familien, Kinder, die im Schnee spielten. Doch Kjell führte Masahiro zielstrebig an all dem vorbei zu einem abgelegenen Teil des Parks, wo es stiller und friedlicher war.

Schließlich blieben sie vor einem gefrorenen See stehen, dessen Oberfläche wie ein Spiegel unter dem schwachen

Winterlicht schimmerte. Kjell drehte sich zu Masahiro um, ein freches Lächeln auf den Lippen.

„Eislaufen", sagte er. „Ich dachte, das wäre perfekt für unser erstes Date."

Masahiro starrte ihn an. „Eislaufen? Du willst, dass ich mich auf diesen See begebe und mir wahrscheinlich das Genick breche?"

Kjell lachte und klopfte ihm auf die Schulter. „Ach, komm schon. Es wird nicht so schlimm. Ich helfe dir. Und wenn du fällst, fange ich dich auf."

„Das beruhigt mich ungemein", murmelte Masahiro, doch ein Teil von ihm konnte nicht anders, als Kjells Begeisterung ansteckend zu finden.

Bevor er weiter protestieren konnte, hatte Kjell ihn schon mit zu einem kleinen Stand am Rande des Sees gezogen, wo sie sich Schlittschuhe ausliehen. Masahiro schnürte die Schuhe widerwillig, während Kjell sich wie ein Profi darauf vorbereitete.

„Du bist wirklich verrückt", sagte Masahiro, als sie schließlich auf die glatte Eisfläche traten.

„Und du liebst es", antwortete Kjell grinsend, während er Masahiro an der Hand nahm und ihm half, die ersten wackeligen Schritte zu machen.

Es war schwieriger, als Masahiro erwartet hatte. Das Eis war glatt, seine Beine fühlten sich unsicher an, und er klammerte sich fest an Kjells Hand, als er versuchte, das Gleichgewicht zu halten. Doch Kjell war unermüdlich und zog ihn immer wieder sanft nach vorn, ermutigte ihn, weiterzumachen.

„Siehst du?", sagte Kjell, als sie schließlich ein paar Runden über den See gedreht hatten. „Du bist gar nicht so schlecht."

„Das sagst du nur, weil ich mich die ganze Zeit an dir festhalte", antwortete Masahiro, doch er konnte das Lächeln auf seinen Lippen nicht verbergen.

Kjell lachte. „Hey, wenn das der Preis ist, den ich zahlen muss, dann nehme ich das gerne in Kauf."

Masahiro wurde wieder leicht rot, aber diesmal störte es ihn nicht. Sie glitten weiter über das Eis, ihre Bewegungen wurden fließender, und Masahiro merkte, dass er tatsächlich anfing, Spaß zu haben. Es war seltsam – normalerweise wäre er bei solchen Aktivitäten viel zu angespannt gewesen, aber mit Kjell an seiner Seite fühlte es sich anders an. Sicherer. Leichter.

Als sie schließlich eine Pause machten und sich an den Rand des Sees setzten, atmete Masahiro tief durch und sah Kjell an. „Okay, ich gebe zu – das war nicht so schlimm, wie ich gedacht habe."

„Das nenne ich einen Erfolg", sagte Kjell und grinste. „Du hast nicht nur überlebt, sondern auch noch Spaß gehabt."

„Du hattest recht", sagte Masahiro leise und sah hinaus auf den zugefrorenen See. „Manchmal muss man einfach loslassen."

Kjell legte eine Hand auf Masahiros Schulter und zog ihn sanft zu sich. „Genau. Und ich bin hier, um dir dabei zu helfen."

Masahiro sah Kjell an, ihre Blicke trafen sich, und für einen Moment war es, als ob die ganze Welt um sie herum verschwunden wäre. Es gab nur sie beide, das sanfte Rauschen des Windes und die Wärme, die von Kjells Nähe ausging.

Ohne nachzudenken, lehnte sich Masahiro näher zu Kjell, und Kjell, der die Einladung sofort verstand, schloss die Lücke zwischen ihnen. Es war ein sanfter, zärtlicher Kuss, voller unausgesprochener Emotionen und dem Versprechen von mehr.

Als sie sich langsam voneinander lösten, sah Kjell Masahiro mit einem schelmischen Lächeln an. „Du wirst doch nicht weich, oder?"

Masahiro lachte leise und schüttelte den Kopf. „Vielleicht ein bisschen."

Nach dem sanften Kuss, der die unausgesprochenen Gefühle zwischen ihnen endlich ans Licht gebracht hatte, schwiegen sie eine Weile und genossen den Moment. Masahiro spürte, wie sein Herz noch immer etwas schneller schlug, während er Kjells Blick hielt. Die Kälte um sie herum schien in den Hintergrund zu treten, während ihre Nähe Wärme ausstrahlte, die den Moment unvergesslich machte.

„Weißt du", sagte Kjell schließlich mit einem leichten Grinsen, „ich hatte wirklich gehofft, dass du mich heute nicht auf dem Eis umbringst."

Masahiro lachte und schüttelte den Kopf. „Ich hab es zumindest versucht."

„Du warst nah dran", erwiderte Kjell und legte dramatisch eine Hand auf seine Brust, als ob er sich von einem Schrecken erholen müsste. „Aber ich habe es überlebt. Und das bedeutet, du schuldest mir jetzt ein weiteres Date."

„Ach ja?", fragte Masahiro trocken, konnte aber das Lächeln nicht unterdrücken, das sich auf seinen Lippen ausbreitete. „Und was hast du diesmal geplant? Willst du mich wieder in irgendeine lebensgefährliche Situation bringen?"

Kjell lachte laut, seine Augen blitzten verschmitzt. „Vielleicht. Aber ich verspreche dir, dass es jedes Mal besser wird."

Masahiro schüttelte den Kopf, doch er konnte nicht leugnen, dass Kjells Vorschläge ihn neugierig machten – und dass er sich tatsächlich auf die nächste spontane Überraschung freute. „Na gut", sagte er schließlich. „Aber nur, wenn es weniger Eis gibt."

Kjell grinste triumphierend und sprang auf die Füße. „Abgemacht!"

Sie zogen sich die Schlittschuhe aus und machten sich auf den Weg zurück durch den Park. Die Kälte war wieder spürbar, aber die Leichtigkeit, die zwischen ihnen lag, wärmte Masahiro auf eine Weise, die er kaum beschreiben konnte. Kjell war noch immer derselbe chaotische Sturm, der ihn aus seiner gewohnten Welt riss, aber jetzt... fühlte es sich richtig an. Es war, als ob Masahiro endlich akzeptierte, dass Kjell der Wind war, der ihn vorwärtstrieb – weg von seiner Routine, hinein in ein Leben voller unerwarteter Momente.

„Was machen wir jetzt?", fragte Masahiro, als sie aus dem Park herauskamen und die belebten Straßen von Sapporo wieder vor ihnen lagen.

Kjell sah ihn mit einem nachdenklichen Ausdruck an. „Hast du Hunger?"

Masahiro nickte. „Ein bisschen." „Perfekt", sagte Kjell und

zog ihn wieder einmal an der
Hand in eine Richtung, die Masahiro nicht erwartet hatte.
„Ich kenne da einen Ort, der dir gefallen wird." Masahiro ließ

sich von Kjell durch die Straßen führen, bis
sie schließlich vor einem kleinen, unauffälligen Ramen-
Restaurant haltmachten. Der warme Duft von Brühe und
Gewürzen wehte ihnen entgegen, als Kjell die Tür öffnete
und sie eintraten. Es war ein gemütlicher Ort, klein, aber
einladend, und Masahiro spürte sofort die wohlige Wärme,
die ihn umfing. „Setz dich", sagte Kjell, als sie einen Tisch

fanden. „Ich
bestelle."

Masahiro setzte sich und beobachtete, wie Kjell souverän

die Bestellung aufgab. Er wirkte so in seinem Element, als
würde er diesen Ort schon seit Jahren kennen, und
Masahiro musste lächeln. Kjell war eine ständige
Überraschung – ein Wirbelwind aus Spontaneität und
Charme, der es irgendwie immer schaffte, Masahiro aus
der Fassung zu bringen.

Als Kjell zurückkam und sich ihm gegenüber setzte,
funkelten seine Augen vor Vorfreude. „Du wirst es
lieben", sagte er mit einem breiten Grinsen.

„Das sagst du immer", antwortete Masahiro, doch er war
gespannt, was Kjell diesmal für ihn ausgewählt hatte.

Es dauerte nicht lange, bis die dampfenden Schalen mit Ramen vor ihnen standen. Der Duft war unwiderstehlich, und Masahiro spürte, wie ihm das Wasser im Mund zusammenlief. Er griff nach den Stäbchen und begann zu essen, und schon nach dem ersten Bissen wusste er, dass Kjell recht gehabt hatte – es war wirklich unglaublich.

„Und?", fragte Kjell, während er selbst eine großzügige Portion Ramen verschlang. „Bin ich ein Genie oder was?"
„Ich gebe es ungern zu", sagte Masahiro, „aber ja, du hast einen guten Geschmack."
„Das war das Netteste, was du je zu mir gesagt hast", sagte Kjell mit gespielter Ernsthaftigkeit und legte eine Hand aufs Herz. „Ich bin gerührt."

„Das hoffe ich", antwortete Masahiro trocken und nahm einen weiteren Bissen. Die Leichtigkeit ihres Gesprächs, das Lachen und die kleinen Neckereien, fühlten sich so natürlich an. Es war, als ob die letzten Wochen sie genau hier hergeführt hätten – zu diesem Moment, an dem alles, was unausgesprochen geblieben war, endlich klar auf der Hand lag.

„Weißt du", sagte Kjell plötzlich und sah Masahiro direkt in die Augen, „ich hätte nie gedacht, dass du mich so weit kommen lässt."

Masahiro legte die Stäbchen zur Seite und sah ihn ernst an. „Was meinst du?"

„Ich meine...", Kjell zuckte mit den Schultern und lehnte sich zurück. „Du warst immer so... verschlossen. So sehr in deiner eigenen Welt. Ich hätte nie gedacht, dass ich dich so weit bringe, dass du dich öffnest."

Masahiro dachte einen Moment lang nach, bevor er antwortete. „Ich auch nicht."

Kjell lächelte, aber diesmal war es ein weiches, ehrliches Lächeln, frei von seinem üblichen Schalk. „Aber ich bin froh, dass du es getan hast."

„Ich auch", gab Masahiro zu, und es war, als ob mit diesen Worten eine weitere Mauer in ihm bröckelte. Er hatte lange gebraucht, um Kjell in sein Leben zu lassen, aber jetzt, wo er es getan hatte, wusste er, dass es die richtige Entscheidung gewesen war.

Sie aßen weiter in einer angenehmen Stille, die nur durch gelegentliche scherzhafte Bemerkungen unterbrochen wurde. Als sie schließlich fertig waren, saßen sie noch eine Weile da, tranken ihren Tee und sahen zu, wie draußen die Menschen vorbeigingen.

„Was passiert jetzt?", fragte Masahiro schließlich und sah Kjell an.

„Jetzt?", wiederholte Kjell und legte seine Stäbchen beiseite. „Jetzt lassen wir es einfach geschehen."

Masahiro nickte. „Ich denke, das kann ich."

Kjell grinste breit. „Gut. Dann bist du offiziell bereit für alles, was noch kommt."

Als sie das Restaurant verließen, war es dunkel geworden. Die Straßenlaternen warfen ein warmes Licht auf den frisch gefallenen Schnee, und Masahiro spürte die kalte Luft auf seiner Haut, während sie Seite an Seite durch die Stadt gingen. Kjell redete viel, wie immer, doch diesmal war Masahiro mehr in seinen eigenen Gedanken versunken.

Es war erstaunlich, wie schnell sich alles verändert hatte. Noch vor ein paar Monaten hätte er sich nicht vorstellen können, dass jemand wie Kjell in sein Leben tritt – und jetzt konnte er sich nicht mehr vorstellen, wie es ohne ihn wäre.

Sie blieben schließlich vor Masahiros Wohnung stehen. Kjell sah ihn mit diesem typischen verschmitzten Lächeln an. „Also, hat es dir gefallen?"

„Es war... anders", sagte Masahiro leise. „Aber ja, es hat mir gefallen."

„Anders gut oder anders schlecht?", fragte Kjell mit hochgezogenen Augenbrauen.

„Anders gut", antwortete Masahiro ehrlich und sah Kjell an. „Danke."

Kjell trat einen Schritt näher und legte sanft eine Hand auf Masahiros Schulter. „Jederzeit", sagte er leise. Dann, ohne Vorwarnung, lehnte er sich vor und gab Masahiro einen kurzen, aber zärtlichen Kuss auf die Wange.

Masahiro spürte, wie ihm das Herz schneller schlug, und bevor er etwas sagen konnte, drehte Kjell sich um und ging rückwärts, winkte ihm mit einem breiten Grinsen zu. „Bis bald, Masahiro."

Masahiro sah ihm nach, bis Kjell in der Dunkelheit verschwand, und ein kleines Lächeln umspielte seine Lippen. Ja, dachte er, bis bald.

Kapitel 9: Die Nähe, die bleibt

Die Tage nach ihrem „Date" vergingen schneller, als Masahiro erwartet hatte. Die Stadt Sapporo war immer noch in eine weiße Schneedecke gehüllt, doch etwas hatte sich verändert. Es war nicht die Stadt selbst, sondern etwas in ihm – ein leises, aber deutliches Gefühl, dass die Welt sich anders anfühlte, seit Kjell in seinem Leben war.

Masahiro saß an seinem Schreibtisch, wie so oft, doch heute schienen die Zeichenblätter vor ihm leerer zu wirken als sonst. Seine Arbeit, die ihn früher ganz in ihren Bann gezogen hatte, schien nun in den Hintergrund zu treten. Stattdessen waren seine Gedanken bei Kjell. Bei seinen

Augen, die immer wieder funkelten, bei seinem Lachen, das so leicht und unbeschwert war, und bei den Worten, die unausgesprochen zwischen ihnen lagen.

Er konnte nicht leugnen, dass er sich veränderte. Kjell hatte es irgendwie geschafft, seine Mauern zu durchbrechen, ihn dazu zu bringen, Dinge zu fühlen, die er lange Zeit unterdrückt hatte. Es war ein leises Kribbeln, ein Gefühl von Unruhe und Aufregung, das ihn gleichzeitig beunruhigte und ihm ein unbehagliches Lächeln auf die Lippen zauberte.

Noch bevor er seine Gedanken weiter ordnen konnte, vibrierte sein Handy auf dem Schreibtisch. Masahiro griff danach und sah – wie erwartet – Kjells Namen auf dem Display.

Kjell: „Hey, was machst du heute?"

Masahiro schüttelte leicht den Kopf und tippte eine Antwort.

Masahiro: „Arbeiten."

Kjell: „Wirklich? Du weißt, dass es mehr im Leben gibt als Arbeit, oder?"

Masahiro: „Ich habe ein Projekt, das fertig werden muss."

Kjell: „Ich wette, du kannst eine Pause gebrauchen."

Masahiro seufzte und lehnte sich in seinem Stuhl zurück. Kjell schien ein besonderes Talent dafür zu haben, genau dann aufzutauchen, wenn Masahiro sich am meisten von seiner Arbeit ablenken ließ – oder vielleicht war es Kjell, der ihn ablenkte.

Er konnte bereits ahnen, was als Nächstes kommen würde.

Kjell: „Ich hole dich in einer Stunde ab. Du brauchst frische Luft."

Masahiro verdrehte die Augen, konnte aber das Lächeln, das sich auf seinen Lippen abzeichnete, nicht unterdrücken.

Wenige Stunden später standen sie in einem kleinen Café am Rande der Stadt. Die Fenster waren von einem leichten Schneefall bedeckt, und die Wärme im Inneren bot einen willkommenen Kontrast zur Kälte draußen. Masahiro hatte sich noch immer nicht ganz an Kjells spontanen Lebensstil gewöhnt, aber er war jetzt zumindest bereit, sich darauf einzulassen – vor allem, weil er wusste, dass es Kjell wichtig war.

„Ich schwöre, du brauchst das", sagte Kjell und stellte zwei dampfende Tassen Kaffee auf den Tisch, bevor er sich gegenüber von Masahiro setzte.

„Brauche ich das wirklich?", fragte Masahiro und nahm einen Schluck von seinem Kaffee. „Ich denke, du überschätzt meinen Bedarf an sozialen Interaktionen."

Kjell lachte und lehnte sich entspannt zurück. „Vielleicht, aber ich denke, du unterschätzt, wie gut es dir tut, mal raus zukommen."

Masahiro sah ihn an, seine Augen leicht verengt. „Du hast eine eigenartige Vorstellung davon, was mir gut tut."
„Und trotzdem kommst du immer mit", antwortete Kjell grinsend.
Masahiro konnte das nicht leugnen. Es war mittlerweile zur Normalität geworden, dass Kjell ihn immer wieder in Situationen brachte, die er vorher nie in Betracht gezogen hätte – und obwohl es ihm anfangs widerstrebte, fand er sich zunehmend darin wieder.

„Vielleicht", sagte Masahiro leise, „vielleicht brauche ich es wirklich."

Kjell lächelte, diesmal nicht schelmisch, sondern warm und beruhigend. „Siehst du? Ich habe es doch gesagt."
Es entstand eine angenehme Stille zwischen ihnen, in der Masahiro seinen Blick aus dem Fenster schweifen ließ. Der Schnee fiel leise, fast poetisch, und die Welt draußen wirkte für einen Moment still und friedlich. Er konnte nicht leugnen, dass diese Momente – die einfachen, ruhigen Momente mit Kjell – ihm mehr bedeuteten, als er je zugeben würde.

„Masahiro", sagte Kjell plötzlich und durchbrach die Stille. „Hast du eigentlich mal darüber nachgedacht, was das hier zwischen uns ist?"

Masahiro erstarrte. Die Frage kam überraschend, aber vielleicht war es genau der richtige Zeitpunkt. Er sah Kjell an, seine Augen unsicher, und suchte nach den richtigen Worten. Es war nicht einfach, über diese Dinge zu sprechen, nicht für ihn.

„Ich...", begann Masahiro, seine Stimme leise, fast zögerlich. „Ich weiß es nicht genau."

Kjell lehnte sich nach vorne, seine Augen fest auf Masahiro gerichtet, aber ohne Druck. „Ich weiß, dass du nicht gern über Gefühle redest. Aber ich denke, es ist wichtig, dass wir es klären. Weil... was auch immer das hier ist, es bedeutet mir viel."

Masahiros Herz schlug schneller. Kjell sprach das aus, was er selbst schon eine Weile gespürt hatte, aber nie in Worte fassen konnte. Die unausgesprochene Anziehung, die Nähe, die sie teilten – es war mehr als nur Freundschaft, das wussten sie beide.

„Mir auch", sagte Masahiro schließlich leise und sah Kjell in die Augen. „Aber... ich bin nicht gut in so was. Ich weiß nicht, wie ich das alles ausdrücken soll."

Kjell lächelte sanft. „Du musst nichts perfekt machen, Masahiro. Du bist hier, und das reicht mir."

Masahiro fühlte, wie sich ein Teil der Anspannung in ihm löste. Kjell verstand ihn, ohne dass er viele Worte machen musste, und das war etwas, das Masahiro unendlich schätzte.

„Ich denke…", sagte Masahiro langsam, „was auch immer das ist, ich will es nicht verlieren."

Kjell nickte und griff nach Masahiros Hand, die auf dem Tisch lag. Seine Finger waren warm und sicher, und als Masahiro ihn ansah, spürte er, dass Kjell die gleiche Ehrlichkeit und Aufrichtigkeit in seinen Augen trug.

„Ich auch nicht", sagte Kjell leise.

Die Verbindung zwischen ihnen war greifbar, und in diesem Moment wussten sie beide, dass sie auf dem richtigen Weg waren – auch wenn der Weg noch voller Unsicherheiten und Fragen war.

Nachdem sie das Café verlassen hatten, gingen sie durch die nun fast leeren Straßen. Die Laternen warfen ein sanftes, goldenes Licht auf den Schnee, und der Wind trug leise die Geräusche der Stadt fort. Sie gingen nebeneinander, und die Stille zwischen ihnen war jetzt von einer beruhigenden Vertrautheit erfüllt.

„Weißt du", sagte Kjell schließlich, „ich habe noch nie jemanden getroffen, der mich so… ausbalanciert wie du."

Masahiro sah ihn von der Seite an. „Ich balanciere dich aus?"

Kjell nickte und grinste leicht. „Ja. Du bist ruhig, nachdenklich, und irgendwie bringst du mich dazu, auch mal langsamer zu machen. Das ist gut für mich."

„Ich hätte nie gedacht, dass ich jemanden beeinflussen kann", murmelte Masahiro, fast mehr zu sich selbst.

„Du beeinflusst mich mehr, als du denkst", sagte Kjell und stupste ihn leicht an. „Und das ist definitiv positiv."

Masahiro lächelte leicht. „Du bringst mich auch dazu, Dinge zu tun, die ich sonst nie machen würde. Also... ich denke, es gleicht sich aus."

„Das tut es", sagte Kjell und blieb plötzlich stehen, drehte sich zu Masahiro und sah ihm tief in die Augen. „Ich bin froh, dass wir uns getroffen haben."

Masahiro erwiderte seinen Blick, und für einen Moment schien die Welt um sie herum still zu stehen. Es war dieser Blick, der alles sagte, was sie beide noch nicht in Worte fassen konnten – die wachsende Zuneigung, die Verbindung, die sie beide veränderte.

Masahiro spürte, wie die Stille zwischen ihnen nicht mehr bedrückend war, sondern beruhigend und voller unausgesprochener Worte. Es war, als ob sie in diesem Moment eine Einigung erreicht hatten – ohne große Erklärungen oder Diskussionen. Sie hatten sich gefunden, und das reichte.

„Weißt du", sagte Kjell schließlich und begann wieder langsam zu gehen, „manchmal frage ich mich, wie es wohl wäre, wenn wir uns früher getroffen hätten."

Masahiro runzelte die Stirn. „Früher? Was meinst du?"

„Na ja", antwortete Kjell und zuckte mit den Schultern. „Wenn wir uns zum Beispiel vor ein paar Jahren kennengelernt hätten. Glaubst du, das hätte etwas verändert?"

Masahiro dachte kurz darüber nach, bevor er antwortete. „Ich glaube, ich wäre damals noch nicht bereit gewesen."

Kjell nickte nachdenklich. „Vielleicht hast du recht. Vielleicht haben wir uns genau zur richtigen Zeit getroffen."

„Oder", sagte Masahiro mit einem leichten Lächeln, „du hättest mich damals in den Wahnsinn getrieben."

Kjell lachte laut, und das Geräusch hallte in der stillen Nacht wider. „Wahrscheinlich! Aber ich hätte nicht aufgegeben, das kannst du mir glauben."

„Das bezweifle ich nicht", antwortete Masahiro trocken, konnte aber ein leichtes Lächeln nicht unterdrücken.

Kjell blieb erneut stehen, drehte sich zu Masahiro um und sah ihn mit einem ernsten Blick an, der selten in seinen sonst so fröhlichen Augen lag. „Aber im Ernst, Masahiro... ich bin froh, dass du mich nicht weggeschickt hast. Dass du mir eine Chance gegeben hast."

Masahiro sah ihn an, überrascht von der plötzlichen Ernsthaftigkeit in Kjells Stimme. Es war selten, dass Kjell sich so direkt über seine Gefühle äußerte, und es berührte Masahiro auf eine Weise, die er schwer in Worte fassen konnte.

„Ich bin auch froh", sagte Masahiro leise. „Es war... nicht leicht für mich, aber... ich bereue es nicht."

„Und ich auch nicht", sagte Kjell, seine Stimme fast flüsternd. „Nicht eine Sekunde."

Für einen Moment standen sie nur da, die schneebedeckten Straßen von Sapporo um sie herum, und die Stadt schien in weiter Ferne zu verschwinden. Kjell trat einen Schritt näher, seine Hand fand erneut den Weg zu Masahiros, und diesmal ließ sich Masahiro ohne Zögern darauf ein. Die Wärme ihrer Hände, die Kälte der Nacht und die Nähe, die sie teilten – all das fühlte sich bedeutungsvoll und echt an.

„Ich weiß nicht, wie das alles weitergeht", sagte Masahiro, fast flüsternd. „Aber ich will es herausfinden."

Kjell lächelte sanft, seine Augen funkelten im Licht der Laternen. „Das reicht mir. Wir haben Zeit, Masahiro. Wir müssen nichts überstürzen."

Masahiro nickte, und obwohl er noch immer viele Fragen hatte, wusste er, dass Kjell recht hatte. Sie hatten Zeit. Sie mussten nicht alles sofort wissen. Und zum ersten Mal seit langem fühlte sich diese Unsicherheit nicht bedrohlich an, sondern eher wie eine Möglichkeit.

„Komm", sagte Kjell schließlich und zog Masahiro sanft weiter. „Lass uns nach Hause gehen."

Sie gingen weiter durch die nächtlichen Straßen, ihre Schritte synchron, und die Stille zwischen ihnen war voller unausgesprochener Versprechen. Masahiro fühlte sich seltsam leicht – als ob die Lasten, die er so lange mit sich herumgetragen hatte, langsam von ihm abfielen. Kjell hatte ihn nicht nur aus seiner Routine gerissen, sondern ihm auch gezeigt, dass es okay war, sich auf das Unbekannte einzulassen.

Später, als Masahiro wieder in seiner Wohnung war, stand er am Fenster und sah hinaus auf die schneebedeckte Stadt. Die Nacht war ruhig, und die Straßen waren leer. Er dachte an Kjell, an ihre Gespräche, an den Kuss, den sie miteinander geteilt hatten. Es war seltsam, wie vertraut und doch aufregend sich alles anfühlte.

Masahiro setzte sich an seinen Schreibtisch, zog sein Skizzenbuch hervor und begann zu zeichnen. Seine Hand bewegte sich über das Papier, fast wie von selbst, und nach einer Weile hatte er ein Bild von Kjell vor sich – mit diesem typischen, schelmischen Lächeln auf den Lippen, das Masahiro so gut kannte.

Er betrachtete die Zeichnung eine Weile, bevor er den Stift zur Seite legte und sich zurücklehnte. Kjell hatte etwas in ihm berührt, etwas, das Masahiro lange Zeit verborgen gehalten hatte. Es war nicht nur die Nähe, die sie teilten, sondern auch das Vertrauen, das langsam wuchs. Masahiro wusste, dass er noch immer dabei war, Kjell wirklich zu verstehen – und sich selbst. Aber zum ersten Mal seit langem fühlte er sich bereit, diesen Weg zu gehen.

Mit einem leisen Seufzen schloss Masahiro das Skizzenbuch und ging ins Bett. Er wusste, dass morgen ein neuer Tag war – voller Möglichkeiten, voller neuer Momente mit Kjell. Und das war genug.

Kapitel 10: Wenn Nähe zur Herausforderung wird

Es war ein Samstagmorgen, und die Sonne schien zum ersten Mal seit Tagen durch die dichten Wolken über Sapporo. Masahiro saß an seinem üblichen Platz am Fenster, der Kaffee dampfte in seiner Tasse, während er gedankenverloren aus dem Fenster schaute. Die letzten Tage mit Kjell hatten ihn durcheinandergebracht, aber auf eine gute Weise. Es war, als hätte Kjell sein Leben umgekrempelt – doch statt des Chaos, das er früher befürchtet hatte, war es eine Art von Ruhe und Beständigkeit, die Kjell ihm gebracht hatte. Eine, die sich anfühlte, als wäre sie schon immer da gewesen.

Masahiro zog sein Skizzenbuch näher zu sich und überlegte, ob er weiter zeichnen sollte. Er hatte eine Szene im Kopf – eine Art Moment zwischen zwei Figuren, die sich an der Schwelle zwischen Unsicherheit und Nähe befanden. Ein bisschen so wie er und Kjell, dachte er bei sich und griff nach seinem Bleistift.

Doch gerade als er die ersten Linien auf das Papier setzen wollte, summte sein Handy. Kjells Name leuchtete auf dem Display, und Masahiro lächelte leicht, als er die Nachricht las.

Kjell: „Hey, ich habe einen Plan für uns. Heute wird's spannend! Bereite dich vor."

Masahiro: „Spannend? Das klingt nicht beruhigend." Kjell:

„Vertrau mir. Ich hole dich in einer Stunde ab." Masahiro

verdrehte die Augen, legte das Handy zur Seite
und lehnte sich in seinem Stuhl zurück. Kjell hatte immer
irgendeinen Plan. Egal, wie viel Ruhe Masahiro sich
wünschte, Kjell sorgte stets dafür, dass die Dinge... nun ja,
aufregend blieben. Exakt eine Stunde später klingelte es an

der Tür. Masahiro
öffnete, und wie erwartet stand Kjell draußen – mit einem
breiten Grinsen im Gesicht und einem Sack auf dem
Rücken, der so groß war, dass Masahiro nicht anders
konnte, als die Augenbrauen zu heben. „Was genau hast du

vor?", fragte Masahiro skeptisch. „Wir machen einen Survival-

Tag!", verkündete Kjell stolz,
als wäre das die beste Idee, die ihm jemals eingefallen
war. Masahiro blinzelte. „Survival? Kjell, wir leben in einer
Stadt."

„Genau!", sagte Kjell und schob sich an Masahiro vorbei
in die Wohnung. „Aber wir werden den Tag so tun, als
wären wir in der Wildnis. Keine Handys, keine modernen
Annehmlichkeiten. Nur wir und... na ja, was wir finden."

„Und dieser riesige Sack voller Zeug?", fragte Masahiro und deutete auf den Rucksack, den Kjell auf dem Boden abgestellt hatte.

Kjell grinste breit. „Na ja, ein bisschen Vorbereitung schadet nie."

Masahiro schüttelte den Kopf. „Das klingt nach einer schrecklichen Idee."

„Das klingt nach einer großartigen Idee", korrigierte Kjell, während er seinen Rucksack durchwühlte. „Und ich weiß, dass du mich am Ende dafür lieben wirst."

„Das wage ich zu bezweifeln."

Eine Stunde später standen sie am Rande eines kleinen Parks außerhalb der Stadt. Es war kalt, der Schnee lag schwer auf den Ästen der Bäume, und Masahiro fragte sich ernsthaft, was ihn geritten hatte, Kjell bei diesem Vorhaben zu begleiten.

„Also, was genau ist der Plan?", fragte Masahiro, während Kjell enthusiastisch seinen Rucksack öffnete und verschiedene Dinge herauszog – von einer Decke über eine Thermoskanne bis hin zu einem kleinen Kocher.

„Der Plan ist einfach", erklärte Kjell, als wäre das alles völlig logisch. „Wir verbringen den Tag draußen, machen Feuer, kochen unser Essen, vielleicht bauen wir sogar ein kleines Lager."

„Im Park?", fragte Masahiro trocken. „Wir sind von Spielplätzen umgeben."

Kjell ignorierte die Ironie in Masahiros Stimme und grinste nur. „Ja, im Park. Stell dir vor, wir wären mitten in der Wildnis."

Masahiro verdrehte erneut die Augen, aber irgendwie schaffte es Kjell immer, ihn zu überreden. Er ließ Kjell machen, während er sich setzte und den leichten Wind spürte, der über die schneebedeckte Wiese strich.

„Weißt du", sagte Masahiro schließlich, „du könntest das alles einfacher haben, wenn du einfach in einem Café sitzen würdest."

Kjell lachte. „Wo wäre da der Spaß? Außerdem... ich will dir zeigen, dass ich auch praktisch veranlagt bin."

Masahiro zog eine Augenbraue hoch. „Praktisch veranlagt? Kjell, du hast letztes Mal fast das Feuerzeug verloren, als wir Marshmallows gemacht haben."

„Details", sagte Kjell und tat, als wäre das nicht der Rede wert. „Heute wird alles anders."

Der Tag verging langsamer, als Masahiro erwartet hatte, aber auf eine merkwürdig angenehme Weise. Sie saßen zusammen, wärmten sich an dem kleinen Feuer, das Kjell mit überraschendem Geschick entzündet hatte, und sprachen über alles Mögliche. Die spitzfindigen Dialoge, die sie sonst in hitzigen Diskussionen führten, hatten sich in ruhige, intime Gespräche verwandelt. Es war, als ob die kalte, stille Welt um sie herum ihre Stimmen gedämpft und die Gespräche auf das Wesentliche reduziert hatte.

„Warum machst du das?", fragte Masahiro plötzlich und sah Kjell über die Flammen hinweg an.

Kjell blinzelte, überrascht von der Frage. „Was meinst du?"

„Diese ganzen verrückten Ideen", sagte Masahiro und zuckte mit den Schultern. „Warum ziehst du mich immer aus meiner Routine?"

Kjell grinste leicht, aber diesmal lag etwas Ernsthaftes in seinem Blick. „Weil ich sehe, wie viel du in dir drin behältst. Du bist immer so in deinem Kopf, Masahiro. Ich will dir zeigen, dass es okay ist, loszulassen. Dass es okay ist, einfach mal Spaß zu haben."

Masahiro sah ihn lange an, bevor er antwortete. „Ich weiß das zu schätzen. Wirklich."

Kjell lächelte warm. „Und weißt du was? Ich mag es, dich aus der Fassung zu bringen. Das bringt mich irgendwie in Bewegung."

„Das habe ich bemerkt", sagte Masahiro trocken, konnte aber das Lächeln, das sich auf seine Lippen schlich, nicht unterdrücken.

Am Ende des Tages, als die Sonne langsam hinter den Bäumen verschwand und die Dämmerung hereinbrach, fühlte sich Masahiro entspannt – mehr, als er es erwartet hatte. Kjell hatte es wieder einmal geschafft, ihm zu zeigen, dass das Leben nicht immer in geordneten Bahnen verlaufen musste.

Als sie das Feuer löschten und sich auf den Rückweg machten, drehte Kjell sich zu ihm um und sagte: „Also? Wie war dein erster Survival-Tag?"

Masahiro zuckte mit den Schultern, aber ein leichtes Lächeln lag auf seinen Lippen. „Es war... nicht so schlimm, wie ich gedacht habe."

Kjell lachte. „Ich wusste, dass du es lieben würdest."

Masahiro schüttelte den Kopf. „Ich weiß nicht, ob 'lieben' das richtige Wort ist."

„Nimm, was du kriegen kannst", sagte Kjell schelmisch und legte den Arm um Masahiros Schultern.

Masahiro ließ es geschehen und fühlte sich, wie so oft in letzter Zeit, seltsam wohl in Kjells Nähe. Vielleicht, dachte er, war es gar nicht so schlecht, sich ab und zu aus der Routine reißen zu lassen.

Der Heimweg durch den verschneiten Park verlief in angenehmer Stille. Die Dunkelheit senkte sich langsam über die Stadt, und das Licht der Straßenlaternen warf lange Schatten auf den Weg, den sie zurückgingen. Kjell hatte seinen Arm um Masahiros Schultern gelegt, und obwohl es eine vertraute Geste war, spürte Masahiro, wie seine Haut bei der Berührung warm wurde.

Sie gingen nebeneinander, und Masahiro ließ seine Gedanken schweifen. Kjell hatte es wieder einmal geschafft, ihn aus seiner Komfortzone zu locken, aber diesmal war es anders. Es fühlte sich weniger wie eine Herausforderung und mehr wie ein natürlicher Teil ihrer Beziehung an. Es war, als ob Kjell ein unausgesprochenes Versprechen hielt: Er war da, egal was kam, und würde Masahiro immer wieder in diese Momente der Nähe ziehen – ob er es wollte oder nicht.

„Du weißt, dass ich dir das nicht durchgehen lassen kann, oder?", sagte Masahiro plötzlich, seine Stimme durchdrungen von einem Hauch von Humor.

Kjell sah ihn an, die Augenbrauen hochgezogen. „Was meinst du?"

„Diese ganze 'Survival'Nummer", sagte Masahiro und deutete auf den Rucksack, den Kjell noch immer trug. „Das war eine deiner verrücktesten Ideen."

Kjell grinste breit. „Oh, komm schon, du hattest Spaß. Gib es zu."

„Vielleicht", gab Masahiro zu, „aber nur, weil du mich praktisch dazu gezwungen hast."

„Und genau dafür bin ich da", sagte Kjell und klopfte ihm spielerisch auf die Schulter. „Jemand muss dich schließlich aus deiner Eremitenhöhle zerren."

Masahiro schnaubte. „Ich bin kein Eremit."

„Nein, aber du verhältst dich manchmal wie einer", neckte Kjell und grinste schelmisch. „Das ist okay. Ich liebe es, dich immer wieder zu überraschen."

„Du bist unmöglich", murmelte Masahiro, konnte aber das kleine Lächeln, das sich auf seine Lippen schlich, nicht verbergen.

„Das hast du schon öfter gesagt", erwiderte Kjell lachend. „Aber du liebst es trotzdem."

Masahiro antwortete nicht, aber er spürte, wie sich seine Brust bei Kjells Worten leicht zusammenzog. Es war selten, dass jemand so direkt zu ihm sprach, ohne Angst, eine Grenze zu überschreiten. Kjell hatte von Anfang an keine Rücksicht auf seine Mauern genommen, und das war genau das, was Masahiro brauchte, auch wenn er es nicht immer zugeben konnte.

Als sie schließlich vor Masahiros Wohnung ankamen, blieb Kjell stehen und drehte sich zu ihm um. Das Grinsen war ausnahmsweise mal einem ernsteren Ausdruck gewichen, und Masahiro spürte, dass Kjell noch etwas auf dem Herzen hatte.

„Weißt du", begann Kjell und sah Masahiro direkt in die Augen, „ich hab viel Spaß daran, dich zu ärgern und dir diese kleinen Abenteuer aufzudrängen. Aber... es ist mehr als das."

Masahiro blinzelte überrascht. „Mehr als was?"

Kjell schob die Hände in seine Manteltaschen und sah für einen Moment auf den Boden, als ob er die richtigen Worte suchte. „Ich meine... das hier, was wir haben. Es ist mehr als nur Freundschaft, oder?"

Masahiro spürte, wie ihm das Herz schneller schlug. Es war ein Thema, das sie beide bisher nur in Andeutungen berührt hatten, und jetzt lag es direkt zwischen ihnen – unausweichlich.

„Ja", sagte Masahiro leise, seine Stimme beinahe ein Flüstern. „Es ist mehr."

Kjell sah auf und trat einen Schritt näher. „Ich will, dass du weißt, dass ich es ernst meine. Was auch immer das ist... ich will es nicht nur halbherzig machen. Ich will es Ganz."

Masahiro spürte, wie sich seine Kehle zusammenzog. Kjell sprach die Worte aus, die Masahiro selbst so lange mit sich herumgetragen hatte, aber nie in der Lage war, auszusprechen. Es war eine Erleichterung, aber gleichzeitig brachte es all die Unsicherheiten mit sich, die er so lange verdrängt hatte.

„Ich weiß nicht, wie das geht", gab Masahiro schließlich zu, seine Stimme brüchig. „Ich... ich bin nicht gut in solchen Sachen."

Kjell lächelte sanft, trat noch einen Schritt näher und legte eine Hand an Masahiros Wange. „Das musst du auch nicht sein. Ich bin hier, und wir finden das gemeinsam heraus."

Masahiro schloss die Augen bei der sanften Berührung, spürte die Wärme, die von Kjells Hand ausging, und das leise, beruhigende Flattern in seiner Brust. Zum ersten Mal seit langer Zeit fühlte er sich sicher – wirklich sicher.

Als er die Augen wieder öffnete, sah er Kjell an, dessen Gesicht nur wenige Zentimeter von seinem entfernt war. Die Welt um sie herum war still, der Schnee fiel leise, und es gab nur diesen Moment, der alles veränderte.

Kjell lehnte sich vor und küsste ihn sanft, aber mit einer Tiefe, die Masahiro beinahe den Atem raubte. Es war ein Kuss, der mehr sagte als tausend Worte – ein Kuss, der zeigte, dass sie beide bereit waren, diesen Weg gemeinsam zu gehen, egal wie steinig er sein mochte.

Als sie sich langsam voneinander lösten, blieb Kjell nah bei ihm, seine Stirn gegen Masahiros gelehnt. „Jetzt bist du an der Reihe", flüsterte Kjell leise.

Masahiro atmete tief durch, sammelte seine Gedanken und lächelte leicht. „Ich denke, ich bin bereit."

Kjell grinste, diesmal mit diesem typischen schelmischen Funkeln in den Augen. „Ich wusste, dass du es bist."

Sie verbrachten den Rest des Abends in Masahiros Wohnung, zusammen auf dem Sofa, eingehüllt in eine Decke, während sie leise miteinander sprachen und ab und zu lachten. Die Schwere der Gespräche des Tages war gewichen, und es blieb nur noch die Leichtigkeit, die sich zwischen ihnen breitgemacht hatte.

„Also", begann Kjell schließlich, „was denkst du? Bist du bereit für das nächste Abenteuer?"

Masahiro sah ihn skeptisch an. „Welches Abenteuer meinst du diesmal?"

„Das mit uns", antwortete Kjell leichthin, aber seine Augen verrieten, dass ihm die Frage ernst war.

Masahiro lehnte sich zurück, legte den Kopf auf Kjells Schulter und lächelte leicht. „Ja", sagte er leise. „Ich bin bereit."

Die Nacht verging ruhig, und obwohl es draußen noch immer schneite, fühlte sich die Welt drinnen in Masahiros Wohnung seltsam warm und behaglich an. Kjell war irgendwann eingeschlafen, eingehüllt in die Decke, den Kopf auf Masahiros Schulter. Masahiro blieb wach, sein Blick auf das schwache Licht gerichtet, das von draußen durch das Fenster hereinschien. Der Moment, den sie zuvor geteilt hatten – der Kuss, die unausgesprochenen Worte – hallte noch immer in ihm nach.

Es war ein Gefühl, das er nicht ganz begreifen konnte, aber er wusste, dass es wichtig war. Kjell hatte ihm etwas gegeben, das er lange vermisst hatte: Sicherheit. Nicht die Sicherheit, die in festen Routinen lag, sondern eine Art emotionale Sicherheit, die nur aus Vertrauen und Nähe erwachsen konnte.

Masahiro schloss die Augen und ließ den Kopf leicht gegen Kjells sinken. Sein Herzschlag hatte sich beruhigt, aber in ihm fühlte sich alles aufgewühlt und doch auf eine seltsame Art geordnet an. Zum ersten Mal in langer Zeit hatte er das Gefühl, dass er nicht allein war – wirklich nicht allein.

Am nächsten Morgen wachte Masahiro vor Kjell auf. Er blieb einen Moment still sitzen und beobachtete Kjells friedliches Gesicht, das im Licht des frühen Morgens ruhig und entspannt wirkte. Kjell schien in diesem Moment so verletzlich, so unbeschwert, dass Masahiro sich kaum vorstellen konnte, dass derselbe Mensch so viel Chaos und Energie in sein Leben brachte.

Als Kjell sich leicht bewegte und langsam die Augen öffnete, trafen sich ihre Blicke, und ein verschlafenes Lächeln zog über Kjells Gesicht. „Morgen", murmelte er.

„Morgen", antwortete Masahiro leise und konnte nicht anders, als ebenfalls zu lächeln.

Kjell streckte sich langsam und sah sich um. „Haben wir hier die Nacht verbracht?"

„Ja", sagte Masahiro, „du bist eingeschlafen, bevor wir es ins Bett geschafft haben."

„Tja, dann müssen wir wohl öfter auf dem Sofa schlafen", sagte Kjell lachend und setzte sich auf.

Masahiro schüttelte den Kopf. „Das ist definitiv nicht der Plan."

Kjell grinste. „Warum nicht? Ich fand's gemütlich."

„Du findest alles gemütlich", konterte Masahiro trocken, während er sich ebenfalls aufrichtete.

„Weil ich überall Gemütlichkeit finde", sagte Kjell und zwinkerte ihm zu. „Das ist mein Talent."

„Ein beeindruckendes Talent", murmelte Masahiro, während er sich erhob und in die Küche ging, um Kaffee zu machen.

Kjell folgte ihm, setzte sich auf den Küchentisch und sah ihm zu, wie er den Kaffee vorbereitete. Es war einer dieser stillen, entspannten Morgen, die Masahiro früher für selbstverständlich gehalten hatte, bevor Kjell in sein Leben getreten war. Jetzt fühlte sich jede Kleinigkeit – das leise Brodeln des Kaffees, das schwache Licht, das durch das Fenster fiel – bedeutungsvoller an. Es war, als ob Kjell die Welt um ihn herum auf eine Art und Weise lebendig gemacht hatte, die Masahiro nie erwartet hätte.

„Also", begann Kjell schließlich, während er sich auf die Ellenbogen stützte, „was machen wir heute?"

Masahiro warf ihm einen skeptischen Blick zu. „Ich dachte, du würdest heute mal keine Abenteuer planen."

„Ich?", fragte Kjell mit gespieltem Entsetzen. „Nie! Ich bin doch der Inbegriff von Ruhe und Gelassenheit."

Masahiro stellte die Kaffeetassen auf den Tisch und setzte sich. „Das ist das Gegenteil von dem, was du bist."

„Na gut", gab Kjell lachend zu, „vielleicht habe ich immer ein paar verrückte Ideen im Kopf. Aber das macht das Leben doch spannend, oder?"

Masahiro nahm einen Schluck von seinem Kaffee und betrachtete Kjell über den Rand der Tasse hinweg. „Vielleicht. Aber ich würde mich freuen, wenn wir heute einfach mal... nichts tun."

Kjell zog eine Augenbraue hoch. „Nichts?" „Ja", sagte
Masahiro. „Einfach nichts. Kein Plan, kein
Abenteuer. Nur... Ruhe."
Kjell sah ihn für einen Moment an, als ob er überlegte, wie
er darauf antworten sollte. Dann lächelte er und zuckte mit
den Schultern. „Na gut. Für dich mache ich eine
Ausnahme."
Masahiro war überrascht. Er hatte erwartet, dass Kjell
widersprechen würde, vielleicht mit einem Vorschlag um
die Ecke käme, der doch wieder zu einem unerwarteten
Abenteuer führte. Aber stattdessen nickte er nur, als ob es
das Natürlichste der Welt wäre, einfach mal innezuhalten.

„Du wirst es lieben", sagte Masahiro leise und konnte das
kleine Lächeln nicht unterdrücken, das sich auf seine
Lippen schlich.

„Ich habe da so meine Zweifel", sagte Kjell grinsend,
„aber ich bin bereit, es auszuprobieren."
Der Tag verging langsamer, als es Masahiro gewohnt war
– und genau das war es, was ihn besonders machte. Sie
verbrachten den Morgen mit nichts anderem als
Gesprächen und Kaffee, saßen stundenlang am
Küchentisch und redeten über alles und nichts. Masahiro
war überrascht, wie leicht die Worte zwischen ihnen
flossen. Früher hatte er oft das Gefühl, dass Gespräche
anstrengend waren, dass er sich auf jedes Wort

konzentrieren musste. Doch mit Kjell war es anders. Es war, als ob er endlich verstanden hatte, dass er nicht immer perfekt sein musste – dass es okay war, einfach nur er selbst zu sein.

Am Nachmittag machten sie einen Spaziergang durch die Stadt, die vom leichten Schnee, der über Nacht gefallen war, in eine weiße Decke gehüllt war. Die Straßen waren ruhig, die Luft klar und frisch, und sie gingen nebeneinander, ohne Ziel, ohne Eile. Kjell redete viel – wie immer – und Masahiro hörte ihm zu, lachte über seine Geschichten und fühlte sich zum ersten Mal seit Langem wirklich entspannt.

„Das hier", sagte Masahiro plötzlich, als sie an einem kleinen Park stehen blieben und auf die verschneiten Bäume blickten, „das ist genau das, was ich gebraucht habe."

Kjell sah ihn überrascht an. „Was meinst du?"

„Einfach... Ruhe", antwortete Masahiro und steckte die Hände in seine Manteltaschen. „Keine Pläne, keine Ablenkung. Nur... das hier."

Kjell grinste. „Ich wusste gar nicht, dass du so romantisch bist."

Masahiro schnaubte leise. „Ich bin nicht romantisch."

„Oh doch", widersprach Kjell und legte einen Arm um Masahiros Schultern. „Du bist der romantischste Mensch, den ich kenne. Du merkst es nur nicht."

Masahiro schüttelte den Kopf, konnte aber das Lächeln nicht unterdrücken, das sich auf seine Lippen schlich. „Wenn du das sagst."

„Ich sage es", bestätigte Kjell und zog ihn spielerisch näher an sich. „Und weißt du was? Ich liebe es."

Als sie am Abend wieder in Masahiros Wohnung ankamen, war der Tag fast vorbei, aber die Ruhe, die sie den ganzen Tag über begleitet hatte, blieb. Sie setzten sich auf das Sofa, eingewickelt in eine Decke, und sahen sich eine Serie an, die Kjell schon seit Wochen vorgeschlagen hatte. Masahiro lehnte sich zurück, seinen Kopf auf Kjells Schulter, und fühlte, wie der Tag langsam ausklang.

„Heute war gut", sagte Kjell leise und legte einen Arm um Masahiros Schultern.

„Ja", stimmte Masahiro zu. „Heute war... perfekt."

Kjell grinste und sah Masahiro an. „Das sollten wir öfter machen."

„Vielleicht", sagte Masahiro, „aber nicht zu oft. Sonst wirst du zu ruhig."

„Das wird nie passieren", sagte Kjell lachend. „Ich bin Chaos in Person."

„Und genau das mag ich an dir", murmelte Masahiro leise und fühlte, wie sich seine Augen langsam schlossen. Der Tag hatte ihm mehr gebracht, als er je erwartet hatte – nicht nur die Ruhe, die er so dringend gebraucht hatte, sondern auch die Erkenntnis, dass er und Kjell zusammen die perfekte Balance fanden. Chaos und Ruhe, die einander ergänzten, statt sich zu widersprechen.

Kapitel 11: Neue Tiefen und alte Gewohnheiten

Der Winter hatte sich in Sapporo festgesetzt, und Masahiro fühlte die Kälte bis in seine Knochen, als er an diesem grauen Nachmittag durch die Straßen der Stadt ging. Der Himmel war verhangen, die Welt in ein kühles Licht getaucht, und die kalte Luft stach in seine Lungen, während er die Hände tief in die Manteltaschen vergraben hatte.

Seine Gedanken wanderten wie so oft zu Kjell, der es mal wieder geschafft hatte, sich irgendwie in jeden seiner Tage einzuschleichen. Es war, als wäre Kjell jetzt ein fester Bestandteil seines Lebens – egal, ob er wollte oder nicht. Und, wie Masahiro sich langsam eingestand, wollte er es tatsächlich.

Als Masahiro in die Nähe seiner Wohnung kam, sah er Kjell bereits vor der Tür stehen, eingewickelt in eine viel zu große Jacke und mit einem Grinsen im Gesicht, das nichts Gutes verhieß. Er konnte sich nicht erinnern, Kjell eingeladen zu haben, aber irgendwie überraschte es ihn nicht, dass er trotzdem da war.

„Da bist du ja", sagte Kjell und machte einen kleinen Tanzschritt auf der Stelle, um sich warm zu halten. „Ich dachte schon, du hättest mich absichtlich in der Kälte stehen lassen."

„Vielleicht hätte ich das", antwortete Masahiro trocken und öffnete die Tür zu seiner Wohnung. „Aber du scheinst ja unverwüstlich zu sein."

„Das ist mein Geheimnis", sagte Kjell und trat mit einem breiten Grinsen ein. „Ich bin unkaputtbar."

Masahiro seufzte leise, während Kjell seine Jacke ablegte und sich sofort auf das Sofa fallen ließ, als wäre es das Selbstverständlichste auf der Welt. Kjell hatte sich längst in seinem Zuhause breitgemacht – das war nicht zu leugnen.

„Also", begann Masahiro, während er sich ebenfalls setzte, „was hast du diesmal vor? Irgendein neues Abenteuer?"

Kjell schüttelte den Kopf, grinste aber noch immer wie ein verschmitztes Kind. „Nein, kein Abenteuer heute. Ich dachte, wir könnten... entspannen."

„Entspannen?", fragte Masahiro skeptisch. „Das klingt nicht nach dir."

„Ich weiß", sagte Kjell und lehnte sich zurück. „Aber auch ich habe manchmal Lust, einfach nichts zu tun. Und wer wäre besser dafür geeignet, mich dabei zu begleiten, als du?"

„Ich fühle mich geehrt", murmelte Masahiro und konnte das leichte Lächeln, das sich auf seine Lippen schlich, nicht unterdrücken.

Der Nachmittag verging ruhig, und Masahiro hätte fast geglaubt, dass Kjell es ernst meinte, wenn da nicht immer wieder diese subtilen Neckereien und provozierenden Kommentare gewesen wären.

„Du weißt, dass du eigentlich viel heißer bist, wenn du mal lächelst, oder?", sagte Kjell plötzlich, seine Augen funkelnd, als er Masahiro über den Rand der Kaffeetasse ansah.

Masahiro hob eine Augenbraue. „Heißer? Wirklich? Das ist dein Niveau?"

Kjell zuckte mit den Schultern und grinste. „Ich sage nur, was offensichtlich ist. Wenn du nicht ständig diesen grimmigen Ausdruck auf deinem Gesicht hättest, würdest du die Leute um den Verstand bringen."

„Ach so", sagte Masahiro trocken und lehnte sich zurück. „Und wen genau habe ich um den Verstand gebracht?"

„Mich", antwortete Kjell ohne zu zögern, sein Blick nun ernst. „Aber das wusstest du schon, oder?"

Masahiro spürte, wie sich eine seltsame Wärme in seiner Brust ausbreitete. Kjell hatte diese Art, alles, was er sagte, mit einer solchen Leichtigkeit auszusprechen, als wäre es die normalste Sache der Welt. Und obwohl Masahiro es gewohnt war, Kjells respektlose Bemerkungen zu überhören, blieb dieses eine Mal etwas hängen.

„Du hast mich schon lange um den Verstand gebracht", fügte Kjell hinzu und setzte sich auf. „Du bist nur zu stur, um es zu bemerken."

Masahiro senkte den Blick auf seine Tasse, die plötzlich viel interessanter erschien als Kjells durchdringender Blick. Es war diese Mischung aus Respektlosigkeit und Ehrlichkeit, die ihn immer wieder aus der Fassung brachte.

„Du redest zu viel", murmelte Masahiro, ohne wirklich zu wissen, was er sonst sagen sollte.

Kjell lachte und beugte sich vor, seine Hand fand den Weg zu Masahiros Arm und strich sanft darüber. „Das weiß ich. Aber du liebst es."

„Vielleicht", gab Masahiro leise zu, hob den Kopf und sah Kjell direkt an. „Vielleicht liebe ich es wirklich."

Für einen Moment war da nur Stille zwischen ihnen, eine unausgesprochene Spannung, die den Raum erfüllte.

Masahiro spürte, wie sein Herz schneller schlug, während Kjells Hand leicht über seinen Arm wanderte, die Berührung so vertraut und doch elektrisierend.

„Weißt du", sagte Kjell leise, sein Gesicht jetzt ganz nah an Masahiros, „ich könnte dich jetzt küssen."

„Könntest du", antwortete Masahiro, seine Stimme kaum mehr als ein Flüstern.

Kjell hielt inne, als ob er Masahiro die Wahl überlassen wollte. Doch die unausgesprochene Einladung stand im Raum, und bevor Masahiro sich versah, war es seine Hand, die Kjells Nacken berührte, ihn sanft zu sich zog. Der Kuss war alles andere als sanft – er war leidenschaftlich, fordernd, als hätte Kjell nur darauf gewartet, dass Masahiro den ersten Schritt machte.

Ihre Lippen trafen aufeinander, und die Hitze, die zwischen ihnen aufstieg, war fast greifbar. Masahiro spürte, wie Kjells Finger sich in seinen Nacken gruben, während er den Kuss vertiefte, seine eigene Zurückhaltung endlich ablegte. Es war, als ob die ständige Spannung zwischen ihnen sich endlich in diesem Moment entlud, all die Neckereien, all die provokativen Bemerkungen führten zu diesem einen Punkt, an dem keiner von ihnen sich mehr zurückhalten wollte.

Als sie sich schließlich voneinander lösten, keuchte Masahiro leicht, seine Stirn noch immer gegen Kjells gelehnt. Ihre Atemzüge vermischten sich in der Stille des Raumes, und Masahiro konnte das leichte Lächeln auf Kjells Lippen spüren.

„Und, war das besser als nichts tun?", fragte Kjell atemlos, während er Masahiros Nacken sanft massierte.

„Definitiv", antwortete Masahiro leise und konnte nicht verhindern, dass sich ein Grinsen auf seine Lippen stahl.

Masahiro lehnte sich zurück, sein Atem immer noch ungleichmäßig, und sah Kjell mit einer Mischung aus Verwunderung und Belustigung an. „Also war das dein Plan für heute?"

Kjell grinste frech und zuckte mit den Schultern. „Was soll ich sagen? Manchmal passieren die besten Dinge, wenn man nichts plant."

Masahiro schnaubte, konnte das Lächeln jedoch nicht unterdrücken. „Ich hätte es wissen müssen."

Kjell lehnte sich zurück, verschränkte die Arme hinter dem Kopf und sah Masahiro mit einem funkelnden Blick an. „Komm schon, du kannst mir nicht sagen, dass du das nicht auch wolltest."

„Vielleicht wollte ich das", gab Masahiro leise zu, ohne den Blick von Kjell abzuwenden. „Aber du bist unmöglich, weißt du das?"

„Unmöglich, aber unwiderstehlich", korrigierte Kjell lachend und stupste Masahiro spielerisch an. „Das ist ein Unterschied."

„Ein feiner Unterschied", murmelte Masahiro, konnte jedoch nicht verhindern, dass ihm Kjells Lachen ein warmes Gefühl in der Brust gab.

Es war immer dasselbe mit Kjell – er konnte den Raum in Sekunden in eine Mischung aus Humor und Spannung verwandeln. Und obwohl Masahiro sich oft dagegen wehrte, musste er sich eingestehen, dass genau diese unberechenbare Art ihn immer wieder in den Bann zog.

„Also", begann Kjell und rückte etwas näher an Masahiro heran, „was machen wir jetzt?"

„Was meinst du mit 'jetzt'?", fragte Masahiro, der sich nicht sicher war, was Kjell vorhatte. „Wolltest du nicht entspannen?"

„Ja, schon", sagte Kjell, lehnte sich jedoch näher an Masahiro, seine Stimme wurde leiser und ein wenig neckischer. „Aber jetzt habe ich andere Ideen."

Masahiro spürte, wie Kjell mit seinen Fingern leicht über seinen Arm strich, fast wie eine Provokation. Die Art, wie Kjell ihn ansah, mit diesem schelmischen Lächeln und dem frechen Funkeln in den Augen, machte klar, dass er noch lange nicht bereit war, diesen Tag einfach in ruhiger Gelassenheit enden zu lassen.

„Du bist wirklich unersättlich", sagte Masahiro trocken, doch sein Herz schlug schneller, während er Kjells Nähe spürte.

„Ich nenne es leidenschaftlich", sagte Kjell und beugte sich näher zu ihm. „Und du liebst es."

„Vielleicht tue ich das", gab Masahiro zu, seine Stimme nur noch ein Flüstern.

Kjell grinste breit, als ob er genau diese Antwort erwartet hätte. Er legte eine Hand auf Masahiros Kinn und zog ihn näher. „Sag es einfach, Masahiro. Du weißt, dass du mich liebst."

„Sag du es zuerst", erwiderte Masahiro schlagfertig, seine Augen fixierten Kjells.

Kjell lachte leise, sein Atem streifte Masahiros Lippen. „Du willst also, dass ich den ersten Schritt mache? Kein Problem." Dann, ohne zu zögern, sagte er: „Ich liebe dich, Masahiro."

Die Worte kamen mühelos, als hätte Kjell sie schon tausend Mal ausgesprochen, und Masahiro spürte, wie sein Herz kurz aussetzte. Es war nicht das erste Mal, dass sie sich gegenseitig provozierten oder mit Worten spielten, aber dieses Mal klang es anders. Es war echt. Aufrichtig.

Masahiro hielt Kjells Blick einen Moment lang, bevor er leise antwortete: „Ich liebe dich auch."

Kjells Augen leuchteten, und bevor Masahiro reagieren konnte, hatte er ihn bereits erneut geküsst – dieses Mal langsamer, intensiver, als ob er jeden Moment in sich aufsaugen wollte. Masahiro ließ sich darauf ein, ließ die letzte Zurückhaltung fallen, und für einen Moment gab es nur sie beide, die Hitze, die Nähe, die alles andere bedeutungslos machte.

Als sie sich später auf dem Sofa zurücklehnten, die Köpfe nebeneinander, ihre Hände ineinander verschlungen, war es eine angenehme Stille, die sie umgab. Kjell hatte seinen Kopf auf Masahiros Schulter gelegt und summte leise eine Melodie, die Masahiro nicht erkannte, aber es störte ihn nicht. Es war einer dieser seltenen Momente, in denen alles einfach stimmte.

„Weißt du", begann Kjell nach einer Weile, seine Stimme leise und warm, „ich dachte immer, du wärst der schwerste Mensch, den ich jemals knacken würde."

Masahiro lachte leise. „Das war also dein Ziel? Mich zu knacken?"

„Ja", antwortete Kjell und grinste. „Und jetzt, wo ich dich habe, weiß ich nicht, was ich mit dir anstellen soll."

„Faszinierend", murmelte Masahiro trocken. „Vielleicht hättest du dir das vorher überlegen sollen."

„Tja", sagte Kjell und streckte sich aus, „jetzt ist es zu spät. Du gehörst mir."

Masahiro schüttelte den Kopf, konnte aber nicht verhindern, dass sich ein kleines Lächeln auf seine Lippen schlich. Kjell hatte recht. Was auch immer zwischen ihnen war, es fühlte sich unaufhaltsam an. Sie hatten diese unsichtbare Grenze überschritten, und es gab keinen Weg zurück – und das war in Ordnung.

„Also gut", sagte Masahiro, „wenn ich jetzt offiziell dir gehöre, was kommt als Nächstes?"

Kjell hob eine Augenbraue und grinste verschmitzt. „Ich könnte dir eine Liste geben, aber das würde die Überraschung verderben."

„Natürlich", murmelte Masahiro und lehnte sich zurück. „Wäre ja zu einfach, wenn du mir einfach mal sagst, was du vorhast."

„Und wo bleibt der Spaß daran?", fragte Kjell und stieß ihn spielerisch mit dem Ellbogen an. „Du liebst doch die Spannung, gib es zu."

„Was ich liebe", begann Masahiro, „ist ein wenig Frieden und Ruhe. Aber das scheinst du nicht zu verstehen."

„Das liegt daran, dass ich Chaos bin", sagte Kjell und sah ihn mit einem schelmischen Lächeln an. „Aber ich bin dein Chaos."

Masahiro lachte leise und zog Kjell näher an sich. „Ja, du bist mein Chaos. Und ich schätze, das ist genau das, was ich brauche."

Kjell strahlte und kuschelte sich tiefer in Masahiros Arme. „Ich wusste, dass du mich irgendwann zu schätzen weißt."

„Irgendwann", wiederholte Masahiro und schloss die Augen. Die Wärme, die Kjell ausstrahlte, und die tiefe, aber sanfte Verbindung zwischen ihnen machte alles andere unwichtig. Sie waren hier, zusammen, und das war mehr als genug.

Kapitel 12: Ein Schritt nach vorn, zwei Schritte zurück

Die Tage nach ihrem Geständnis vergingen schneller, als Masahiro es erwartet hatte. Die Luft zwischen ihnen hatte sich verändert – sie war leichter, voller unausgesprochener Zuneigung und leiser Nähe. Es war, als ob die ständige Spannung, die zuvor zwischen ihnen geherrscht hatte, einem sanften, wärmenden Gefühl gewichen war, das Masahiro nicht genau benennen konnte. Doch so sehr er es genoss, dass die Dinge zwischen ihm und Kjell nun klarer waren, war da noch immer ein Teil von ihm, der sich an die Ruhe seiner alten Routine klammerte.

An diesem Morgen saß Masahiro wie so oft an seinem Schreibtisch, den Bleistift in der Hand, aber seine Gedanken schweiften ab. Statt sich auf die Figuren in seinem Skizzenbuch zu konzentrieren, dachte er an Kjell. Es überraschte ihn, wie oft er mittlerweile an ihn dachte. Früher war seine Arbeit ein Fluchtpunkt, ein Ort, an dem er die Welt ausblenden konnte, aber jetzt... jetzt war Kjell in seinen Gedanken ein ständiger Gast.

Seufzend legte Masahiro den Bleistift zur Seite und warf einen Blick auf sein Handy. Keine Nachricht von Kjell. Normalerweise hätte Kjell ihn längst mit irgendeinem verrückten Vorschlag oder einer frechen Nachricht überrumpelt. Die Tatsache, dass es heute so still war, fühlte sich seltsam an.

Gerade als er beschloss, sich wieder auf seine Arbeit zu konzentrieren, klingelte es an der Tür. Masahiro brauchte nicht lange, um zu wissen, wer es war. Er stand auf, öffnete die Tür und – wie erwartet – stand Kjell da, mit einem breiten Grinsen im Gesicht und einer Tüte in der Hand.

„Da bist du ja", sagte Kjell, trat ohne zu fragen ein und schwenkte die Tüte. „Ich dachte, ich bringe uns was zu essen. Du siehst aus, als ob du mal eine Pause gebrauchen könntest."

Masahiro verdrehte die Augen und trat zur Seite, um Kjell hereinzulassen. „Du weißt, dass ich arbeiten muss, oder?"

„Und ich weiß auch, dass du dich zu Tode arbeiten wirst, wenn ich dich nicht davon abhalte", antwortete Kjell und stellte die Tüte auf den Küchentisch. „Außerdem... wir müssen mal reden."

„Reden?" Masahiro schloss die Tür und folgte Kjell in die Küche, seine Augenbrauen leicht zusammengezogen. „Über was?"

„Na ja... über uns", sagte Kjell und drehte sich mit einem nachdenklichen Ausdruck zu ihm um. „Ich meine, was jetzt passiert. Wir haben uns gesagt, dass wir uns lieben, aber was kommt als Nächstes?"

Masahiro blinzelte. Es war selten, dass Kjell so direkt über die ernsthaften Themen sprach, und das machte Masahiro nervös. Er wusste, dass dieser Moment irgendwann kommen würde, aber er hatte sich nie wirklich vorbereitet.

„Ich weiß nicht", sagte Masahiro leise und zuckte mit den Schultern. „Ich meine, ich weiß nicht, was als Nächstes kommt. Ich habe nie darüber nachgedacht."

„Das überrascht mich nicht", antwortete Kjell und grinste leicht, doch der Ernst in seinen Augen blieb. „Aber ich denke, wir sollten es tun. Ich meine... ich will das hier nicht halbherzig machen."

Masahiro atmete tief durch und setzte sich auf einen der Küchenstühle. „Ich will das auch nicht halbherzig machen.

Aber ich bin einfach nicht gut in so was. Beziehungen... Gefühle... das ist alles so kompliziert."

Kjell lachte leise und setzte sich ihm gegenüber. „Das ist es immer. Aber genau deswegen müssen wir darüber reden."

Masahiro schwieg eine Weile, bevor er schließlich nickte. „Okay. Also... reden wir."

Die nächsten Minuten vergingen langsamer als gedacht. Masahiro hatte nicht erwartet, dass er so viel zu sagen hätte. Es war, als ob all die unausgesprochenen Gedanken und Zweifel, die er seit ihrer ersten Begegnung mit sich herumgetragen hatte, plötzlich aus ihm herausströmten. Kjell hörte ihm aufmerksam zu, unterbrach ihn nicht, sondern ließ ihn einfach reden. Und als Masahiro schließlich fertig war, fühlte er sich irgendwie leichter – als ob er endlich einen Teil der Last, die er so lange mit sich herumgetragen hatte, abgelegt hätte.

„Du machst dir viel zu viele Sorgen", sagte Kjell schließlich, nachdem er alles gehört hatte. „Ich verstehe, dass das hier neu für dich ist, aber du musst nicht alles sofort richtig machen. Wir lernen das zusammen, okay?"

Masahiro sah ihn an, überrascht von der Ruhe in Kjells Stimme. Es war selten, dass Kjell so... ernsthaft war. Normalerweise war er derjenige, der die Dinge leicht nahm, der alles mit einem frechen Kommentar

147

wegwischte. Aber jetzt sah er Masahiro mit einer Ernsthaftigkeit an, die ihn tief berührte.

„Okay", sagte Masahiro leise und nickte. „Zusammen."

„Genau", sagte Kjell und lehnte sich zurück. „Und wenn ich zwischendurch wieder mal eine deiner Mauern einreiße, dann weißt du, dass ich es nur tue, weil ich dich liebe."

Masahiro schnaubte leise und schüttelte den Kopf. „Du machst das schon die ganze Zeit, ob ich will oder nicht."
Kjell grinste und zwinkerte ihm zu. „Das ist mein Job. Aber hey, du liebst es."

„Manchmal", murmelte Masahiro und lehnte sich zurück, ein kleines Lächeln auf den Lippen.

Später am Nachmittag, nachdem sie das Essen in der Küche gemeinsam gekocht hatten, saßen sie auf dem Sofa, ihre Beine ineinander verschlungen, während Kjell sich an Masahiros Seite schmiegte. Es war einer dieser seltenen, ruhigen Momente, in denen alles perfekt zu sein schien. Keine Worte waren nötig – ihre Nähe sprach für sich.

„Du weißt", sagte Kjell plötzlich, seine Stimme gedämpft, „ich habe mir das so gewünscht. Einfach... hier zu sein. Mit dir."

Masahiro sah ihn an, überrascht von der Offenheit in Kjells Stimme. „Wirklich?"

„Ja", sagte Kjell leise und lächelte. „Seit dem ersten Moment, als wir uns getroffen haben, wusste ich, dass ich etwas zwischen uns wollte. Es hat nur ein bisschen gedauert, bis du es auch gesehen hast."

Masahiro lachte leise. „Ich bin manchmal ein wenig langsam."

„Das ist okay", antwortete Kjell und legte sanft eine Hand auf Masahiros Wange. „Ich habe Geduld mit dir. Und ich bin froh, dass du mir endlich zugehört hast."

Masahiro schloss die Augen bei der sanften Berührung, spürte die Wärme, die von Kjells Hand ausging, und wusste, dass dieser Moment mehr bedeutete, als Worte je ausdrücken könnten.

Als die Sonne langsam hinter den verschneiten Dächern Sapporos verschwand, hüllte die Dämmerung die Stadt in ein sanftes, goldenes Licht. Kjell und Masahiro saßen noch immer auf dem Sofa, eingehüllt in eine Decke, während die Stille des Abends sie umgab. Es war ein Moment der Ruhe, den Masahiro mehr zu schätzen wusste, als er es zugeben würde. Neben Kjell fühlte sich selbst die Stille lebendig an – eine Stille, die nicht von Unsicherheit, sondern von Vertrautheit und Nähe geprägt war.

„Weißt du", begann Kjell, ohne den Kopf von Masahiros Schulter zu heben, „ich habe früher nie verstanden, warum Leute sagen, dass man jemanden braucht, der einen ergänzt. Ich dachte immer, das wäre ein Klischee."

Masahiro sah ihn von der Seite an, neugierig auf das, was Kjell zu sagen hatte. „Und jetzt?"

„Jetzt verstehe ich es", antwortete Kjell und drehte den Kopf leicht, um Masahiro anzusehen. „Du ergänzt mich, Masahiro. Du bringst mich zur Ruhe, selbst wenn ich dich ständig aus deiner raushole."

Masahiro spürte, wie ihm das Herz warm wurde. Es war selten, dass Kjell so direkt über seine Gefühle sprach, und obwohl er es oft mit einem schelmischen Kommentar oder einem frechen Grinsen überspielte, konnte Masahiro die Aufrichtigkeit in Kjells Worten spüren.

„Du bist auch nicht gerade einfach zu handhaben", sagte Masahiro mit einem leichten Lächeln, während er Kjells Hand in seine nahm. „Aber ich denke, das ist genau das, was ich brauche."

Kjell lachte leise, und der Klang seiner Stimme füllte den Raum mit einer Wärme, die Masahiro bis ins Innerste traf. „Ich wusste es. Irgendwann würdest du zugeben, dass du mich brauchst."

Masahiro schnaubte und schüttelte den Kopf. „Du bist unmöglich."

„Und trotzdem bist du hier", konterte Kjell, seine Augen funkelten vor schelmischer Freude.

„Ja", gab Masahiro zu, „und ich will nirgendwo anders sein."

Für einen Moment herrschte Stille zwischen ihnen, doch es war keine unangenehme Stille. Es war die Art von Stille, die entsteht, wenn Worte nicht ausreichen, um das auszudrücken, was sie fühlten. Ihre Blicke trafen sich, und ohne dass sie es aussprechen mussten, wussten sie beide, dass sie auf dem richtigen Weg waren.

Später am Abend, nachdem sie gemeinsam etwas gekocht und gegessen hatten, lagen sie wieder auf dem Sofa, eingekuschelt und eng beieinander. Kjell hatte eine Serie auf dem Fernseher angemacht, aber Masahiro war kaum bei der Sache. Stattdessen war er sich nur allzu bewusst, wie nah Kjell ihm war – die Wärme, die von ihm ausging, die leichten Berührungen, die Kjell immer wieder in sein Haar oder auf seine Hand legte. Es war seltsam beruhigend, aber auch aufregend.

„Weißt du", sagte Kjell plötzlich und drehte sich leicht zu Masahiro um, „ich habe darüber nachgedacht."

„Über was?", fragte Masahiro und sah ihn neugierig an.

„Über uns", antwortete Kjell und schob sich ein wenig höher, um Masahiro besser ansehen zu können. „Ich meine... was kommt als Nächstes? Wir verbringen so viel

Zeit miteinander, aber es fühlt sich an, als ob wir noch nicht alles gesagt haben."

Masahiro blinzelte, überrascht von Kjells Ernsthaftigkeit. „Was meinst du damit?"

Kjell zögerte einen Moment, bevor er weitersprach. „Ich denke nur... ich will mehr mit dir. Mehr von uns. Und ich will wissen, ob du das auch willst."

Die Frage traf Masahiro unerwartet, und er spürte, wie sein Herz schneller schlug. Mehr? Was bedeutete das? Mehr Nähe? Mehr Offenheit? Oder etwas anderes? Er hatte nicht erwartet, dass Kjell dieses Thema so direkt ansprechen würde, aber jetzt, da es im Raum stand, wusste er, dass er darüber nachdenken musste.

„Ich weiß es nicht", gab Masahiro ehrlich zu und sah Kjell in die Augen. „Aber ich denke, ich will auch mehr. Ich weiß nur nicht, wie das aussehen soll."

Kjell nickte langsam und lächelte leicht. „Das ist okay. Wir müssen es nicht sofort wissen. Aber ich will, dass du weißt, dass ich bereit bin."

„Bereit wofür?", fragte Masahiro, seine Stimme leise, fast unsicher.

Kjell lächelte sanft und legte seine Hand auf Masahiros Wange. „Für alles, was kommt. Für uns. Egal, wie es aussieht."

Masahiro fühlte, wie seine Unsicherheiten langsam verblassten. Kjell sprach mit einer solchen Selbstverständlichkeit, dass es ihm schwerfiel, sich weiterhin Gedanken zu machen. Vielleicht war es wirklich so einfach. Vielleicht musste er sich nur darauf einlassen und sehen, wohin es führte.

„Du machst es immer so einfach", sagte Masahiro leise.

„Weil es das ist", antwortete Kjell und drückte ihm sanft einen Kuss auf die Stirn. „Es ist einfach, weil es richtig ist."

Als die Nacht tiefer wurde und sie sich gemeinsam ins Bett legten, fühlte Masahiro eine Ruhe, die er schon lange nicht mehr gespürt hatte. Kjell lag neben ihm, ihre Körper berührten sich, und die Wärme zwischen ihnen war beruhigend und doch elektrisierend zugleich. Masahiro wusste, dass sie noch viele unbeantwortete Fragen hatten, aber in diesem Moment war das alles egal.

„Danke", flüsterte Masahiro, als er die Augen schloss.

„Für was?", fragte Kjell leise und sah ihn neugierig an.

„Dafür, dass du da bist", antwortete Masahiro.

Kjell lächelte und zog ihn näher an sich. „Immer, Masahiro. Immer."

Kapitel 13: Die Balance des Alltags

Der Morgen brach in einem diffusen Grau an, das sich über die schneebedeckten Straßen von Sapporo legte. Masahiro wachte langsam auf, das leise Prasseln von Schneeflocken gegen die Fensterscheibe wirkte beruhigend, doch er spürte sofort die Wärme neben sich. Kjell lag ausgestreckt auf dem Bett, eine Hand locker auf Masahiros Brust, als hätte er sich im Schlaf instinktiv an ihn geschmiegt. Masahiro betrachtete ihn einen Moment lang und ließ den gestrigen Abend noch einmal Revue passieren. Die Nähe, die Gespräche, und dieses Gefühl, dass sie tatsächlich eine Art Gleichgewicht gefunden hatten – es war alles... neu, aber richtig.

Masahiro drehte sich vorsichtig, um Kjell nicht zu wecken, und stand leise auf. Er schlich in die Küche, füllte den Wasserkocher mit Wasser und stellte ihn an. Die Routine des Morgens half ihm, sich zu sammeln. Doch während er wartete, schlichen sich immer wieder Gedanken an Kjell ein. Es war faszinierend, wie schnell Kjell in seine Welt eingedrungen war, wie sich seine Gegenwart so natürlich in Masahiros Alltag eingefügt hatte.

Als er den Kaffee fertig hatte und zwei Tassen füllte, hörte er das leise Rascheln von Decken und ein unterdrücktes Gähnen. „Kaffee?" Kjells verschlafene Stimme klang durch den Raum, gefolgt von seinen tapsigen Schritten Richtung Küche.

„Mhm", murmelte Masahiro und stellte eine Tasse auf den Tisch, bevor er sich selbst hinsetzte.

Kjell ließ sich auf den Stuhl gegenüber fallen, fuhr sich mit den Händen durch das zerzauste Haar und grinste träge. „Ich wusste, dass du perfekt bist."

Masahiro hob eine Augenbraue und nahm einen Schluck von seinem Kaffee. „Du wachst nur auf, weil es Kaffee gibt."

„Klar", antwortete Kjell und zwinkerte. „Kaffee und du – die perfekte Kombination."

Masahiro schnaubte leise und schüttelte den Kopf, konnte aber nicht verhindern, dass ihm ein leichtes Lächeln über die Lippen huschte. Kjell hatte diese Fähigkeit, selbst die banalsten Momente mit einer Leichtigkeit zu füllen, die Masahiro oft fehlte. Das brachte ihn auf eine Frage, die er schon länger mit sich herumtrug.

„Kjell", begann er zögernd, während er die Kaffeetasse auf dem Tisch drehte, „was... was genau erwartest du eigentlich von uns?"

Kjell sah ihn überrascht an, seine Augen wachsam und klar, als hätte die Frage ihn sofort aus seiner morgendlichen Trägheit geholt. „Was meinst du?"

„Ich meine...", Masahiro zögerte, unsicher, wie er seine Gedanken formulieren sollte. „Ich bin nicht besonders gut darin, Dinge zu planen oder mir vorzustellen, wie... wie das hier weitergeht. Aber du scheinst immer so sicher zu sein."

Kjell lehnte sich zurück, sein Blick durchdringend, aber nicht bedrohlich. Er wirkte fast nachdenklich, als würde er Masahiros Worte abwägen, bevor er antwortete. „Weißt du, ich war noch nie der Typ, der viel plant. Ich bin eher so der... 'ich lebe im Moment'-typ." Er lachte leise und sah Masahiro an. „Aber mit dir ist das irgendwie anders. Du bringst mich zum Nachdenken. Und ich will, dass das hier – was auch immer es ist – funktioniert."

Masahiro nickte langsam, seine Augen ruhten auf Kjells Gesicht, während er über dessen Worte nachdachte. Es war seltsam, dass Kjell, der sonst so impulsiv und unberechenbar war, tatsächlich über ihre gemeinsame Zukunft nachdachte. Und doch spürte Masahiro, dass Kjell es ernst meinte. Es gab da keine Zweifel oder Unsicherheiten in seinen Worten – nur diese bedingungslose Offenheit, die Masahiro so faszinierte.

„Ich will das auch", sagte Masahiro schließlich leise. „Aber ich bin... na ja, du weißt, dass ich manchmal Schwierigkeiten habe, mich auf Dinge einzulassen. Es fällt mir schwer, loszulassen."

Kjell lächelte, stand auf und trat näher an Masahiro heran. Er legte eine Hand auf seine Schulter und sah ihm in die Augen. „Das weiß ich. Und ich bin nicht hier, um dich zu drängen. Wir machen das in deinem Tempo, okay? Aber ich bin hier. Egal, was passiert."

Masahiro nickte und spürte, wie sich ein Teil der Last, die er so lange mit sich herumgetragen hatte, langsam auflöste. Kjell hatte eine Art, die Dinge einfacher zu machen – als ob alles, was ihm so schwer erschien, plötzlich machbar war. Es war eine neue Art von Sicherheit, die er noch nie zuvor in seinem Leben gespürt hatte.

Der Tag verlief überraschend ruhig. Kjell hatte vorgeschlagen, zusammen einen Ausflug zu machen – nichts Großes, nur ein Spaziergang durch die Stadt, vielleicht ein Besuch in einem der Cafés, das Masahiro immer gemieden hatte. Er hatte keine Einwände, solange es nichts allzu Aufregendes war.

Sie liefen Seite an Seite durch die schneebedeckten Straßen, Kjell in seinem typischen schnellen Gang, während Masahiro sich bemühte, Schritt zu halten. Sie redeten über alles und nichts – über Animes, die sie gemeinsam schauen wollten, über ihre Lieblingsmangas, und über die kleinen alltäglichen Dinge, die Masahiro früher nie für wichtig gehalten hatte.

„Weißt du, ich hab das Gefühl, dass du mich in letzter Zeit öfter siehst", sagte Kjell plötzlich und sah Masahiro mit einem neckischen Lächeln an. „Nicht, dass ich mich beschwere."

„Vielleicht", antwortete Masahiro trocken und sah ihn von der Seite an. „Vielleicht bin ich einfach besser darin geworden, dich zu ertragen."

Kjell lachte laut und stieß ihn leicht mit der Schulter an. „Das nenne ich Fortschritt."

Sie erreichten das Café, das Kjell vorgeschlagen hatte – ein kleiner, gemütlicher Laden, in dem es nach frisch gebrühtem Kaffee und warmen Backwaren roch. Es war viel los, doch Kjell schaffte es, einen kleinen Tisch in der Ecke zu ergattern. Sie setzten sich, und während Kjell begeistert von den verschiedenen Kaffeesorten sprach, ließ Masahiro seinen Blick durch den Raum schweifen.

Er beobachtete die Menschen, die um sie herum saßen – Paare, Freunde, Familien. Es war seltsam, dass er sich nie wirklich in solchen Umgebungen wohlgefühlt hatte, doch heute war es anders. Es war, als ob Kjells Anwesenheit ihm half, sich zu entspannen, als ob die Welt um sie herum weniger bedrohlich war, wenn Kjell in seiner Nähe war.

„Du bist heute so still", bemerkte Kjell plötzlich und sah ihn neugierig an.

Masahiro zuckte mit den Schultern. „Ich denke nur nach."

„Über was?", fragte Kjell und lehnte sich interessiert vor.

„Über uns", antwortete Masahiro ehrlich. „Und darüber, dass du recht hattest. Ich fange wirklich an, dich mehr zu schätzen." Kjell grinste breit und legte seine Hand auf Masahiros.

„Endlich! Ich dachte schon, du würdest das nie zugeben." Masahiro schüttelte den Kopf, konnte jedoch nicht verhindern, dass sich ein Lächeln auf seine Lippen schlich. „Du bist wirklich unmöglich."

„Und genau deshalb liebst du mich", antwortete Kjell schelmisch und hob seine Kaffeetasse in einer triumphierenden Geste.

Nachdem sie ihr Gespräch im Café beendet hatten, fühlte sich Masahiro erstaunlich erleichtert. Es war selten, dass er so offen über seine Gefühle sprach, doch Kjell schaffte es immer, ihn aus dieser Schale zu holen. Es war eine Fähigkeit, die Masahiro einerseits bewunderte und andererseits manchmal fürchtete – Kjell wusste einfach immer, wie er ihn dazu bringen konnte, mehr von sich preiszugeben, als er es normalerweise gewollt hätte.

Als sie das Café verließen, legte Kjell einen Arm um Masahiros Schulter, als ob das die natürlichste Sache der Welt wäre. Es war eine vertraute, beinahe beschützende Geste, und obwohl Masahiro normalerweise solche öffentlichen Zärtlichkeiten vermied, ließ er es diesmal geschehen. Vielleicht, weil er es tatsächlich genoss.

„Was hältst du davon, wenn wir morgen was zusammen kochen?", schlug Kjell plötzlich vor, als sie durch die verschneiten Straßen gingen.

Masahiro sah ihn überrascht an. „Du kochen?"

„Ja, warum nicht?", sagte Kjell und grinste. „Ich kann ein paar Sachen. Nichts Aufregendes, aber ich könnte dich überraschen."

„Das bezweifle ich", murmelte Masahiro, konnte aber das Lächeln nicht unterdrücken, das sich auf seine Lippen schlich.

„Komm schon", sagte Kjell und trat einen Schritt vor ihn, drehte sich um und lief rückwärts, während er Masahiro direkt in die Augen sah. „Ich will dir zeigen, dass ich mehr kann, als nur Chaos stiften."

Masahiro schüttelte den Kopf. „Ich habe nie etwas anderes von dir erwartet."

Kjell lachte, trat wieder an Masahiros Seite und schob die Hände in seine Manteltaschen. „Du wirst schon sehen. Morgen gibt's ein Festmahl, und du wirst es lieben."

„Ich bin skeptisch", antwortete Masahiro trocken, aber er war bereit, Kjell diese Herausforderung zu überlassen.

Am nächsten Tag, wie versprochen, stand Kjell in Masahiros Küche – konzentriert, die Ärmel seines Pullovers hochgekrempelt, während er sich durch die Zutaten arbeitete, die sie am Morgen gemeinsam eingekauft hatten. Masahiro lehnte sich gegen den Türrahmen und beobachtete ihn mit verschränkten Armen. Es war seltsam, Kjell in dieser Rolle zu sehen – normalerweise war er derjenige, der sich lieber aus der Küche heraushielt.

„Du siehst amüsiert aus", bemerkte Kjell und sah kurz auf, bevor er weiter mit den Zutaten hantierte.

„Es ist nur...", Masahiro zögerte, „ich habe nicht erwartet, dass du so... engagiert bist."

„Du solltest mich wirklich nicht unterschätzen", sagte Kjell grinsend, während er einen Topf auf den Herd stellte. „Ich meine, ich bin vielleicht nicht der perfekte Koch, aber ich kann mich behaupten."

Masahiro trat näher heran, warf einen prüfenden Blick auf das, was Kjell zusammenmischte, und hob eine Augenbraue. „Was genau ist das?"

„Ein Meisterwerk in Arbeit", antwortete Kjell und stieß ihn spielerisch mit der Hüfte an. „Hör auf, mich zu kritisieren, bevor es fertig ist."

Masahiro konnte nicht anders, als zu lächeln. „Ich kritisiere nicht. Ich beobachte nur."

„Na, dann mach dich nützlich", sagte Kjell und warf ihm ein Küchenmesser zu. „Du kannst das Gemüse schneiden."

„Bist du sicher, dass ich das kann?", fragte Masahiro und grinste leicht. „Ich könnte etwas ruinieren."

„Ich vertraue dir", sagte Kjell mit einem Augenzwinkern. „Zumindest hoffe ich das."

Die Stunden vergingen schneller, als Masahiro es erwartet hatte. Gemeinsam kochten sie in der Küche, tauschten scherzhafte Bemerkungen aus und neckten sich gegenseitig, während sie das Abendessen zubereiteten. Es war eine ungewöhnliche, aber erstaunlich angenehme Art, Zeit miteinander zu verbringen – und Masahiro musste sich eingestehen, dass Kjell tatsächlich nicht so schlecht im Kochen war, wie er gedacht hatte.

Als sie schließlich das fertige Essen auf den Tisch stellten, ließ Kjell sich erschöpft auf einen der Stühle fallen und sah Masahiro mit einem breiten Grinsen an. „Na, wie sieht's aus? Beeindruckt?"

Masahiro setzte sich und warf einen prüfenden Blick auf das Gericht vor ihm – es sah tatsächlich ziemlich gut aus. „Ich gebe zu, ich bin überrascht."

Kjell lachte und hob triumphierend seine Gabel. „Das ist alles, was ich hören wollte. Jetzt iss und genieße mein Meisterwerk."

Masahiro nahm einen Bissen und musste zugeben, dass es wirklich gut schmeckte. „Okay, ich gebe es zu – du hast Talent."

„Endlich!", sagte Kjell, als hätte er gerade eine große Schlacht gewonnen. „Du solltest mir öfter vertrauen."

„Das fällt mir nicht leicht", murmelte Masahiro, konnte aber das Lächeln nicht unterdrücken, das sich wieder auf seine Lippen schlich.

„Aber du liebst es", antwortete Kjell, seine Augen funkelten vor Freude. „Das weiß ich."

„Vielleicht", sagte Masahiro und schob sich den nächsten Bissen in den Mund, ohne Kjell direkt anzusehen.

Nach dem Essen saßen sie noch eine Weile zusammen, tranken Tee und redeten über Kleinigkeiten. Die Atmosphäre war entspannt, fast häuslich, und Masahiro spürte, wie er sich in Kjells Gegenwart immer wohler fühlte. Es war nicht nur die körperliche Nähe, die sie teilten, sondern auch diese seltsame, unaufdringliche Vertrautheit, die zwischen ihnen gewachsen war.

„Das war ein guter Tag", sagte Kjell schließlich, als sie zusammen auf dem Sofa saßen. „Und ich hab nicht mal die Küche in Brand gesetzt."

„Das ist tatsächlich eine Leistung", antwortete Masahiro mit einem leichten Grinsen.

Kjell lehnte sich an ihn, seine Augen halb geschlossen, und murmelte: „Wir sollten das öfter machen. Du und ich... in der Küche."

Masahiro spürte, wie seine Lippen leicht zuckten. „Das könnte gefährlich werden."

„Für wen?", fragte Kjell schläfrig und legte den Kopf auf Masahiros Schulter.

„Für uns beide", antwortete Masahiro leise, legte eine Hand auf Kjells Arm und schloss die Augen.

Kapitel 14: Zwischen Chaos und Komfort

Der Winter war mittlerweile allgegenwärtig, und die Schneemassen in Sapporo wuchsen von Tag zu Tag. Masahiro stand am Fenster seiner Wohnung und beobachtete, wie die Flocken langsam, aber stetig vom Himmel fielen. Es war einer dieser Sonntage, an denen die Welt still schien – nur das Geräusch des Windes, der gegen die Fenster blies, und das gelegentliche Knarzen der Holzbalken in seinem Apartment brachen die Stille.

Hinter ihm raschelten die Decken, und er hörte, wie Kjell sich auf dem Sofa streckte und leise gähnte. Sie hatten den Morgen ruhig verbracht – kein großes Abenteuer, keine Pläne, einfach nur gemeinsam in der Wohnung, eingehüllt in die Wärme der Heizung und die träge Gemütlichkeit eines verschneiten Tages. Masahiro konnte sich nicht erinnern, wann er das letzte Mal einen so entspannten Morgen erlebt hatte.

„Du stehst da und tust so, als wärst du tief in Gedanken versunken", sagte Kjell mit einem verschmitzten Lächeln, als er sich von der Couch erhob und zu Masahiro trat. „Aber ich wette, du denkst einfach nur darüber nach, ob du den Schneefall magst oder nicht."

Masahiro schnaubte leise, drehte sich zu Kjell um und lehnte sich gegen die Fensterbank. „Ich mag den Schnee."

„Das überrascht mich nicht", sagte Kjell und zog ihn spielerisch an sich. „Du bist der Typ, der die Stille des Winters genießt, während der Rest von uns sich über die Kälte beschwert."

Masahiro ließ sich von Kjells Nähe einnehmen, legte die Arme um ihn und seufzte leise. „Vielleicht."

Kjell grinste und drückte Masahiro sanft an sich. „Weißt du, ich hab eine Idee, wie wir diesen langweiligen Sonntag ein bisschen aufpeppen könnten."

Masahiro hob eine Augenbraue und sah ihn skeptisch an. „Ich befürchte, ich weiß, wohin das führt."

„Du hast keine Ahnung", antwortete Kjell mit einem verschmitzten Lächeln und ließ Masahiro los, bevor er zur

Tür ging und sich seine Jacke überzog. „Komm, wir gehen raus."

„Raus?", fragte Masahiro, verwirrt und nicht gerade begeistert. „Hast du gesehen, wie es draußen schneit?"

„Genau deshalb!", rief Kjell und streckte ihm seine Jacke entgegen. „Wir machen einen Schneespaziergang. Es wird dir guttun, glaub mir."

Masahiro verdrehte die Augen. „Du und deine Ideen."

„Aber du liebst sie", konterte Kjell und grinste breit. „Na komm, bevor der Schnee uns überholt."

Zögernd zog Masahiro sich seine Jacke an und folgte Kjell zur Tür. Er war nicht der Typ für spontane Outdoor-Aktivitäten, vor allem nicht im tiefsten Winter, aber irgendetwas an Kjells Begeisterung war ansteckend. Und obwohl er es sich nicht eingestehen wollte, mochte er diese kleinen Ausflüge mit Kjell. Sie brachten Abwechslung in seinen geordneten Alltag – und mehr noch, sie brachten ihn Kjell näher.

Die Straßen waren nahezu leer, und der frische Schnee unter ihren Füßen knirschte leise, während sie durch die verschneiten Gassen gingen. Kjell hatte die Kapuze tief ins Gesicht gezogen, doch das hielt ihn nicht davon ab, immer wieder zu Masahiro herüberzugrinsen, als wäre das Ganze ein großes Abenteuer.

„Wohin gehen wir überhaupt?", fragte Masahiro schließlich, als sie schon eine Weile unterwegs waren.

Kjell zuckte mit den Schultern. „Keine Ahnung. Einfach irgendwohin."

„Also gibt es keinen Plan?", hakte Masahiro nach, halb belustigt, halb genervt.

„Wann habe ich jemals einen Plan?", fragte Kjell zurück und lachte.

Masahiro seufzte, konnte aber nicht verhindern, dass ein Lächeln auf seine Lippen schlich. „Irgendwann wirst du mich mit deiner Planlosigkeit noch in den Wahnsinn treiben."

„Das ist doch der Plan", sagte Kjell und zog Masahiro plötzlich am Arm, bevor er ihn in eine enge Seitengasse zog, die von den Lichtern der Laternen nur schwach beleuchtet war.

„Was machst du?", fragte Masahiro überrascht, als Kjell ihn gegen die Wand drückte, den Atem sichtbar in der kalten Luft.

„Ein bisschen Spannung in den Tag bringen", flüsterte Kjell und beugte sich nah an Masahiros Ohr.

Masahiro spürte Kjells Atem auf seiner Haut, warm im Kontrast zur kalten Luft um sie herum, und sein Herz begann schneller zu schlagen. Kjell war unberechenbar, und genau das zog ihn immer wieder in seinen Bann. Es war diese Mischung aus Charme, Respektlosigkeit und Intimität, die Masahiro oft aus der Fassung brachte – und genau jetzt konnte er nicht anders, als sich dieser Spannung hinzugeben.

„Du bist verrückt", murmelte Masahiro leise, während Kjell ihn mit einem intensiven Blick ansah, seine Finger leicht über Masahiros Kinn streifend.

„Das sagst du immer", antwortete Kjell mit einem schelmischen Grinsen, bevor er sich näher beugte und ihre Lippen sich trafen – sanft zuerst, dann fordernder, als die Hitze zwischen ihnen stieg, während der Schnee leise auf sie herabfiel.

Als sie sich nach einer Weile voneinander lösten, standen sie noch immer in der engen Gasse, der Schnee wirbelte um sie herum, doch es war, als ob die Welt um sie herum für einen Moment stillgestanden hatte. Kjell grinste triumphierend und lehnte sich an die Wand, als ob er genau gewusst hätte, welche Wirkung er auf Masahiro hatte.

„Und?", fragte Kjell frech. „Hat das den langweiligen Sonntag ein bisschen aufregender gemacht?"

Masahiro schüttelte den Kopf, aber er lächelte leicht. „Du bist unmöglich."

„Aber du liebst es", antwortete Kjell mit einem Augenzwinkern.

Masahiro seufzte leise und sah Kjell an, die Kälte der Umgebung schon längst vergessen. „Vielleicht tue ich das."

Nachdem sie sich in der engen Seitengasse ausgetobt hatten, setzten sie ihren Spaziergang durch die verschneiten Straßen von Sapporo fort. Die Welt um sie herum war ruhig, fast magisch unter dem Licht der Laternen und dem stetig fallenden Schnee. Masahiro spürte, wie sich die Kälte langsam in seine Knochen schlich, doch Kjell schien die Kälte kaum zu bemerken. Er plauderte fröhlich weiter, erzählte Geschichten aus seiner Kindheit, die so abenteuerlich klangen, dass Masahiro manchmal das Gefühl hatte, Kjell sei in einer völlig anderen Welt aufgewachsen.

„Ich habe als Kind immer davon geträumt, eines Tages einfach abzuhauen", sagte Kjell plötzlich und blickte in den Himmel, als hätte der Schnee eine Antwort auf seine Gedanken. „Die Welt zu erkunden, ohne dass mich jemand zurückhält. Weißt du, dieses Gefühl, frei zu sein?"

Masahiro sah ihn von der Seite an und nickte langsam. „Ich verstehe, was du meinst. Aber das war nie mein Traum. Ich wollte immer... Stabilität. Ein Zuhause."

Kjell grinste schief und steckte die Hände in seine Manteltaschen. „Das passt zu dir. Du bist eben der Fels, der alle zusammenhält."

„Und du bist der Sturm, der alles durcheinanderwirbelt", entgegnete Masahiro trocken.

„Genau", sagte Kjell und lachte. „Und weißt du was? Es funktioniert irgendwie. Wir ergänzen uns."

Masahiro blieb stehen und sah Kjell direkt an. „Ja, das tun wir wirklich."

Es war einer dieser seltenen Momente, in denen sie beide für einen kurzen Augenblick die Masken fallen ließen – die Neckereien, die respektlosen Kommentare, all das wich einer stillen, tiefen Verbindung. Masahiro spürte, wie sich sein Herz in Kjells Nähe auf eine Weise beruhigte, die er nur schwer in Worte fassen konnte. Kjell brachte Chaos in sein Leben, das stimmte, aber dieses Chaos war nicht zerstörerisch. Es war eher wie ein erfrischender Wind, der den Staub der Jahre von Masahiros starren Gewohnheiten fegte.

„Wohin gehst du, wenn du weg willst?", fragte Masahiro leise, als sie ihren Spaziergang fortsetzten.

Kjell sah ihn überrascht an. „Was meinst du?"

„Du hast vorhin gesagt, du wolltest immer frei sein, irgendwohin abhauen. Wohin würdest du gehen?"

Kjell dachte kurz nach und zuckte dann mit den Schultern. „Ich weiß es nicht. Früher dachte ich, irgendwo ans Meer. Ein Ort, an dem ich nichts als den Horizont vor mir habe. Aber jetzt..." Er hielt inne und sah Masahiro mit einem weichen Blick an. „Jetzt ist es anders. Jetzt will ich gar nicht mehr weglaufen."

Masahiro spürte, wie sich etwas Warmes in seiner Brust ausbreitete. „Wirklich?"

„Ja", sagte Kjell leise. „Weil ich schon gefunden habe, wonach ich gesucht habe."

Masahiro blinzelte überrascht und sah Kjell an, dessen Blick so ernst war, dass es ihm schwerfiel, die Worte zu erwidern. Aber er wusste, was Kjell meinte. Zum ersten Mal in seinem Leben fühlte sich Masahiro nicht nur angekommen, sondern wirklich... vollständig.

Der Rest des Spaziergangs verlief in ruhiger, angenehmer Stille, und als sie schließlich wieder bei Masahiro ankamen, spürte er, dass der Tag mehr gebracht hatte, als er erwartet hatte. Es war nicht nur ein gewöhnlicher Sonntag gewesen – es war ein Tag voller kleiner Entdeckungen, nicht nur über Kjell, sondern auch über sich selbst.

Sie traten in die warme Wohnung, und Masahiro ließ sich erschöpft aufs Sofa fallen, während Kjell sich direkt neben ihn setzte. Es dauerte nicht lange, bis Kjell sich wie gewohnt an Masahiro schmiegte, seinen Kopf auf dessen Schulter legte und leise vor sich hin summte. Die Ruhe des Abends erfüllte den Raum, und Masahiro fühlte, wie seine Anspannung langsam nachließ.

„Das war ein guter Tag", murmelte Kjell schließlich, seine Augen halb geschlossen.

„Ja", stimmte Masahiro leise zu. „Es war ein guter Tag."

„Weißt du, du wirst immer besser darin, spontan zu sein", sagte Kjell und lächelte schlaftrunken.

„Vielleicht liegt das an dir", antwortete Masahiro, während er Kjells Haare durch die Finger gleiten ließ. „Du hast einen schlechten Einfluss auf mich."

Kjell lachte leise und schloss die Augen. „Wenn das ein schlechter Einfluss ist, dann freue ich mich, dass du ihn annimmst."

Masahiro lächelte, doch er sagte nichts mehr. Die Worte schienen in diesem Moment überflüssig zu sein. Stattdessen lehnte er sich zurück, die Wärme von Kjells Körper neben sich spürend, und ließ den Abend in dieser angenehmen Stille ausklingen. Sie waren sich wieder ein Stück nähergekommen, und Masahiro wusste, dass es noch viele solcher Momente geben würde. Momente, in denen sie beide einfach... zusammen sein konnten. Ohne Erwartungen, ohne Druck. Nur sie zwei, inmitten der Stille des Winters.

Kapitel 15: Die Herausforderungen des Herzens

Es war ein Montagmorgen, und Sapporo lag unter einer schweren Decke aus frisch gefallenem Schnee. Masahiro stand in der Küche und brühte sich wie immer seinen Kaffee auf. Es war dieser ruhige Moment, bevor der Tag wirklich begann, den er besonders schätzte. Der Duft von Kaffee, das leise Knistern der Heizung, die Stille der Wohnung – alles schien für einen kurzen Augenblick perfekt. Doch natürlich dauerte dieser Moment nicht lange.

„Sag mal, bist du immer so langweilig morgens?" Kjells Stimme durchbrach die Ruhe, als er barfuß in die Küche schlenderte, seine Haare wild zerzaust und ein freches Grinsen auf den Lippen.

Masahiro drehte sich langsam um und sah Kjell mit hochgezogenen Augenbrauen an. „Ich dachte, du würdest wenigstens einen Montagmorgen respektieren."

„Respektieren?", fragte Kjell und zog eine Grimasse. „Montage sind dazu da, herausgefordert zu werden."

„Du forderst mich jeden Tag heraus", murmelte Masahiro, nahm seine Kaffeetasse und setzte sich an den Küchentisch.

Kjell grinste nur und goss sich selbst eine Tasse Kaffee ein. Er setzte sich gegenüber von Masahiro und lehnte sich lässig zurück, während er einen Schluck nahm. „Das ist doch das Beste daran, oder nicht? Ich meine, wenn ich dich nicht herausfordere, wer soll es dann tun?"

Masahiro schnaubte. „Manchmal denke ich, du übertreibst es mit diesen Herausforderungen."

„Na ja, du würdest dich langweilen, wenn ich es nicht tun würde", sagte Kjell mit einem zwinkernden Blick. „Gib es zu."

Masahiro erwiderte nichts, sondern trank nur schweigend seinen Kaffee. Doch er wusste, dass Kjell recht hatte. In den letzten Monaten hatte sich sein Leben drastisch verändert – und das lag vor allem an Kjell. Die ständige Spannung, die Herausforderung, sich auf jemanden einzulassen, der so anders war als er selbst, hatte ihm mehr gebracht, als er erwartet hatte. Doch genau das war es, was Masahiro manchmal so überforderte: Kjell brachte ihn an seine Grenzen, und er wusste, dass dies eine neue Herausforderung für ihn war – eine emotionale, die er bisher immer vermieden hatte.

Später an diesem Tag entschieden sie sich, einen kleinen Ausflug zu einem nahegelegenen Tempel zu machen. Der Schnee, der die Straßen bedeckte, funkelte in der Wintersonne, und die Luft war klar und kalt. Masahiro war sich nicht sicher, warum Kjell ausgerechnet heute einen Tempel besuchen wollte, doch er ließ sich darauf ein – wie so oft.

„Weißt du, was ich am Winter liebe?", fragte Kjell plötzlich, als sie die Stufen des Tempels hinaufgingen.

„Nein, aber ich wette, du wirst es mir gleich sagen", antwortete Masahiro trocken.

„Es ist diese klare, kalte Luft", sagte Kjell und atmete tief ein. „Alles fühlt sich irgendwie lebendig an, selbst wenn alles um uns herum so ruhig ist."

„Das ist eine seltsame Beschreibung", murmelte Masahiro, konnte jedoch nicht leugnen, dass Kjell einen Punkt hatte. Der Winter hatte tatsächlich etwas Belebendes – etwas, das einem das Gefühl gab, in einer anderen Welt zu sein.

„Du bist seltsam", neckte Masahiro mit einem leichten Lächeln, das er sich nicht verkneifen konnte.

„Seltsam, aber liebenswert", erwiderte Kjell und stupste ihn mit der Schulter an. „Gib es zu."

„Vielleicht", sagte Masahiro leise, doch Kjell konnte das Lächeln sehen, das auf seinen Lippen tanzte.

Als sie den Tempel erreichten, war die Umgebung fast menschenleer. Der Schnee dämpfte die Geräusche der Stadt, und es war eine seltsame, friedliche Atmosphäre, die Masahiro fast beruhigte. Kjell lief vor ihm her, hüpfte die Stufen hoch, als hätte er die Energie von drei Menschen in sich. Masahiro folgte ihm in gemächlichem Tempo, die Hände in seinen Manteltaschen vergraben, während er Kjell beobachtete, der neugierig umherging und alles in sich aufzusaugen schien.

„Du bist wie ein kleines Kind", sagte Masahiro schließlich, als er Kjell erreichte, der gerade dabei war, die Tempelglocke zu betrachten.

„Ein sehr charmantes kleines Kind", korrigierte Kjell grinsend.

„Unverbesserlich", murmelte Masahiro und schüttelte den Kopf.

Nachdem sie den Tempel verlassen hatten, schlug Kjell vor, einen kleinen Umweg durch den Park zu machen, der nicht weit entfernt lag. Masahiro, der die frische Luft genoss, stimmte zu, auch wenn er wusste, dass Kjell bestimmt noch eine Überraschung für ihn bereithielt.

„Weißt du, was wir tun sollten?", fragte Kjell plötzlich, seine Augen funkelten vor Vorfreude.

„Ich fürchte, es zu erfahren", sagte Masahiro seufzend. „Was hast du diesmal vor?"

„Schneeballschlacht", verkündete Kjell triumphierend und beugte sich bereits hinunter, um den ersten Schneeball zu formen.

„Das meinst du nicht ernst", sagte Masahiro und trat einen Schritt zurück.

„Oh doch", sagte Kjell und warf den Schneeball direkt auf Masahiros Brust. „Das ist eine Herausforderung."

Bevor Masahiro reagieren konnte, hatte Kjell bereits den nächsten Schneeball geworfen, der ihn an der Schulter traf. Masahiro schüttelte nur den Kopf und seufzte leise, doch ein kleiner Teil von ihm – der Teil, den er selten zuließ – konnte das Lächeln nicht unterdrücken, das sich auf seine Lippen stahl. Er bückte sich, formte einen Schneeball und warf ihn gezielt auf Kjell, der ihm gekonnt auswich und laut lachte.

„Du bist besser darin, als ich dachte", rief Kjell, während er hinter einen Baum flüchtete.

„Vielleicht unterschätzt du mich", antwortete Masahiro und bereitete den nächsten Angriff vor.

Die nächste halbe Stunde verbrachten sie damit, sich gegenseitig mit Schnee zu bewerfen, zu lachen und sich zu necken, bis beide völlig außer Atem und erschöpft im Schnee lagen, das Lachen noch immer in der Luft.

„Ich gewinne", verkündete Kjell atemlos, während er sich auf den Rücken im Schnee legte.

„Das glaubst auch nur du", sagte Masahiro und legte sich neben ihn, den Blick auf den klaren, blauen Himmel gerichtet.

„Weißt du, was das Beste an dir ist?", fragte Kjell plötzlich, seine Stimme leiser, fast nachdenklich.

„Ich bin gespannt", antwortete Masahiro, nicht sicher, ob er bereit für die Antwort war.

„Du lässt mich einfach ich selbst sein", sagte Kjell leise, und Masahiro spürte, wie diese Worte etwas in ihm zum Klingen brachten. „Ich muss mich nicht verstellen. Nicht so tun, als wäre ich jemand anderes. Mit dir kann ich einfach... sein."

Masahiro drehte den Kopf zur Seite und sah Kjell an, der in den Himmel starrte, seine Augen ruhig und entspannt. „Du bist genug, wie du bist."

Kjell lächelte und legte seine Hand sanft auf Masahiros. „Und du auch."

Für einen Moment war da nur Stille zwischen ihnen, die von den warmen Gefühlen erfüllt war, die sich zwischen ihnen ausgebreitet hatten. Es war einer dieser seltenen Momente, in denen sie beide spürten, dass sie etwas Besonderes teilten – etwas, das über Worte hinausging.

Masahiro und Kjell blieben noch eine Weile im Schnee liegen, bis ihre Gesichter von der Kälte prickelten und der Schnee langsam in ihre Kleidung sickerte. Doch weder der beißende Wind noch die Kälte störten sie wirklich – es war der Moment, der zählte. Der Himmel über ihnen war strahlend blau, und die Welt schien für einen kurzen Augenblick perfekt.

„Weißt du", begann Kjell, ohne den Blick vom Himmel zu nehmen, „das hier fühlt sich fast an wie ein Traum. Als ob wir in einer eigenen kleinen Welt leben, in der es nichts außer uns und diesem Moment gibt."

Masahiro warf ihm einen Seitenblick zu, überrascht von Kjells plötzlicher Nachdenklichkeit. „Ein Traum, ja?"

Kjell nickte. „Ich meine, schau uns doch an. Zwei Typen, die sich im Schnee wie Kinder benehmen. Wer hätte das gedacht?"

„Ich hätte es nicht gedacht", gab Masahiro zu, konnte aber nicht leugnen, dass er diesen Moment mehr genoss, als er es sich je hätte vorstellen können. „Aber vielleicht ist das genau das, was wir brauchen – etwas Leichtigkeit, etwas Einfachheit."

„Genau!", sagte Kjell und setzte sich plötzlich auf, der Schnee rieselte von seinen Schultern. „Manchmal macht man sich zu viele Gedanken, überdenkt alles. Aber das Leben kann auch so einfach sein."

Masahiro setzte sich ebenfalls auf und betrachtete Kjell, der trotz der Kälte und der schneebedeckten Haare ein breites Grinsen auf dem Gesicht hatte. „Du machst dir nie viele Gedanken, oder?"

„Oh, ich denke nach", erwiderte Kjell und sah Masahiro direkt an. „Aber nicht so wie du. Du bist der Denker, Masahiro. Ich bin der, der handelt."

Masahiro konnte nicht anders, als zu lächeln. „Und du denkst, das macht uns zu einem guten Team?"

„Das weiß ich", sagte Kjell mit einer Selbstsicherheit, die Masahiro gleichzeitig faszinierte und manchmal frustrierte. Kjell hatte immer diese Unbeschwertheit, die er so leicht an den Tag legte, als ob nichts ihn wirklich aus der Fassung bringen könnte.

„Und was kommt als Nächstes?", fragte Masahiro, mehr aus Neugier, was Kjell wohl diesmal vorschlagen würde.

Kjell grinste und stand auf, zog Masahiro mit sich hoch. „Na ja, da du heute so gut drauf bist, dachte ich, wir könnten noch etwas Größeres machen."

„Größer als eine Schneeballschlacht?", fragte Masahiro skeptisch, während er sich den Schnee von seiner Jacke klopfte.

„Viel größer", sagte Kjell und zwinkerte. „Wie wäre es mit Schlittschuhlaufen?"

Masahiro sah Kjell für einen Moment sprachlos an.

„Schlittschuhlaufen? Du weißt, dass ich das nicht kann."

„Genau deshalb wird es so spaßig", sagte Kjell grinsend.

„Keine Sorge, ich werde dich nicht fallen lassen."

Masahiro schüttelte den Kopf, konnte aber das Lächeln, das sich auf seinen Lippen bildete, nicht unterdrücken. „Du wirst mich definitiv fallen lassen."

„Vertrau mir", sagte Kjell und legte einen Arm um Masahiros Schultern, als sie den Park verließen. „Es wird großartig. Und wenn du hinfällst, bin ich da, um dich aufzuheben."

Nur eine halbe Stunde später standen sie an der Eislaufbahn, die am Rande des Parks aufgebaut war. Masahiro sah skeptisch auf das glatte Eis, während Kjell bereits dabei war, sich die Schlittschuhe anzuziehen, als wäre es das Normalste der Welt.

„Bist du sicher, dass das eine gute Idee ist?", fragte Masahiro und betrachtete die anderen Eisläufer, die scheinbar mühelos über das Eis glitten.

„Es wird fantastisch", versicherte Kjell und schnallte die letzten Riemen seiner Schlittschuhe fest. „Denk einfach daran, dich zu entspannen. Es geht darum, das Gleichgewicht zu finden."

„Das sagst du so leicht", murmelte Masahiro, während er sich unsicher die Schlittschuhe anzog.

Als sie schließlich das Eis betraten, war es genau so schlimm, wie Masahiro es erwartet hatte. Seine Beine wackelten unter ihm, und er kämpfte verzweifelt darum, nicht direkt zu Boden zu gehen. Kjell hingegen glitt mühelos über das Eis, drehte Kreise um Masahiro und lachte dabei laut.

„Du siehst aus, als ob du auf wackeligen Beinen stehst", rief Kjell lachend und fuhr elegant an Masahiro vorbei.

„Das tue ich auch!", fauchte Masahiro und versuchte verzweifelt, nicht zu stürzen.

Kjell kam näher, packte Masahiros Arm und zog ihn vorsichtig ein Stück weiter aufs Eis. „Keine Sorge, ich hab dich. Vertrau mir."

„Vertrauen ist das Letzte, was mir gerade einfällt", murmelte Masahiro, doch er ließ Kjell gewähren.

Es dauerte eine Weile, aber allmählich begann Masahiro, das Gleichgewicht zu finden – zumindest so weit, dass er sich nicht mehr wie ein neugeborenes Rehkitz auf dem Eis fühlte. Kjell ließ ihn nicht los, hielt ihn sanft, aber fest, während er ihm immer wieder aufmunternde Worte zusprach.

„Du machst das großartig", sagte Kjell lächelnd, als Masahiro endlich den Mut fand, ein paar wackelige Schritte alleine zu machen.

„Großartig ist übertrieben", murmelte Masahiro, doch er konnte nicht leugnen, dass er sich langsam sicherer fühlte.

„Für das erste Mal ist es ziemlich beeindruckend", sagte Kjell, und Masahiro spürte, wie sich ein leises Stolz in ihm regte.

Sie fuhren noch eine Weile weiter, bis Masahiro sich endlich einigermaßen sicher auf dem Eis fühlte. Kjell ließ ihm genügend Raum, um es selbst auszuprobieren, blieb aber immer in seiner Nähe, bereit, ihn aufzufangen, falls es nötig war.

„Siehst du?", sagte Kjell schließlich, als sie sich eine Pause gönnten. „Du hast es geschafft. Und du bist nicht mal hingefallen."

„Noch nicht", antwortete Masahiro trocken.

„Ich hab dir doch gesagt, dass ich dich nicht fallen lasse", sagte Kjell und grinste. „Du musst mir einfach vertrauen."

Masahiro sah ihn für einen Moment an, seine Augen ernst. „Ich vertraue dir."

Kjell erwiderte seinen Blick, und in seinen Augen blitzte etwas auf – eine Mischung aus Überraschung und Zuneigung. „Das bedeutet mir mehr, als du denkst", sagte er leise.

Masahiro nickte und spürte, wie sich die Distanz, die manchmal zwischen ihnen bestand, noch weiter verringerte. Es war ein einfacher Satz, aber er hatte eine große Bedeutung – für beide.

Später am Abend, als sie wieder in Masahiros Wohnung waren und sich von dem Tag erholten, lehnte sich Kjell an Masahiros Schulter und sagte: „Weißt du, du warst heute echt mutig."

„Mutig?", fragte Masahiro skeptisch.

„Ja", sagte Kjell und grinste. „Du bist aus deiner Komfortzone raus gekommen. Und ich weiß, wie schwer dir das fällt."

„Vielleicht", sagte Masahiro leise. „Aber es fällt mir leichter, wenn du dabei bist."
Kjell sah ihn an, und für einen Moment war da nur dieses stille Verständnis zwischen ihnen – eine tiefe, unausgesprochene Verbindung, die ihre Beziehung definierte.
„Ich bin immer dabei", sagte Kjell schließlich und legte seine Hand auf Masahiros. „Egal, wohin es geht."
Masahiro lächelte leicht und drückte Kjells Hand. „Das weiß ich."

Die Nacht brach über Sapporo herein, und die Kälte draußen wurde noch beißender, doch drinnen in Masahiros Wohnung herrschte eine wohlige Wärme. Masahiro und Kjell saßen zusammen auf dem Sofa, in Decken gehüllt, während sie eine alte Anime-Serie anschauten, die sie beide schon unzählige Male gesehen hatten. Doch es ging nicht wirklich um den Anime – es ging darum, gemeinsam zu sein, die Zeit zu genießen, ohne etwas Großartiges tun zu müssen. Kjell hatte seinen Kopf auf Masahiros Schoß gelegt und sah den Bildschirm an, während Masahiro leise durch Kjells Haare strich.

„Du weißt", begann Kjell nach einer Weile, ohne den Blick vom Bildschirm zu nehmen, „das heute war einer der besten Tage, die wir hatten."

Masahiro sah hinunter auf Kjell, seine Finger glitten sanft durch dessen Haar. „Weil ich mich zum Schlittschuhlaufen überreden ließ?"

„Nicht nur deshalb", sagte Kjell und drehte sich leicht, sodass er Masahiro ansehen konnte. „Weil du mir vertraut hast. Es fühlt sich einfach gut an, zu wissen, dass du dich auf mich einlässt."

Masahiro blickte Kjell einen Moment lang in die Augen.

„Das Vertrauen war nie das Problem", sagte er leise. „Es ist eher... ich selbst, dem ich nicht immer vertraue."

Kjell setzte sich langsam auf, drehte sich zu Masahiro und sah ihn ernst an. „Wovor hast du Angst?"

Masahiro schwieg einen Moment, überlegte, ob er diese Frage wirklich beantworten sollte. Doch die Art, wie Kjell ihn ansah – geduldig, ohne Druck – machte es ihm leichter, sich zu öffnen. „Ich denke, ich habe immer Angst, dass ich nicht gut genug bin. Dass ich… nicht genug für dich bin."

Kjell sah ihn überrascht an und schüttelte dann den Kopf. „Masahiro, wenn du das wirklich glaubst, dann kennst du mich nicht so gut, wie ich dachte." Seine Stimme war sanft, aber bestimmt. „Du bist mehr als genug. Du bist… alles, was ich will."

Masahiro sah weg, unsicher, wie er auf diese ehrlichen Worte reagieren sollte. „Du bist immer so sicher, so… unerschütterlich. Ich bewundere das, aber ich weiß nicht, ob ich das jemals so fühlen kann."

„Vielleicht musst du das auch gar nicht", sagte Kjell leise. „Vielleicht reicht es, dass wir uns ergänzen. Du musst nicht wie ich sein, und ich muss nicht wie du sein. Das ist das Schöne daran – wir passen zusammen, weil wir unterschiedlich sind."

Masahiro spürte, wie sich seine Brust zusammenzog, und er sah Kjell wieder an. „Du machst das alles so einfach."

Kjell lächelte leicht. „Manchmal ist es einfach, wenn man sich erlaubt, es so zu sehen."

Für einen Moment herrschte eine tiefe Stille zwischen ihnen, die von der Bedeutung ihrer Worte erfüllt war. Masahiro wusste, dass Kjell recht hatte. Er musste aufhören, sich selbst so sehr zu hinterfragen, und einfach akzeptieren, dass Kjell ihn genau so wollte, wie er war. Es war ein Gedanke, der sowohl beruhigend als auch erschreckend war, aber zum ersten Mal seit Langem fühlte Masahiro, dass er vielleicht wirklich auf dem richtigen Weg war.

Später am Abend, als sie sich ins Bett legten, war die Nähe zwischen ihnen nicht mehr von Fragen oder Zweifeln überschattet. Kjell schmiegte sich an Masahiro, seine Finger fanden ihren Weg in Masahiros Hand, und sie lagen einfach da, Seite an Seite, in der Dunkelheit.

„Weißt du", flüsterte Kjell plötzlich, „du machst mich glücklich."

Masahiro spürte, wie sich sein Herz bei diesen Worten zusammenzog, und er drückte Kjells Hand leicht. „Du machst mich auch glücklich."

„Gut", sagte Kjell leise und legte seinen Kopf auf Masahiros Brust. „Das reicht mir."

Masahiro lächelte in die Dunkelheit und ließ sich von Kjells Wärme einhüllen. Es war einer dieser seltenen Momente, in denen alles richtig schien – in denen alle Ängste und Zweifel für einen Augenblick verblassten und nur noch die Gegenwart zählte.Am nächsten Morgen wachte Masahiro früher als Kjell auf. Er blieb noch eine Weile reglos liegen, Kjells Atem gleichmäßig und ruhig neben ihm, während er den Sonnenaufgang durch das Fenster beobachtete. Es war ein weiterer kalter Tag in

Sapporo, doch in diesem Moment fühlte sich Masahiro warm und geborgen. Es war ein seltsames Gefühl für jemanden, der so lange nur für sich gelebt hatte – aber ein Gefühl, das er immer mehr zu schätzen wusste.

Als Kjell sich schließlich regte und langsam die Augen öffnete, sah er Masahiro an und lächelte verschlafen. „Schon wach?"

„Ja", sagte Masahiro leise und streckte eine Hand aus, um Kjells Wange zu berühren. „Ich dachte, ich lasse dich noch etwas schlafen."

Kjell grinste und kuschelte sich näher an Masahiro. „Oder du hättest mich wecken und mir sagen können, dass du mich vermisst hast."

„Ich habe dich die ganze Zeit neben mir gehabt", antwortete Masahiro trocken. „Wie kann man jemanden vermissen, der direkt neben einem liegt?"

Kjell lachte leise. „Du findest immer eine Antwort, nicht wahr?"

„Das ist mein Job", sagte Masahiro, und zum ersten Mal seit Langem fühlte er sich wirklich... glücklich.

Kapitel 16: In den Bann der Normalität

Der Morgen brach in Sapporo an, und das erste Licht des Tages kämpfte sich durch die dichten Wolken, die den Himmel in einem sanften Grau färbten. Masahiro wachte langsam auf, das Geräusch des fallenden Schnees war wie ein leises Flüstern im Hintergrund. Er streckte sich und blinzelte verschlafen, als er spürte, wie Kjells Arm sich um ihn legte und ihn näher an sich zog. Kjell war noch nicht wach, doch sein Griff war fest, als wollte er sicherstellen, dass Masahiro nicht plötzlich verschwand.

Masahiro schmunzelte leicht und drehte sich vorsichtig um, um Kjell anzusehen. Auch im Schlaf hatte Kjell dieses leicht freche Lächeln auf den Lippen – als ob er selbst in seinen Träumen über irgendetwas schelmisches nachdachte. Es war seltsam beruhigend, Kjell so friedlich zu sehen, und für einen Moment erlaubte sich Masahiro, einfach diesen Anblick zu genießen.

Doch die Ruhe wurde schnell von Kjells leiser Stimme durchbrochen. „Starrst du mich etwa schon wieder an?"

Masahiro blinzelte überrascht, als Kjell seine Augen leicht öffnete und ihn mit diesem halb verschlafenen, halb amüsierten Blick ansah. „Ich starre nicht", murmelte Masahiro, konnte aber das kleine Lächeln nicht verbergen, das sich auf seine Lippen stahl.

„Oh doch, das tust du", antwortete Kjell und streckte sich langsam, ließ jedoch seine Hand auf Masahiros Rücken ruhen. „Aber das finde ich irgendwie süß."

„Ich bin nicht süß", murmelte Masahiro und setzte sich auf. „Und du bist eindeutig zu wach für diese Uhrzeit."

Kjell lachte leise und setzte sich ebenfalls auf, wobei er sich mit einem schelmischen Grinsen die Augen rieb. „Vielleicht liegt das daran, dass du mich ansiehst wie ein verliebter Welpe."

„Welpe?", wiederholte Masahiro trocken. „Das nimmst du sofort zurück."

„Ich nehme nichts zurück", erwiderte Kjell und zog Masahiro spielerisch wieder zu sich, sodass sie nebeneinander auf dem Bett saßen, die Beine unter der Decke. „Und außerdem weißt du, dass ich recht habe."

Masahiro seufzte leise, konnte aber nicht verhindern, dass sich ein leichtes Lächeln auf seine Lippen schlich. „Du bist unmöglich."

„Das sagst du jedes Mal", sagte Kjell mit einem triumphierenden Funkeln in den Augen. „Und trotzdem bist du immer noch hier."

„Vielleicht, weil ich keine bessere Option habe", neckte Masahiro und lehnte sich zurück gegen das Kopfteil des Bettes.

Kjell lachte laut und schüttelte den Kopf. „Du bist wirklich schrecklich darin, Komplimente zu machen."

„Vielleicht, weil ich es nicht oft mache", entgegnete Masahiro, konnte aber nicht verhindern, dass Kjell ihn zum Lachen brachte. Kjell hatte diese Fähigkeit, selbst die einfachsten Momente in etwas Bedeutungsvolles zu verwandeln, ohne dabei den Humor zu verlieren.

Der Morgen ging ruhig vorüber. Nach einer schnellen Dusche und einem einfachen Frühstück fanden sich Masahiro und Kjell auf dem Sofa wieder, eingewickelt in Decken, während sie in aller Ruhe einen Film ansahen. Es war eine dieser seltenen Gelegenheiten, in denen sie nichts Großes vorhatten – keine Ausflüge, keine spontanen Abenteuer. Einfach nur sie beide, eingehüllt in die Gemütlichkeit des Alltags.

„Weißt du, wir könnten das jeden Tag machen", sagte Kjell plötzlich und drehte sich zu Masahiro, der einen Arm um ihn gelegt hatte.

„Was genau?", fragte Masahiro, ohne den Blick vom Bildschirm zu nehmen.

„Das hier. Einfach nur zusammen sein, ohne dass wir uns ständig irgendwohin hetzen müssen." Kjell legte den Kopf auf Masahiros Schulter und seufzte leise. „Es ist irgendwie... friedlich."

Masahiro schmunzelte leicht. „Du und friedlich – das klingt wie ein Widerspruch."

„Hey!", protestierte Kjell und stupste Masahiro leicht in die Seite. „Ich kann auch ruhig sein, wenn ich will. Ich bin nicht immer ein Wirbelsturm, du weißt das."

„Manchmal bist du ein Tornado", murmelte Masahiro leise, konnte aber nicht verhindern, dass er sich ein bisschen näher an Kjell drückte. Es war erstaunlich, wie sehr er diese Momente genoss – die kleinen, unspektakulären Momente, in denen sie einfach nur sie selbst sein konnten.

Am frühen Nachmittag schlug Kjell vor, durch die Stadt zu spazieren und vielleicht etwas zu essen. Masahiro, der nicht unbedingt ein Fan davon war, auszugehen, ließ sich trotzdem darauf ein – hauptsächlich, weil er wusste, dass Kjell sonst den ganzen Tag über an ihm nörgeln würde, bis er nachgab.

Sie zogen sich ihre dicken Wintermäntel über, und schon bald fanden sie sich wieder draußen in den verschneiten Straßen von Sapporo. Der Schnee knirschte unter ihren Füßen, und die kalte Luft ließ ihre Atemwolken vor ihren Gesichtern aufsteigen. Kjell hatte, wie immer, diesen kindlichen Enthusiasmus in sich, während er sich durch den Schnee kämpfte und Masahiro immer wieder neckte.

„Weißt du", begann Kjell plötzlich und drehte sich zu Masahiro um, „ich denke, wir sollten heute Abend was Besonderes machen."

Masahiro sah ihn skeptisch an. „Besonders? Was hast du diesmal vor?"

„Keine Sorge, kein wildes Abenteuer", sagte Kjell grinsend. „Ich dachte eher an etwas... Romantisches."

Masahiro hob eine Augenbraue. „Romantisch? Von dir?"

„Ja", antwortete Kjell mit einem frechen Lächeln. „Auch ich kann romantisch sein. Glaubst du mir nicht?"

„Ich weiß nicht, ob ich dir das abkaufen kann", neckte Masahiro und ging weiter.

Kjell lachte leise und lief schnell neben Masahiro her. „Du wirst schon sehen. Heute Abend übernehme ich das Kommando, und du wirst mir am Ende danken."

Der Abend kam schneller als erwartet, und Masahiro war tatsächlich neugierig, was Kjell mit seinem „romantischen Abend" geplant hatte. Sie kehrten in Masahiros Wohnung zurück, und Kjell verschwand sofort in der Küche, ohne auch nur einen Blick auf Masahiro zu werfen. Masahiro setzte sich auf das Sofa und wartete, während er immer wieder Geräusche aus der Küche hörte – es klang, als würde Kjell wirklich ernst machen.

Nach einer Weile kam Kjell mit einem Tablett zurück ins Wohnzimmer, auf dem zwei Teller mit dampfendem Essen standen. Masahiro sah ihn überrascht an. „Du hast gekocht?"

„Ja, und das ist der Beweis, dass ich es kann", sagte Kjell triumphierend und stellte das Tablett auf den Couchtisch. „Es ist vielleicht kein Gourmet-Menü, aber es wird uns nicht vergiften."

Masahiro hob eine Augenbraue und beugte sich vor, um das Essen genauer zu betrachten. „Es sieht besser aus, als ich erwartet habe."

„Dein Vertrauen in meine Kochkünste ist wirklich beeindruckend", sagte Kjell sarkastisch, setzte sich neben Masahiro und reichte ihm einen Teller. „Also, was sagst du? Bereit für den besten romantischen Abend, den du je hattest?"

Masahiro schüttelte den Kopf, konnte aber nicht verhindern, dass sich ein kleines Lächeln auf seine Lippen stahl. „Ich lasse mich überraschen."

Der Abend verlief erstaunlich entspannt. Sie aßen zusammen, sprachen über ihre Pläne für die kommenden Wochen und lachten über Erinnerungen, die sie miteinander teilten. Es war nicht das große, aufregende Abenteuer, das Kjell normalerweise plante, aber genau das machte es so besonders. Masahiro merkte, dass Kjell sich wirklich Mühe gegeben hatte, um diesen Abend besonders zu gestalten, und obwohl es auf seine typische, verspielte Weise geschah, konnte Masahiro nicht anders, als sich geschmeichelt zu fühlen.

„Weißt du", sagte Kjell, als sie sich später wieder auf das Sofa gesetzt hatten, „manchmal denke ich, dass ich dir nicht genug zeige, wie wichtig du mir bist."

Masahiro sah ihn überrascht an. „Worauf willst du hinaus?"

„Ich meine...", Kjell schien plötzlich unsicher, was für ihn ungewöhnlich war. „Ich will nur, dass du weißt, dass ich das hier wirklich ernst meine. Ich weiß, ich bin manchmal chaotisch und vielleicht nicht immer der Einfachste, aber... du bedeutest mir viel."

Masahiro spürte, wie sich seine Brust zusammenzog. Kjell zeigte selten diese Seite von sich – die verletzliche, unsichere Seite, die er meistens hinter seinem Humor und seiner Respektlosigkeit verbarg. „Kjell", begann Masahiro leise, „du musst das nicht sagen. Ich weiß es."

„Doch, ich muss", sagte Kjell

Kjell hielt inne, als ob er nach den richtigen Worten suchte, und fuhr dann fort: „Ich weiß, dass ich dir oft auf die Nerven gehe und dass ich manchmal wie ein Wirbelsturm durch dein Leben fege, aber... ich will, dass du verstehst, dass du mir wichtig bist. Du bist nicht nur jemand, mit dem ich Zeit verbringe – du bist der, der mich ausgleicht. Du bringst mich zur Ruhe."

Masahiro saß still da, die Worte sickernd in sein Bewusstsein. Kjell sprach selten so direkt über seine Gefühle, und in diesem Moment wirkte er verletzlich, fast zerbrechlich, als ob er etwas riskierte, indem er so offen sprach. Es berührte Masahiro auf eine Weise, die er nicht ganz in Worte fassen konnte.

„Kjell", sagte Masahiro leise und legte eine Hand auf Kjells, „ich verstehe dich besser, als du vielleicht denkst. Du bist für mich da, immer. Du zeigst mir, wie man das Leben genießen kann, auch wenn ich oft denke, dass ich es nicht brauche. Aber das tue ich. Mehr, als ich zugeben möchte."

Kjell sah ihn an, seine Augen weich und aufmerksam, als ob er jedes Wort auf sog. „Das ist das erste Mal, dass du mir so etwas sagst."

„Ich weiß", antwortete Masahiro und atmete tief durch. „Und es wird vielleicht nicht oft passieren, also genieße den Moment."

Kjell lachte leise, aber sein Lächeln war voller Wärme. „Ich werde diesen Moment festhalten. Vielleicht erpresse ich dich irgendwann damit."

„Das klingt mehr nach dir", sagte Masahiro mit einem leichten Lächeln. „Aber ich denke, ich kann damit leben."

Für einen Moment war alles still zwischen ihnen, nur das leise Summen des Kühlschranks im Hintergrund und das rhythmische Klopfen des Schnees gegen das Fenster füllten den Raum. Kjell rückte ein Stück näher an Masahiro heran, bis ihre Schultern sich berührten, und er legte den Kopf sanft gegen Masahiros Schulter.

„Weißt du, das Leben könnte nicht besser sein", murmelte Kjell, seine Stimme jetzt gedämpft. „Ich hätte nie gedacht, dass ich jemanden wie dich finde. Jemanden, der mich nicht ändern will, sondern mich nimmt, wie ich bin."

Masahiro spürte die Wärme in seiner Brust. Er legte seinen Arm um Kjells Schultern und zog ihn näher an sich. „Ich will dich nicht ändern", sagte er leise. „Ich will nur bei dir sein."

Kjell hob den Kopf leicht an und sah Masahiro in die Augen. „Das reicht mir."

Masahiro neigte sich vor und drückte Kjell einen sanften Kuss auf die Stirn. Es war keine große, leidenschaftliche Geste, aber es war genau das, was in diesem Moment richtig war – ein Zeichen der Zuneigung, das Worte nicht ausdrücken konnten.

Der Abend zog sich weiter hin, und irgendwann entschied Kjell, dass es Zeit für einen Film war. Masahiro ließ ihn entscheiden, was sie sehen sollten, und es überraschte ihn nicht, als Kjell eine ihrer gemeinsamen Anime-Serien auswählte. Sie machten es sich noch bequemer auf dem Sofa, eingewickelt in Decken, und Kjell legte sich mit dem Kopf auf Masahiros Schoß, während der Film auf dem Bildschirm flimmerte.

„Weißt du, es ist erstaunlich, wie wir beide so unterschiedlich sind, aber trotzdem so gut zusammenpassen", sagte Kjell plötzlich, seine Stimme leise und nachdenklich.

Masahiro blickte auf ihn herab, seine Finger strichen unbewusst durch Kjells Haare. „Vielleicht sind es genau diese Unterschiede, die uns zusammenhalten."

Kjell grinste und sah zu Masahiro auf. „Das klingt fast so, als würdest du mich wirklich mögen."

„Vielleicht tue ich das", antwortete Masahiro trocken, obwohl er das Lächeln auf seinen Lippen nicht verbergen konnte.

„Vielleicht?", wiederholte Kjell und setzte sich plötzlich auf, um Masahiro direkt in die Augen zu sehen. „Das ist alles, was ich nach all dem bekomme? Ein 'vielleicht'?"

Masahiro sah ihn herausfordernd an. „Wenn du so weitermachst, wird es weniger als ein 'vielleicht'."

Kjell zog eine Augenbraue hoch, sein Grinsen kehrte zurück. „Du weißt, dass du mich liebst."

„Du bist viel zu überzeugt von dir selbst", sagte Masahiro, lehnte sich zurück und verschränkte die Arme.

„Und trotzdem bist du hier", konterte Kjell und beugte sich vor, bis ihre Gesichter nur wenige Zentimeter voneinander entfernt waren. „Gib es zu, Masahiro – du bist verrückt nach mir."

Masahiro hielt Kjells Blick stand, spürte die spielerische Spannung zwischen ihnen, die sich wie eine unsichtbare Linie spannte. „Vielleicht", sagte er schließlich, seine Stimme kaum mehr als ein Flüstern.

Kjell grinste triumphierend und legte seine Stirn sanft gegen Masahiros. „Das reicht mir."

Masahiro lachte leise und schüttelte den Kopf, bevor er Kjell näher an sich zog und ihn küsste – diesmal nicht nur sanft, sondern mit einer Tiefe, die all die Worte überflüssig machte, die sie sich nie richtig trauten auszusprechen.

Später in der Nacht, als der Film längst vorbei war und die Welt um sie herum in tiefer Dunkelheit versunken war, lagen Masahiro und Kjell nebeneinander im Bett. Die Stille der Nacht war beruhigend, und Masahiro spürte Kjells ruhigen Atem neben sich. Es war einer dieser Momente, in denen er realisierte, wie sehr sich sein Leben in den letzten Monaten verändert hatte – wie viel Kjell ihm bedeutete, auch wenn er es nicht immer in Worte fassen konnte.

„Kjell?", fragte Masahiro leise in die Dunkelheit hinein.

„Hm?", kam die schläfrige Antwort von neben ihm. „Ich... ich weiß, ich sage das nicht oft, aber... ich bin froh, dass du in meinem Leben bist."

Es war eine einfache Aussage, aber in ihrer Schlichtheit lag eine Tiefe, die Masahiro selbst überraschte. Kjell drehte sich zu ihm um, seine Augen halb geöffnet, aber sein Lächeln war sanft und zufrieden.

„Ich auch", flüsterte Kjell, legte eine Hand auf Masahiros Wange und zog ihn näher. „Ich auch."

Sie lagen noch eine Weile wach, nebeneinander, ohne weitere Worte zu wechseln. Alles, was gesagt werden musste, war bereits gesagt. Und für Masahiro reichte das – es war genug. Mehr als genug.

Kapitel 17: Auf dünnem Eis

Die Tage nach ihrem ruhigen Abend vergingen schneller, als Masahiro es erwartet hatte. Der Winter hatte Sapporo weiterhin fest im Griff, und während die Straßen mit frischem Schnee bedeckt waren, schien auch in Masahiros Leben eine Art neue Klarheit eingekehrt zu sein. Die Beziehung zwischen ihm und Kjell hatte sich gefestigt – sie waren sich näher als je zuvor, und obwohl der Alltag mit Kjell oft chaotisch und unvorhersehbar war, hatte Masahiro gelernt, diesen Wirbelwind zu schätzen.

An diesem Morgen stand Masahiro am Fenster, eine dampfende Tasse Kaffee in der Hand, und beobachtete die Stadt, die langsam zum Leben erwachte. Kjell schlief noch, tief in die Decken eingewickelt, und sein leises Atmen erfüllte den Raum mit einer beruhigenden Regelmäßigkeit. Masahiro dachte darüber nach, wie viel sich in den letzten Monaten verändert hatte – nicht nur in seiner Beziehung zu Kjell, sondern auch in sich selbst. Früher hätte er nie gedacht, dass er sich so auf jemanden einlassen könnte, doch jetzt war Kjell ein fester Bestandteil seines Lebens. Jemand, ohne den er sich seine Tage nicht mehr vorstellen konnte.

Plötzlich hörte er ein leises Rascheln hinter sich, gefolgt von einem verschlafenen „Morgen". Kjell war wach.

„Morgen", murmelte Masahiro und drehte sich zu Kjell um, der sich langsam aufrichtete und sich verschlafen die Augen rieb.

„Du stehst schon wieder so früh auf", sagte Kjell und blinzelte Masahiro mit einem leichten Lächeln an. „Es ist Sonntag, du weißt schon."

„Ich weiß", antwortete Masahiro und nahm einen Schluck von seinem Kaffee. „Aber ich mag die Ruhe am Morgen."

Kjell streckte sich und stöhnte leise, als er schließlich aus dem Bett kletterte und zu Masahiro trat. „Du bist wirklich ein Morgenmensch, das ist mir erst jetzt klar geworden."

„Jemand muss es ja sein, wenn du bis in den Mittag schläfst", neckte Masahiro und warf ihm einen kurzen Seitenblick zu.

„Hey, ich funktioniere einfach besser, wenn ich ausgeschlafen bin", verteidigte sich Kjell und stahl sich einen Schluck von Masahiros Kaffee. „Außerdem – was hast du vor? Es ist Sonntag. Lass uns was Cooles machen."

Masahiro hob eine Augenbraue. „Was genau meinst du mit 'was Cooles'?"

Kjell grinste verschmitzt und stellte die Kaffeetasse beiseite. „Ich hab da so eine Idee. Zieh dich warm an, wir gehen raus."

„Schon wieder eine spontane Idee", murmelte Masahiro, aber er konnte den leisen Anflug von Neugier nicht leugnen, der in ihm aufstieg.

Wenig später fanden sie sich wieder draußen, inmitten des belebten Stadtparks von Sapporo, umgeben von Familien, Paaren und Touristen, die den verschneiten Tag genauso genossen wie sie. Kjell führte Masahiro zielstrebig durch die Menge, seine Augen funkelten vor Vorfreude, während Masahiro ihm mit gemischten Gefühlen folgte.

„Kjell, wohin genau gehen wir?", fragte Masahiro schließlich, als sie an einem kleinen Stand mit heißen Getränken vorbeikamen.

„Vertrau mir einfach", antwortete Kjell und griff nach Masahiros Hand, um ihn schneller durch die Menschen zu ziehen.

Schließlich blieben sie vor einem großen, gefrorenen See stehen, der als Eislaufbahn für die Öffentlichkeit freigegeben worden war. Masahiro sah Kjell überrascht an. „Eislaufen?"

„Ja!", sagte Kjell begeistert. „Aber diesmal wirst du sehen – ich bring dir bei, wie man es richtig macht."
„Ich weiß nicht, ob das eine gute Idee ist", murmelte Masahiro und sah skeptisch auf das spiegelglatte Eis.
„Komm schon, du hast es letztes Mal doch auch geschafft", ermutigte Kjell ihn und zog ihn zum Verleih-stand, wo sie sich Schlittschuhe ausliehen.

Widerwillig ließ sich Masahiro darauf ein, obwohl er insgeheim wusste, dass er kein Naturtalent auf dem Eis war. Kjell dagegen schien förmlich zu leuchten vor Begeisterung – als ob der Gedanke, Masahiro über das Eis gleiten zu sehen, für ihn das Größte überhaupt wäre.

Wenig später standen sie wieder auf dem Eis. Masahiro war, wie erwartet, alles andere als sicher auf den Beinen, während Kjell leicht und mühelos über die Oberfläche glitt. Er drehte sich immer wieder um, kam zurück zu Masahiro, hielt ihn fest und lachte, wenn Masahiro fast das Gleichgewicht verlor.

„Du musst dich einfach entspannen!", rief Kjell fröhlich, während er Masahiro an beiden Händen festhielt und ihn vorsichtig über das Eis zog.

„Das sagst du so leicht", erwiderte Masahiro, der sich krampfhaft bemühte, nicht zu stürzen. „Du hast offensichtlich vergessen, dass ich das hier hasse."

„Ich habe nichts vergessen", sagte Kjell, zog Masahiro näher an sich heran und grinste frech. „Ich finde es nur zu lustig, wie du kämpfst."

„Sehr ermutigend", murmelte Masahiro trocken, doch insgeheim konnte er nicht verhindern, dass Kjells Lachen ihn ebenfalls zum Lächeln brachte.

Kjell ließ Masahiro nicht los, führte ihn vorsichtig über das Eis, während sie sich unterhielten. Es war, als ob die körperliche   Herausforderung   –   das   ständige Balancehalten, das Aufeinander-Verlassen – ihre Gespräche noch leichter machte. Kjell erzählte von seiner Kindheit, von den ersten Malen, die er Eislaufen ging, und wie er damals schon lieber chaotisch über das Eis fegte, als ruhig und elegant zu gleiten. Masahiro hörte zu, und obwohl er immer wieder das Gleichgewicht zu verlieren drohte, fühlte er sich in Kjells Händen sicher.

Nach einer Weile, als sie beide etwas erschöpft vom Eislaufen waren, setzten sie sich auf eine der Bänke am Rand des Sees, die von frischem Schnee bedeckt waren. Masahiro atmete tief durch, froh, wieder festen Boden unter den Füßen zu haben.

„Okay, das war anstrengender, als ich gedacht habe", gab er zu und rieb sich die Hände, um sie aufzuwärmen.

Kjell grinste und zog Masahiro an sich. „Du hast es gut gemacht."

„Ich war furchtbar", murmelte Masahiro, doch Kjell schüttelte den Kopf.

„Nein, du hast es wirklich gut gemacht. Und du hast nicht aufgegeben. Das zählt."

Masahiro sah Kjell an und spürte, wie eine Welle der Zuneigung in ihm aufstieg. „Danke", sagte er leise, und er meinte es wirklich – nicht nur für die Worte, sondern für alles. Für die Art, wie Kjell ihn herausforderte, wie er ihm half, seine Komfortzone zu verlassen, ohne dass es sich gezwungen anfühlte.

Kjell sah ihn an, und für einen Moment war da diese Vertrautheit, dieses tiefe Verständnis zwischen ihnen, das keine Worte brauchte. Es war, als ob sie beide wussten, dass sie in diesem Moment genau dort waren, wo sie sein sollten – zusammen, inmitten des Winters, auf einer einfachen Parkbank.

„Weißt du", sagte Kjell schließlich und lehnte sich zurück, „wir könnten uns daran gewöhnen, oder?"

„An was?", fragte Masahiro, während er den Blick über den See schweifen ließ.

„An das hier", antwortete Kjell leise und drückte Masahiros Hand. „Das Leben so, wie es jetzt ist. Zusammen."

Masahiro lächelte leicht und nickte. „Ja, ich denke, das könnte ich."

Nachdem sie eine Weile schweigend nebeneinander gesessen hatten, entschieden sich Masahiro und Kjell, den See zu verlassen und sich auf den Heimweg zu machen. Der Weg durch den verschneiten Park war ruhig, die wenigen Geräusche der Stadt waren vom frischen Schnee gedämpft, und es herrschte eine friedliche Stille, die Masahiro genoss.

Kjell, der sich eng an Masahiro gekuschelt hatte, ließ seine Finger durch den Schnee gleiten, während sie Seite an Seite gingen. „Weißt du, wenn ich so darüber nachdenke, bin ich wirklich froh, dass du mich nicht aus deinem Leben geworfen hast", sagte er plötzlich, als ob er einfach einen Gedanken ausgesprochen hätte, der ihm schon lange im Kopf herumging.

Masahiro warf ihm einen überraschten Blick zu. „Warum sollte ich das tun?"

Kjell lachte leise und zuckte mit den Schultern. „Naja, ich weiß, dass ich manchmal ein bisschen... viel sein kann."

„Das stimmt", antwortete Masahiro trocken, konnte aber nicht verhindern, dass sich ein kleines Lächeln auf seine Lippen schlich. „Aber ich glaube, genau das ist es, was ich brauche."

Kjell sah ihn einen Moment lang an, und dann huschte ein Lächeln über sein Gesicht, das sowohl erleichtert als auch zufrieden wirkte. „Du weißt gar nicht, wie froh ich bin, das zu hören."

Masahiro blieb stehen und sah Kjell direkt an. „Kjell, ich hätte dich schon längst aus meinem Leben geworfen, wenn ich das gewollt hätte. Aber das habe ich nicht. Du bist chaotisch, impulsiv, laut und manchmal nervig, aber... du bist auch genau das, was mir gefehlt hat."

Für einen Moment war Kjell sprachlos, und das kam nicht oft vor. Seine Augen weiteten sich leicht, und er schien nach Worten zu suchen, die die Bedeutung dessen, was Masahiro gesagt hatte, erfassen konnten. Schließlich grinste er breit und trat einen Schritt näher an Masahiro heran. „Wenn das deine Art ist, mir zu sagen, dass du mich liebst, dann nehme ich das."

„Vielleicht", murmelte Masahiro, doch sein Blick war weich und sein Herz schlug etwas schneller bei Kjells Lächeln.

Kjell legte seine Stirn an Masahiros und seufzte zufrieden. „Ich weiß, du bist nicht der Typ, der ständig große Worte macht, aber das, was du gerade gesagt hast, reicht mir für den Rest des Tages."

Masahiro schüttelte leicht den Kopf, schmunzelnd. „Du nimmst auch jede Gelegenheit wahr, um mich zum Reden zu bringen."

„Natürlich", sagte Kjell leise und drückte einen schnellen Kuss auf Masahiros Stirn. „Weil ich weiß, dass es dir schwerfällt, aber wenn du es sagst, hat es immer eine Bedeutung."

Auf dem Weg zurück durch die Straßen von Sapporo wurde die Kälte intensiver, doch weder Masahiro noch Kjell ließen sich davon beirren. Sie sprachen über alles Mögliche – von banalen Dingen wie ihren liebsten Gerichten bis hin zu den Reisen, die sie eines Tages gemeinsam machen wollten. Es war eines dieser Gespräche, das von Moment zu Moment immer tiefer ging, ohne dass einer von ihnen es bewusst steuerte.

Einfaches Geplauder verwandelte sich in bedeutungsvolle Pläne für die Zukunft.

„Ich habe nie wirklich daran gedacht, zu reisen", sagte Masahiro nachdenklich, als sie an einem kleinen Café vorbeigingen, in dem der Duft von frischem Kaffee in die winterliche Luft stieg. „Aber jetzt, wo du das erwähnst, könnte ich es mir vorstellen."

„Es gibt so viele Orte, die wir sehen könnten", sagte Kjell enthusiastisch. „Tokio, Kyoto... vielleicht sogar mal ins Ausland. Stell dir vor, wir beide in Paris oder Rom."

Masahiro hob eine Augenbraue. „Du in Paris? Das klingt gefährlich."

„Gefährlich romantisch, meinst du", sagte Kjell grinsend und zog Masahiro spielerisch an sich. „Ich würde dich unter dem Eiffelturm küssen."

„Das klingt kitschig", sagte Masahiro trocken, konnte aber das leichte Lächeln nicht unterdrücken.

„Na und?", entgegnete Kjell und lachte. „Manchmal darf es ruhig kitschig sein. Du könntest es ein bisschen kitschig vertragen, Masahiro."

Masahiro schüttelte nur den Kopf. „Ich habe das Gefühl, dass es mit dir nie langweilig wird."

„Das verspreche ich dir", antwortete Kjell und zwinkerte. „Langweilig wird es bei mir nie."

Sie erreichten schließlich Masahiros Wohnung, wo sie den Rest des Abends damit verbrachten, gemeinsam zu kochen – oder besser gesagt, Kjell kochte, während Masahiro dabei zusah und gelegentlich spöttische Kommentare abgab. Kjell schien sich daran nicht zu stören, sondern nahm die Herausforderung an, etwas zu kreieren, das Masahiro beeindrucken würde.

„Du weißt, ich bin nicht wirklich der beste Koch", sagte Kjell lachend, während er versuchte, die richtige Menge an Gewürzen hinzuzufügen. „Aber ich gebe mir Mühe, okay?"

„Das sehe ich", sagte Masahiro, der sich mit verschränkten Armen gegen die Küchentheke lehnte und Kjell beobachtete. „Zumindest wirst du uns nicht vergiften."

„Das hoffe ich doch", sagte Kjell grinsend und probierte die Sauce, die er zubereitete. „Probier mal. Sag mir, ob es zu salzig ist."

Masahiro kam näher und nahm vorsichtig einen Löffel Sauce. Er schmeckte einen Moment lang, bevor er nickte. „Es ist in Ordnung. Besser als erwartet."

„Wow, dein Lob überwältigt mich", sagte Kjell sarkastisch und wandte sich wieder den Töpfen zu. „Aber hey, es reicht mir, wenn du es isst."

„Ich esse es", sagte Masahiro ruhig und setzte sich auf einen der Stühle. „Solange es genießbar bleibt."

Der Abend verlief ruhig, doch wie so oft in ihrer Beziehung, waren es diese kleinen, unaufgeregten Momente, die Masahiro am meisten schätzte. Nach dem Essen machten sie es sich wieder auf dem Sofa bequem, und Kjell legte seinen Kopf auf Masahiros Schoß, während sie eine weitere Serie ansahen.

„Das ist genau das, was ich wollte", murmelte Kjell leise, seine Augen halb geschlossen. „Einfach wir beide, keine Ablenkungen."

Masahiro streichelte sanft Kjells Haar und nickte. „Das klingt gut."

„Weißt du, manchmal denke ich, dass ich dich öfter zu solchen Sachen bringen sollte", sagte Kjell schläfrig. „Einfach... die kleinen Dinge im Leben genießen."

„Ich lerne langsam", sagte Masahiro leise und blickte hinunter auf Kjell, der bereits kurz davor war, einzuschlafen. „Aber ich lerne."

Kapitel 18: Die Kunst des Necken und Verführen

Es war einer dieser Vormittage, an denen die Zeit beinahe stehenzubleiben schien. Masahiro saß an seinem Schreibtisch und arbeitete an einem neuen Manga- Entwurf, der ihn ungewöhnlich lange beschäftigte. Sein

Bleistift glitt über das Papier, doch die Skizze vor ihm nahm nicht wirklich die Form an, die er sich vorgestellt hatte. Er runzelte die Stirn, als sich die Tür zu seinem Atelier plötzlich öffnete, und Kjell hereinstürmte – wie immer ohne anzuklopfen.

„Was machst du da?", fragte Kjell mit einem schelmischen Grinsen, während er näher trat und über Masahiros Schulter lugte.

„Ich arbeite", antwortete Masahiro knapp, ohne den Blick von seinem Papier zu nehmen. „Oder zumindest versuche ich es."

„Sieht eher so aus, als ob du kämpfst", neckte Kjell, der sich auf die Ecke des Schreibtisches setzte und dabei absichtlich das Papier leicht verschob. „Was ist los? Keine Inspiration?"

Masahiro seufzte und legte den Bleistift beiseite. „Wenn du so weitermachst, werde ich nie fertig."

„Du brauchst eine Pause", verkündete Kjell und griff sich das Skizzenbuch, blätterte es durch, ohne auf Masahiros genervten Blick zu achten. „Oh, das hier sieht vielversprechend aus."

Masahiro griff nach dem Buch, aber Kjell wich geschickt aus, hielt es außer Reichweite. „Gib das zurück."

„Sag bitte", antwortete Kjell frech und grinste breit.

Masahiro hob eine Augenbraue. „Bitte." Kjell warf ihm das

Buch grinsend zu und ließ sich dabei
auf seinen Stuhl fallen. „Weißt du, du bist viel zu ernst. Du
musst lockerer werden." „Ich bin locker", sagte Masahiro und

schüttelte den Kopf,
während er das Buch sicher in seine Hände nahm. „Aber
du machst es mir schwer." „Oh, ich mache dir noch vieles

schwer", erwiderte Kjell
mit einem vielsagenden Lächeln und zwinkerte Masahiro
zu. „Und das weißt du." „Respektlos wie immer", murmelte

Masahiro, konnte aber
nicht verhindern, dass sich ein leichtes Lächeln auf seine
Lippen stahl. „Du liebst es", sagte Kjell, sprang wieder vom

Stuhl auf
und trat näher an Masahiro heran. „Gib es zu."
Masahiro lehnte sich im Stuhl zurück und sah Kjell direkt

an. „Was willst du wirklich, Kjell?"
„Ich will", begann Kjell und trat noch einen Schritt näher,
sodass er direkt vor Masahiro stand, „dass du für heute
aufhörst zu arbeiten und mir etwas Zeit schenkst. Du hast
in den letzten Tagen viel zu viel gearbeitet."
Masahiro hob eine Augenbraue. „Und was hast du vor?"

„Das verrate ich dir nicht", antwortete Kjell mit einem unschuldigen Lächeln. „Aber du wirst es lieben."

Masahiro schnaubte leise. „Irgendwie bezweifle ich das."

„Wirklich?", fragte Kjell und beugte sich leicht vor, sodass ihre Gesichter nur noch wenige Zentimeter voneinander entfernt waren. „Du liebst doch Überraschungen."

„Du meinst, ich liebe es, deine Pläne zu durchkreuzen", konterte Masahiro trocken.

„Du kannst es ja versuchen", sagte Kjell, sein Atem streifte Masahiros Lippen. „Aber diesmal wirst du mir nicht entkommen."

Masahiro spürte die Spannung zwischen ihnen, das Spiel, das sie beide schon so oft gespielt hatten. Doch in diesem Moment, mit Kjell so nah und seinem schelmischen Grinsen, konnte er nicht anders, als sich auf die Herausforderung einzulassen. „Also gut", sagte er schließlich und lehnte sich leicht zurück, „was hast du vor?"

Kjell grinste triumphierend und zog Masahiro plötzlich hoch. „Erst einmal ziehst du dir etwas Warmes an. Wir gehen raus."

Eine halbe Stunde später fanden sich Masahiro und Kjell auf den Straßen Sapporos wieder. Kjell führte Masahiro zielstrebig durch die Stadt, ohne ihm zu verraten, wohin sie gingen. Masahiro konnte nicht anders, als neugierig zu werden. Kjell war immer voller Überraschungen, und das hier schien keine Ausnahme zu sein.

„Du wirst es lieben, das verspreche ich dir", sagte Kjell, während er Masahiro an der Hand führte. „Und diesmal ist es wirklich etwas Besonderes."

„Ich hoffe es", murmelte Masahiro und konnte nicht verhindern, dass er sich von Kjells Enthusiasmus anstecken ließ.

Schließlich blieben sie vor einem kleinen, unscheinbaren Gebäude stehen. Masahiro hob eine Augenbraue und sah Kjell fragend an. „Was ist das?"

„Du wirst sehen", sagte Kjell und zog ihn ins Gebäude hinein.

Drinnen war es warm und gemütlich, und Masahiro stellte überrascht fest, dass es sich um ein traditionelles japanisches Onsen handelte. Er blinzelte verwirrt. „Ein Onsen?"

„Ja!", antwortete Kjell begeistert. „Ich dachte, wir könnten mal richtig entspannen. Und was gibt es Besseres als ein warmes Bad im Winter?"

Masahiro schüttelte den Kopf, konnte aber nicht verhindern, dass ihm ein kleines Lächeln über die Lippen huschte. „Du bist wirklich unvorhersehbar."

„Und genau das macht mich so unwiderstehlich", sagte Kjell und schob Masahiro spielerisch in Richtung der Umkleiden. „Los, zieh dich um. Du wirst es lieben."

Masahiro folgte widerwillig, aber insgeheim war er froh, dass Kjell diese Überraschung für ihn geplant hatte. Ein entspannendes Bad war genau das, was er nach all der Arbeit gebraucht hatte.

Als sie schließlich im heißen Wasser saßen, spürte Masahiro, wie die Wärme seine Anspannung langsam löste. Der Dampf stieg um sie herum auf, und das einzige Geräusch war das leise Plätschern des Wassers. Kjell saß entspannt neben ihm, die Augen halb geschlossen, während er das warme Wasser genoss.

„Das ist wirklich nicht schlecht", gab Masahiro schließlich zu, seine Stimme ruhig und entspannt.

„Siehst du?", sagte Kjell, ohne die Augen zu öffnen. „Ich hab doch gesagt, du wirst es lieben."

„Manchmal hast du tatsächlich gute Ideen", murmelte Masahiro, und Kjell lachte leise.

„Manchmal?", fragte Kjell und öffnete ein Auge, um Masahiro anzusehen. „Ich habe immer gute Ideen."

„Das ist fraglich", konterte Masahiro, konnte aber das Lächeln nicht mehr zurückhalten.

Kjell setzte sich auf und drehte sich zu Masahiro, sein Grinsen frech wie immer. „Na komm, gib es zu – du bist froh, dass ich dich aus deinem Atelier geholt habe."

Masahiro sah ihn an, und für einen Moment war da diese vertraute Spannung zwischen ihnen, diese unausgesprochene Anziehung, die immer in der Luft hing. „Vielleicht", sagte er leise, seine Augen fixierten Kjells.

Kjell grinste und beugte sich näher zu Masahiro, seine Stimme jetzt ein Flüstern. „Ich wusste es."

Masahiro lehnte sich zurück, aber nicht zu weit, denn er spürte, dass er sich Kjell nicht wirklich entziehen wollte. Kjell war wie immer respektlos, frech, und doch irgendwie entzückend – und Masahiro konnte nicht anders, als sich von ihm in den Bann ziehen zu lassen.

Kjell lehnte sich wieder zurück, ein schelmisches Grinsen auf den Lippen, und ließ das warme Wasser über seinen Körper gleiten. Masahiro beobachtete ihn aus den Augenwinkeln, konnte jedoch nicht verhindern, dass ihm die Hitze, die nicht nur vom Wasser kam, langsam zu schaffen machte. Es war nicht das erste Mal, dass Kjell es schaffte, ihn mit einem simplen Blick aus der Fassung zu bringen – und diesmal war es besonders intensiv.

„Du siehst nachdenklich aus", sagte Kjell plötzlich und riss Masahiro aus seinen Gedanken.

„Ich denke nur darüber nach, wie oft du mich zu Sachen überredest, die ich eigentlich nicht will", antwortete Masahiro trocken, ohne den Blick von Kjell abzuwenden.

„Und?", fragte Kjell frech, „Bereust du es?"

Masahiro hielt seinem Blick stand und überlegte einen Moment, bevor er den Kopf schüttelte. „Nicht wirklich."

Kjell lächelte zufrieden, lehnte sich noch weiter zurück und streckte sich genüsslich aus. „Siehst du? Ich weiß, was gut für dich ist."

„Manchmal", gab Masahiro zu, lehnte sich zurück und ließ das Wasser weiter seine Muskeln entspannen. „Aber du wirst nicht erwarten, dass ich das zu oft sage."

„Das wäre auch langweilig", erwiderte Kjell mit einem leisen Lachen. „Ich mag es, wenn du mich herausforderst."

Masahiro sah Kjell an und konnte nicht verhindern, dass ihm ein leichtes Grinsen über die Lippen huschte. „Dann hast du genau das, was du verdienst."

Kjell lachte laut und lehnte sich so weit vor, dass sich ihre Gesichter fast wieder berührten. „Und was genau verdiene ich, Masahiro?"

Masahiro hielt kurz inne, seine Augen fixierten Kjells, und für einen Moment lag etwas Schweres in der Luft – eine Spannung, die nur darauf wartete, zu entladen. „Du verdienst", begann er leise, bevor er einen Schritt zurückging, „jemanden, der dich ausbremst, wenn du zu weit gehst."

Kjell grinste noch breiter und streckte sich leicht. „Das wird nicht so leicht."

„Ich weiß", antwortete Masahiro ruhig und stand schließlich auf, um aus dem Wasser zu steigen. „Deshalb mache ich es auch."

„Wo gehst du hin?", fragte Kjell, seine Stimme war ein Hauch von Belustigung.

„Mich umziehen, bevor du mich zu etwas anderem überredest", sagte Masahiro über die Schulter hinweg, während er das Handtuch griff und aus dem Onsen-Bereich verschwand.

Kjell ließ den Kopf nach hinten fallen und lachte leise. „Du bist wirklich die beste Herausforderung meines Lebens."

Nachdem sie sich umgezogen und den Onsen verlassen hatten, gingen sie wieder hinaus in die kalte Winterluft. Der Kontrast zwischen der Hitze des Bades und der schneebedeckten Stadt war erfrischend und scharf, doch es störte keinen von ihnen. Sie gingen nebeneinander her, und die Stille, die sie begleitete, war diesmal eine angenehme – die Art von Stille, in der Worte nicht nötig waren, weil das, was sie fühlten, bereits deutlich genug war.

Kjell warf Masahiro immer wieder kleine Blicke zu, und schließlich konnte er nicht mehr widerstehen. „Weißt du, ich hab dich da drin wirklich ein bisschen vermisst, als du einfach gegangen bist."

„Das glaube ich nicht", antwortete Masahiro ohne zu zögern, aber er lächelte leicht.

„Na gut, vielleicht nicht", gab Kjell zu und stieß Masahiro spielerisch mit der Schulter an. „Aber ich bin froh, dass du nicht wirklich abgehauen bist."

„Wohin sollte ich auch?", fragte Masahiro. „Du würdest mich ohnehin finden."

„Da hast du recht", antwortete Kjell mit einem selbstgefälligen Grinsen. „Ich finde immer, was ich will."

Masahiro schüttelte den Kopf, doch er konnte nicht verhindern, dass er über Kjells Unerschütterlichkeit schmunzeln musste. „Und was willst du jetzt?"

Kjell blieb plötzlich stehen und drehte sich zu Masahiro um, seine Augen leuchteten vor Entschlossenheit. „Was ich will, Masahiro, ist, dass du endlich verstehst, wie viel du mir bedeutest."

Masahiro hielt inne, überrascht von Kjells plötzlicher Ernsthaftigkeit. „Ich denke, ich verstehe es schon..."

„Nein", unterbrach Kjell ihn und trat näher, sodass ihre Gesichter sich wieder nur wenige Zentimeter trennten. „Du verstehst es noch nicht ganz. Aber ich werde es dir zeigen. Immer wieder, bis du es endlich kapierst."

Die Worte hingen schwer in der Luft, und Masahiro spürte, wie sein Herz schneller schlug. Kjell war oft respektlos und frech, aber in diesem Moment sprach er mit einer Intensität, die Masahiro selten bei ihm gesehen hatte. Es war, als ob Kjell keine Witze mehr machen wollte – als ob er wollte, dass Masahiro endlich begreift, wie ernst es ihm wirklich war.

Masahiro hielt den Blickkontakt und spürte, wie diese Spannung wieder zwischen ihnen aufstieg. „Und wie willst du das tun?"

Kjell grinste leicht, sein Gesicht kam noch näher, und er flüsterte: „Lass mich einfach machen."
Bevor Masahiro noch etwas erwidern konnte, schloss Kjell den Abstand zwischen ihnen und küsste ihn – tief, fordernd, als wollte er all das ausdrücken, was Worte nicht erfassen konnten. Es war ein Kuss, der Masahiro den Atem raubte, ein Kuss, der all die unausgesprochenen Gefühle, die in der Luft gehangen hatten, plötzlich greifbar machte.

Masahiro spürte, wie er sich in diesem Moment völlig auf Kjell einließ, wie all seine Gedanken und Zweifel in den

Hintergrund rückten. Kjell war hier, vor ihm, und in diesem Moment zählte nichts anderes. Er erwiderte den Kuss mit derselben Intensität, als würde er endlich zulassen, was er so lange zurückgehalten hatte.

Als sie sich schließlich voneinander lösten, waren ihre Atemzüge schwer, und Masahiro fühlte, wie die Kälte der Umgebung wieder zu ihm zurückfand. Kjell grinste leicht, atmete tief durch und sagte leise: „Jetzt verstehst du es vielleicht ein bisschen besser."

Masahiro sah ihn an, noch immer überwältigt von der Intensität des Moments, und nickte langsam. „Vielleicht."

„Nur vielleicht?", neckte Kjell und zog ihn wieder näher zu sich. „Ich werde das noch aus dir herauskitzeln."

„Ich habe keine Zweifel", murmelte Masahiro, bevor er erneut von Kjells Lippen erobert wurde.

Kapitel 19: Verborgene Wahrheiten

Der Morgennebel legte sich wie ein sanfter Schleier über die Straßen von Sapporo, als Masahiro und Kjell gemeinsam die Wohnung verließen. Der Winter war weiterhin erbarmungslos, und die Kälte schnitt scharf durch die Luft, doch an diesem Morgen schien die Welt irgendwie stiller – vielleicht war es die Ruhe nach den intensiven Momenten, die sie in den letzten Tagen miteinander geteilt hatten.

„Du weißt, wir könnten einfach drin bleiben und uns den Tag sparen", sagte Masahiro, seine Hände tief in den Taschen seines Mantels vergraben, während er Kjell von der Seite ansah.

Kjell lachte leise, seine Atemwolke verflog in der kalten Luft. „Du willst doch nicht ernsthaft schon wieder den ganzen Tag drinnen verbringen, oder?"

„Vielleicht doch", antwortete Masahiro trocken. „Ich weiß, du hast immer Pläne, aber ich denke, manchmal könnte es gut sein, nichts zu tun."

„Das klingt, als ob du faul wirst", neckte Kjell und stupste Masahiro leicht mit der Schulter an. „Du, der immer so diszipliniert und kontrolliert ist."

„Es nennt sich Erholung", konterte Masahiro, ein kleines Lächeln auf den Lippen. „Du solltest es mal ausprobieren."

Kjell schüttelte den Kopf, doch sein Grinsen war nicht zu übersehen. „Erholung ist was für später. Heute habe ich was Besonderes vor."

Masahiro sah ihn skeptisch an. „Was hast du diesmal geplant?"

„Das werde ich dir nicht verraten", sagte Kjell und zog ihn plötzlich in eine andere Richtung. „Aber ich verspreche, du wirst es nicht bereuen."

Masahiro seufzte, doch er ließ sich von Kjells Enthusiasmus mitreißen, während sie weiter durch die verschneiten Straßen liefen. Die Kälte schien ihnen nichts auszumachen, und obwohl Masahiro nicht wusste, wohin Kjell ihn diesmal führte, spürte er, dass es wieder eines dieser Abenteuer werden würde, denen er sich letztendlich nicht entziehen konnte.

Nach etwa zwanzig Minuten Fußweg blieben sie vor einem unscheinbaren Gebäude stehen, das Masahiro auf den ersten Blick nicht als besonders angesehen hätte. Es war ein kleiner, in die Jahre gekommener Buchladen, dessen Schaufenster mit alten Manga- und Anime-Postern geschmückt war. Der Eingang war eng, und Masahiro konnte durch die Scheiben sehen, dass der Laden voller Regale war, die bis unter die Decke mit Büchern und DVDs gefüllt waren.

„Ein Buchladen?", fragte Masahiro, überrascht.

„Nicht nur irgendein Buchladen", sagte Kjell mit einem breiten Grinsen. „Das hier ist einer der besten Manga-Läden in ganz Sapporo. Sie haben Sachen, die du sonst nirgendwo findest."

Masahiro hob eine Augenbraue. „Und du dachtest, das wäre etwas für mich?"

„Natürlich!", antwortete Kjell begeistert und zog Masahiro durch die Tür ins Innere. „Ich weiß doch, dass du insgeheim genauso ein Manga-Freak bist wie ich. Du versuchst es nur zu verbergen."

Masahiro konnte nicht anders, als zu schmunzeln. Es stimmte, er hatte eine Schwäche für Manga, aber im Gegensatz zu Kjell zeigte er es nicht so offen. Während Kjell jede Gelegenheit nutzte, um seiner Leidenschaft Ausdruck zu verleihen, hielt sich Masahiro lieber bedeckt. Doch in diesem Moment, als sie durch die engen Gänge des Ladens schlenderten, konnte er nicht leugnen, dass Kjell recht hatte.

Der Laden war wie eine Schatztruhe für Manga-Fans – vollgestopft mit Raritäten, alten Ausgaben und limitierten Sammlerstücken. Kjell zog Masahiro an einem Regal vorbei, das randvoll mit Mangas war, die Masahiro nur aus Erzählungen kannte.

„Sieh dir das an", sagte Kjell und hielt ihm ein altes Manga-Buch hin. „Das hier ist fast unmöglich zu finden."

Masahiro nahm es zögernd in die Hand und blätterte durch die Seiten. „Wie hast du diesen Ort überhaupt gefunden?"

„Ich hab meine Quellen", antwortete Kjell geheimnisvoll und zwinkerte. „Und ich dachte mir, du würdest ihn genauso lieben wie ich."

Masahiro konnte nicht leugnen, dass dieser Laden etwas Besonderes hatte. Es war ruhig, die Atmosphäre entspannt, und der Duft von alten Büchern erfüllte die Luft. Während Kjell weiterhin durch die Regale stöberte, ließ Masahiro seinen Blick durch den Raum schweifen und spürte, wie eine seltsame Ruhe ihn ergriff. Vielleicht war es doch keine schlechte Idee gewesen, hierherzukommen.

Nachdem sie eine Weile in dem Laden verbracht und sich mit einigen Mangas eingedeckt hatten, beschlossen sie, sich in ein nahegelegenes Café zu setzen. Es war eines dieser kleinen, gemütlichen Cafés, in dem das warme Licht die Kälte draußen vergessen ließ und der Duft von frisch gebrühtem Kaffee die Luft erfüllte.

Sie saßen nebeneinander, Kjell mit einem zufriedenen Grinsen auf dem Gesicht, während er durch die Manga-Ausbeute blätterte, die er gekauft hatte. Masahiro lehnte sich zurück, nahm einen Schluck von seinem Kaffee und beobachtete Kjell aus den Augenwinkeln.

„Du siehst aus, als wärst du im Paradies", sagte Masahiro schließlich.

„Das bin ich auch", antwortete Kjell, ohne den Blick von seinem Manga zu nehmen. „Ein perfekter Tag – Mangas, Kaffee und du."

Masahiro schnaubte leise. „Das klingt fast zu perfekt, um wahr zu sein."

Kjell sah ihn über das Buch hinweg an, sein Lächeln wurde sanfter. „Manchmal darf es das auch sein."

Masahiro spürte, wie seine Brust sich warm anfühlte. Es waren diese kleinen Momente – die unaufgeregten, unspektakulären Augenblicke –, die ihn daran erinnerten, warum er Kjell so schätzte. Kjell hatte die Fähigkeit, selbst aus den einfachsten Dingen etwas Besonderes zu machen, und obwohl Masahiro es selten zugeben würde, genoss er genau das.

„Du hast recht", sagte Masahiro leise und nahm noch einen Schluck von seinem Kaffee. „Manchmal ist es gut, wenn die Dinge einfach sind."

Kjell legte das Manga-Buch zur Seite und lehnte sich entspannt zurück. „Siehst du? Ich hab dich doch gesagt, ich weiß, was gut für uns ist."

„Du bist viel zu überzeugt von dir selbst", sagte Masahiro, konnte aber nicht verhindern, dass sich ein kleines Lächeln auf seine Lippen schlich.

„Das muss ich auch sein, wenn ich dich bei Laune halten will", erwiderte Kjell mit einem schelmischen Grinsen.

Masahiro schüttelte den Kopf und sah aus dem Fenster, wo der Schnee leise auf die Straßen fiel. Für einen Moment war alles still, nur das leise Gemurmel der anderen Gäste im Café und das gelegentliche Klappern von Tassen waren zu hören. Es war einer dieser seltenen Augenblicke, in denen Masahiro spürte, dass er genau dort war, wo er sein sollte – zusammen mit Kjell, inmitten dieser stillen, aber bedeutungsvollen Welt, die sie beide miteinander teilten.

Als sie das Café schließlich verließen und sich wieder auf den Heimweg machten, fühlte sich Masahiro ungewöhnlich leicht. Vielleicht war es die Ruhe des Tages, oder vielleicht war es einfach Kjells unerschütterliche Energie, die ihn diesmal nicht überforderte, sondern ihn auf seltsame Weise beruhigte.

„Weißt du", begann Masahiro plötzlich, als sie nebeneinander hergingen, „du hast recht. Heute war wirklich gut."

Kjell blieb stehen und sah ihn überrascht an. „Hast du das gerade wirklich gesagt?"

Masahiro nickte, ohne Kjell direkt anzusehen. „Ja, hab ich."

Kjell grinste breit und legte einen Arm um Masahiros Schultern. „Ich wusste, du würdest es irgendwann zugeben. Aber du hättest es auch gleich sagen können."

„Dann wärst du zu arrogant geworden", sagte Masahiro trocken.

„Bin ich das nicht sowieso schon?", neckte Kjell, während sie weitergingen.

„Oh ja", antwortete Masahiro und konnte sich das Grinsen nicht verkneifen. „Aber das macht dich irgendwie... erträglich."

Der Schnee fiel weiter sanft auf die Straßen, als Masahiro und Kjell in Richtung ihrer Wohnung gingen. Die Stadt war in ein ruhiges, weißes Gewand gehüllt, und die Lichter der Straßenlaternen spiegelten sich auf den glitzernden Schneeflocken wider. Es war ein friedlicher Abend, doch wie so oft, konnte Kjell die Stille nicht lange ertragen.

„Also", begann er, als sie um eine Ecke bogen, „was machen wir heute Abend?"

Masahiro sah ihn skeptisch an. „Wir waren den ganzen Tag unterwegs, und du fragst ernsthaft, was wir heute Abend machen?"

Kjell zuckte mit den Schultern, ein schelmisches Lächeln auf den Lippen. „Es gibt immer noch Platz für mehr Abenteuer."

„Ich habe das Gefühl, du willst mich nur herausfordern, um zu sehen, wann ich endlich die Geduld verliere", antwortete Masahiro trocken.

„Möglich", gab Kjell grinsend zu. „Aber ich habe das Gefühl, du wirst es lieben, egal was ich vorschlage."

„Und was schwebt dir vor?", fragte Masahiro, der inzwischen wusste, dass Kjell mit Sicherheit schon eine verrückte Idee im Kopf hatte.

Kjell blieb stehen, sein Gesicht erhellt von einem plötzlichen Funken Aufregung. „Wir könnten heute Abend einen Film-Marathon machen. Aber nicht irgendeinen – ich spreche von einem Anime-Marathon, und zwar die epischen Serien. Du weißt schon, die mit den gigantischen Kämpfen, den emotionalen Zusammenbrüchen und der verrückten Action."

Masahiro schüttelte den Kopf, konnte aber nicht verhindern, dass er leicht grinste. „Du hast wirklich keine Grenzen, was deine Energie angeht."

„Das ist einer meiner besten Eigenschaften", sagte Kjell und zog Masahiro weiter in Richtung ihrer Wohnung. „Na los, du wirst es genießen. Ich weiß, dass du es willst."

Masahiro seufzte leise, konnte aber nicht anders, als sich von Kjells Begeisterung anstecken zu lassen. „Na gut, aber nur, wenn ich die erste Serie auswählen darf."

„Abgemacht!", rief Kjell triumphierend und zog Masahiro schneller durch den Schnee. „Aber sei gewarnt, ich werde die nächste Serie wählen, und dann gibt es kein Entkommen."

Wenig später fanden sie sich in Masahiros Wohnung wieder, eingehüllt in Decken auf dem Sofa, während der erste Anime des Abends auf dem Bildschirm flimmerte. Es war genau die Art von entspannter Atmosphäre, die Masahiro nach dem langen Tag brauchte. Kjell hatte es sich neben ihm bequem gemacht, seine Beine ausgestreckt und den Kopf auf Masahiros Schulter gelegt.

„Ich wusste, dass das eine gute Idee ist", murmelte Kjell zufrieden, während er die Bilder auf dem Bildschirm verfolgte.

„Du hast immer gute Ideen, oder?", fragte Masahiro mit einem Hauch von Sarkasmus, doch er konnte nicht leugnen, dass er diesen Moment genoss.

„Immer", antwortete Kjell selbstsicher, ohne den Blick vom Bildschirm zu nehmen. „Und das weißt du auch."

Masahiro schüttelte leicht den Kopf, während er seinen Arm um Kjells Schultern legte. Es war selten, dass sie beide so ruhig zusammen saßen, ohne dass einer von ihnen das Gefühl hatte, etwas unternehmen zu müssen. Die flimmernden Lichter des Bildschirms und die gedämpften Geräusche des Animes im Hintergrund schufen eine beruhigende, fast magische Atmosphäre.

Nach einer Weile schien Kjell jedoch unruhig zu werden. Er setzte sich auf, drehte sich zu Masahiro und sah ihn mit einem herausfordernden Lächeln an. „Okay, genug Anime. Ich habe eine bessere Idee."

„Was jetzt?", fragte Masahiro und warf ihm einen skeptischen Blick zu.

„Wir sollten etwas... Bewegung reinbringen", sagte Kjell und grinste schelmisch.

„Bewegung?", wiederholte Masahiro trocken.

„Ja", antwortete Kjell und stand auf, zog Masahiro plötzlich an beiden Händen hoch und zog ihn in die Mitte des Zimmers. „Wir machen eine kleine... Herausforderung."

Masahiro hob eine Augenbraue. „Was für eine Herausforderung?"

„Ganz einfach", sagte Kjell, sein Grinsen wurde breiter. „Wir spielen ein Spiel. Du musst mir in den nächsten fünf Minuten widerstehen. Kein Lächeln, keine Reaktion, und vor allem – keine körperliche Nähe. Schaffst du das?"

Masahiro schüttelte den Kopf, konnte jedoch das leichte Schmunzeln nicht verbergen, das sich auf seine Lippen stahl. „Das ist lächerlich."

„Du hast Angst, dass du verlierst", neckte Kjell und trat einen Schritt näher an ihn heran.

„Das wird nicht passieren", sagte Masahiro, konnte jedoch spüren, wie die Spannung zwischen ihnen sofort aufstieg. Kjell lächelte und trat noch näher, seine Augen funkelten vor herausfordernder Freude. „Lass uns sehen."

Masahiro wusste genau, worauf Kjell abzielte. Kjell hatte eine erstaunliche Fähigkeit, ihn aus der Fassung zu bringen – mit einem Lächeln, einem Blick, oder, wie in diesem Fall, indem er ihm viel zu nahe kam. Kjell wusste genau, wie er ihn nervös machen konnte, und in diesem Moment setzte er alles darauf, Masahiro zu provozieren.

„Also gut", sagte Masahiro ruhig, stand fest und verschränkte die Arme. „Ich werde gewinnen."

„Das bezweifle ich", antwortete Kjell und trat so nah an Masahiro heran, dass sich ihre Gesichter fast berührten. Masahiro spürte Kjells Atem auf seiner Haut und hielt den Blickkontakt, versuchte, sich nicht aus der Ruhe bringen zu lassen. Doch Kjells Nähe, seine verschmitzten Augen und die herausfordernde Art machten es fast unmöglich, nicht zu reagieren.

Kjell grinste, seine Stimme war ein leises Flüstern. „Du weißt, dass du mich liebst."

„Vielleicht", murmelte Masahiro und hielt den Blickkontakt, obwohl er spürte, dass sein Herz schneller schlug.

„Das reicht mir", sagte Kjell und trat noch näher an Masahiro heran. „Du wirst verlieren."

Masahiro schüttelte leicht den Kopf. „Nicht diesmal."

Kjell lachte leise, ein tiefes, herausforderndes Lachen, das Masahiro spüren ließ, dass Kjell ihn durch und durch kannte. Er wusste genau, wie er Masahiro aus der Fassung bringen konnte, und in diesem Moment hatte er beschlossen, es zu tun.

„Noch eine Minute", sagte Kjell leise, seine Finger strichen leicht über Masahiros Arm.

Masahiro spürte, wie seine Entschlossenheit zu bröckeln begann, doch er hielt durch. „Ich werde nicht nachgeben."

„Du bist so stur", sagte Kjell und ließ seine Finger langsam über Masahiros Hand gleiten. „Aber das mag ich an dir."

Masahiro konnte nicht länger widerstehen. Mit einem schnellen Ruck griff er nach Kjells Hand und zog ihn näher zu sich, ihre Körper drückten sich eng aneinander. „Ich hab gewonnen."

Kjell lachte laut und legte die Arme um Masahiro. „Das nenne ich einen Sieg."

Masahiro grinste und küsste Kjell sanft, bevor er ihn leicht wegstieß. „Du bist unmöglich."

„Und genau deshalb liebst du mich", antwortete Kjell, seine Augen funkelten vor Belustigung. „Gib es zu."

Masahiro seufzte leise und zog Kjell wieder näher an sich. „Vielleicht tue ich das."

Kapitel 20: Schichten der Nähe

Der Schnee fiel noch immer sanft auf die Straßen, als Masahiro in der Dunkelheit des frühen Morgens aufwachte. Das schwache Licht der Straßenlaternen drang durch die Gardinen, und für einen Moment blieb er reglos liegen, eingehüllt in die Wärme der Decken. Neben ihm schlief Kjell friedlich, sein Atem ruhig und gleichmäßig, während er tief in die Kissen versunken war.

Masahiro betrachtete Kjell, dessen Gesicht in sanfte Schatten getaucht war. Es war einer dieser seltenen Momente, in denen Kjell völlig still und entspannt war, und Masahiro konnte nicht anders, als diesen Anblick zu genießen. Kjell, der normalerweise vor Energie sprühte und keine Sekunde ruhig bleiben konnte, wirkte in diesem Moment fast zerbrechlich – als ob all die Schichten, die ihn ausmachten, für einen Augenblick abgelegt worden wären.

Masahiro wusste, dass diese Seite von Kjell nur ihm vorbehalten war. Es war etwas, das Kjell nicht mit der Welt teilte, und Masahiro fühlte sich auf eine seltsame Weise geehrt, dass er derjenige war, der diese Seite zu sehen bekam. Langsam hob er die Hand und strich vorsichtig über Kjells Haar, achtete darauf, ihn nicht zu wecken.

Er dachte darüber nach, wie viel sich in den letzten Monaten verändert hatte. Er selbst hatte sich verändert – nicht nur durch Kjells Anwesenheit, sondern auch durch die Art und Weise, wie Kjell ihm geholfen hatte, sich zu öffnen. Früher hätte Masahiro nie gedacht, dass er so tief in eine Beziehung eintauchen könnte, doch mit Kjell war es anders. Kjell brachte ihn aus der Fassung, brachte ihn zum Lachen und forderte ihn heraus – aber genau das war es, was Masahiro brauchte.

In diesem Moment, als Masahiro Kjells Gesicht betrachtete, wurde ihm klar, wie tief seine Gefühle tatsächlich gingen. Es war mehr als nur Zuneigung, mehr als die Herausforderung, die Kjell in sein Leben brachte. Es war eine Verbindung, die weit über das hinausging, was er jemals erwartet hatte.

Kjell murmelte leise im Schlaf und drehte sich, legte einen Arm über Masahiros Brust und schmiegte sich enger an ihn. Masahiro lächelte leicht und schloss für einen Moment die Augen, ließ sich von der Wärme und der Ruhe des Moments einhüllen.

Später am Morgen, als die ersten Sonnenstrahlen durch die Gardinen drangen, wachte Kjell langsam auf. Er blinzelte verschlafen und sah Masahiro an, der bereits wach war und ihn mit einem sanften Lächeln ansah.

„Guten Morgen", murmelte Kjell und streckte sich leicht, ohne den Arm von Masahiros Brust zu nehmen.

„Morgen", antwortete Masahiro leise, während er eine Hand durch Kjells zerzaustes Haar gleiten ließ. „Gut geschlafen?"

„Wie ein Stein", antwortete Kjell und gähnte, bevor er sich enger an Masahiro kuschelte. „Und du?"

„Ja", sagte Masahiro, seine Stimme ruhig und entspannt. „Es war eine gute Nacht."

Kjell grinste und schloss für einen Moment die Augen. „Weißt du, ich könnte mich daran gewöhnen. So aufzuwachen, meine ich."

„Das tue ich schon", murmelte Masahiro leise und legte eine Hand auf Kjells Rücken, während er den Moment der Ruhe genoss.

Es war einer dieser seltenen Morgen, an denen die Welt still zu stehen schien – keine Verpflichtungen, keine Pläne, nur sie beide, eingehüllt in die Wärme ihrer Nähe. Masahiro spürte, wie sich die Last der letzten Wochen langsam von seinen Schultern löste, und für einen Moment fühlte er sich wirklich... angekommen.

Nach einer Weile entschied Kjell, dass es Zeit war, aufzustehen. Mit einem schelmischen Lächeln zog er sich aus den Decken und stand auf, während Masahiro noch im Bett liegen blieb, das Lächeln auf seinen Lippen nicht ganz verbergen konnte.

„Was hast du vor?", fragte Masahiro, als er sah, wie Kjell anfing, ziellos durch das Zimmer zu laufen.

„Ich dachte, ich mache Frühstück", sagte Kjell mit einem frechen Grinsen. „Du hast doch bestimmt Hunger, oder?" Masahiro hob eine Augenbraue. „Du willst kochen?"

„Hey, ich habe mich verbessert", antwortete Kjell und trat in die Küche. „Vertrau mir, du wirst es nicht bereuen."

Masahiro blieb skeptisch, doch er ließ Kjell gewähren. Er wusste, dass Kjell es liebte, ihn zu überraschen – auch wenn das bedeutete, dass das Ergebnis manchmal... chaotisch war. Trotzdem konnte Masahiro nicht anders, als sich auf Kjells Enthusiasmus einzulassen. Es war einer der vielen Gründe, warum er Kjell so sehr schätzte – Kjell brachte Energie in alles, was er tat, und oft war diese Energie genau das, was Masahiro brauchte.

Wenig später saßen sie gemeinsam am Tisch, vor sich ein einfaches, aber liebevoll zubereitetes Frühstück. Kjell sah Masahiro gespannt an, während er den ersten Bissen nahm, als ob er auf ein Urteil wartete.

„Und?", fragte Kjell, seine Augen voller Erwartung. „Wie schmeckt es?"

Masahiro kaute langsam, bevor er nickte. „Es ist gut."

„Nur gut?", fragte Kjell und zog eine Augenbraue hoch.

„Besser als gut", sagte Masahiro und lächelte leicht. „Du hast dich wirklich verbessert."

Kjell grinste triumphierend. „Ich wusste es."

Sie aßen eine Weile schweigend, doch die Stille zwischen ihnen war nicht unangenehm. Es war die Art von Stille, die nur zwischen zwei Menschen entstehen konnte, die sich in ihrer Nähe wohlfühlten – ein tiefes Vertrauen, das Worte überflüssig machte.

„Weißt du", begann Kjell plötzlich, während er seinen Löffel ablegte, „ich habe nachgedacht."

Masahiro sah ihn neugierig an. „Worüber?"

„Über uns", sagte Kjell leise und sah Masahiro direkt in die Augen. „Über die Zukunft."

Masahiro runzelte leicht die Stirn. „Was meinst du?"

Kjell zögerte einen Moment, bevor er fortfuhr. „Ich meine... ich denke, wir sollten langsam darüber reden, was als Nächstes kommt. Was wir wollen, wohin wir gehen. Ich will nicht, dass wir einfach nur treiben, weißt du?"

Masahiro sah ihn eine Weile schweigend an, während er die Worte auf sich wirken ließ. Kjell war normalerweise nicht der Typ, der über die Zukunft sprach – er lebte im Moment, genoss das Hier und Jetzt. Doch diese Ernsthaftigkeit in Kjells Augen ließ Masahiro erkennen, dass dies ein wichtiger Moment war.

„Du willst also, dass wir... Pläne machen?", fragte Masahiro langsam.

„Ja", sagte Kjell leise. „Ich denke, es ist an der Zeit, dass wir das tun."

Masahiro atmete tief durch und nickte schließlich. „Okay. Dann lass uns darüber reden."

Masahiro und Kjell saßen sich gegenüber, die Atmosphäre im Raum veränderte sich langsam. Es war nicht unangenehm, aber eine neue Schwere hatte sich über das Gespräch gelegt. Kjells Gesicht war ernst, und Masahiro spürte, dass dies einer der seltenen Momente war, in denen Kjell nicht scherzte, nicht neckte, sondern etwas wirklich Wichtiges ansprechen wollte.

„Also", begann Masahiro vorsichtig, „was genau schwebt dir vor?"

Kjell nahm sich einen Moment Zeit, um seine Gedanken zu sammeln, bevor er sprach. „Ich meine, dass wir schon eine ganze Weile zusammen sind. Und ich weiß, ich bin normalerweise nicht der Typ, der über sowas nachdenkt, aber... ich will wissen, wohin wir gehen. Ob das hier nur... ein Spiel ist oder ob es wirklich ernst ist."

Masahiro sah Kjell an, überrascht von der Ernsthaftigkeit seiner Worte. „Du denkst, das hier ist nur ein Spiel für mich?"

„Nein", antwortete Kjell schnell und schüttelte den Kopf. „Das meine ich nicht. Ich weiß, dass es uns beiden wichtig ist. Aber ich will wissen, ob wir uns in dieselbe Richtung bewegen."

Masahiro lehnte sich zurück, dachte über Kjells Worte nach und spürte, wie eine seltsame Nervosität in ihm aufstieg. Er hatte nie darüber nachgedacht, wohin ihre Beziehung führen könnte – zumindest nicht auf diese direkte Weise. Für ihn war es immer selbstverständlich gewesen, dass sie einfach... zusammen waren. Doch Kjells Worte ließen ihn nun darüber nachdenken, was als Nächstes kommen sollte.

„Ich verstehe", sagte Masahiro schließlich und wählte seine Worte mit Bedacht. „Ich denke, ich habe nie wirklich darüber nachgedacht, wie lange das hier zwischen uns andauern könnte. Ich war einfach... froh, dass wir zusammen sind."

Kjell nickte langsam, doch sein Blick blieb aufmerksam auf Masahiro gerichtet. „Ich bin auch froh darüber. Aber ich denke, ich will mehr als nur... im Moment zu leben."

Masahiro atmete tief durch. „Also, was willst du? Was wünschst du dir?"

Kjell zögerte kurz, als ob er nach den richtigen Worten suchte. „Ich will, dass wir zusammen planen. Eine Zukunft zusammen. Vielleicht... keine Ahnung, mal zusammenziehen? Dinge mehr teilen, mehr von einem gemeinsamen Leben aufbauen."

Masahiro spürte, wie ihm diese Gedanken nach und nach klarer wurden. Kjell sprach von einer Zukunft, von einem Leben, das über das Jetzt hinausging. Und während Masahiro immer ein Mensch war, der auf Struktur und Pläne Wert legte, war diese Art von Plan – die, bei der es um Gefühle und Beziehungen ging – etwas, worüber er nie viel nachgedacht hatte.

„Zusammenziehen?", wiederholte Masahiro langsam, als ob er die Idee erst noch verarbeiten müsste. „Das ist... ein großer Schritt."

„Ja", gab Kjell zu, „aber ein Schritt, den ich gehen will. Ich meine, ich bin schon fast die ganze Zeit bei dir. Es fühlt sich doch schon so an, als wären wir... zusammen."

Masahiro nickte leicht. „Das stimmt."

„Also, was hält dich davon ab?", fragte Kjell leise, seine Stimme ernst, aber sanft. „Hast du Zweifel?"

Masahiro schwieg einen Moment, sah aus dem Fenster, wo der Schnee noch immer sanft fiel. Zweifel? Nein, das war nicht das richtige Wort. Aber es war eine große Veränderung, eine Veränderung, die alles, was sie bisher aufgebaut hatten, auf eine ganz neue Ebene heben würde. „Es ist nicht so, dass ich Zweifel habe", sagte Masahiro schließlich. „Es ist eher... dass ich nie darüber nachgedacht habe. Zumindest nicht so konkret."

Kjell lehnte sich zurück und atmete leise aus. „Ich weiß, es ist viel. Aber ich will ehrlich zu dir sein, Masahiro. Du bedeutest mir viel – mehr als jeder andere. Und ich will, dass du weißt, dass ich mir das hier ernsthaft wünsche. Ich will nicht einfach nur das Hier und Jetzt. Ich will eine Zukunft mit dir."

Masahiro spürte, wie Kjells Worte auf ihn einwirkten, wie sie eine tiefe, unerwartete Resonanz in ihm fanden. Kjell war immer derjenige gewesen, der ihn herausforderte, der ihn an die Grenzen brachte. Und jetzt forderte er ihn erneut heraus – diesmal nicht auf die übliche spielerische Weise, sondern auf eine zutiefst emotionale.

„Ich denke, ich will das auch", sagte Masahiro leise, als er Kjells Blick wieder suchte. „Ich will mit dir zusammen sein, Kjell. Nicht nur jetzt, sondern... für länger."

Kjell sah ihn an, und für einen Moment war da diese Stille, die so schwer von Bedeutung war, dass Masahiro fast glaubte, sie körperlich spüren zu können. Dann breitete sich ein Lächeln auf Kjells Gesicht aus – ein sanftes, ehrliches Lächeln, das Masahiro selten bei ihm sah.

„Das reicht mir", sagte Kjell leise. „Mehr als genug."

Sie verbrachten den Rest des Tages damit, über mögliche Zukunftspläne zu sprechen – wohin sie vielleicht eines Tages reisen wollten, was für eine Art von Wohnung sie gemeinsam haben könnten und wie ihr gemeinsames Leben aussehen könnte. Es waren keine konkreten Pläne, sondern eher Träume, Wünsche, die sie beide in Worte fassten, während sie die Zeit miteinander genossen.

Am Abend saßen sie wieder auf dem Sofa, eingehüllt in Decken, während sie einen weiteren Anime ansahen. Diesmal war die Atmosphäre zwischen ihnen noch vertrauter, noch enger, als hätten sie eine neue Ebene des Verständnisses erreicht.

„Weißt du", begann Kjell plötzlich, ohne den Blick vom Bildschirm abzuwenden, „ich denke, wir sollten irgendwann auch unsere Familien einweihen."

Masahiro runzelte die Stirn. „Unsere Familien?"

„Ja", sagte Kjell und sah ihn mit einem schiefen Lächeln an. „Ich meine, wir können nicht ewig vorgeben, dass das hier nur eine flüchtige Sache ist. Irgendwann müssen wir sie einbeziehen."

Masahiro dachte darüber nach und erkannte, dass Kjell wieder recht hatte. Ihre Beziehung war längst über das hinausgewachsen, was man als beiläufig bezeichnen könnte. Und obwohl sie beide die Öffentlichkeit gemieden hatten, wussten sie, dass dieser Moment kommen würde.

„Das wird... interessant", murmelte Masahiro und konnte nicht verhindern, dass ihm bei dem Gedanken an ein Treffen mit Kjells Familie etwas mulmig wurde.

Kjell lachte leise. „Keine Sorge. Ich werde dich nicht einfach ins kalte Wasser werfen."

„Ich hoffe es", antwortete Masahiro trocken, doch ein leichtes Lächeln stahl sich auf seine Lippen.

Kapitel 21: Neue Perspektiven

Der Gedanke, die Familien einzubeziehen, hatte Masahiro die ganze Nacht wachgehalten. Er war kein Mensch, der mit emotionalen Gesprächen oder dem Austausch von Zuneigung in der Öffentlichkeit gut umgehen konnte. Kjell hingegen hatte nie ein Problem damit, offen zu zeigen, wie er fühlte. Das war eines der vielen Dinge, die Masahiro an ihm bewunderte – und manchmal auch beneidete.

Am nächsten Morgen saßen sie gemeinsam beim Frühstück, und die Frage hing immer noch in der Luft. Masahiro wusste, dass sie nicht ewig um das Thema herumschleichen konnten. Sie mussten es ansprechen, früher oder später.

„Also", begann Kjell, als ob er Masahiros Gedanken gelesen hätte, „wann wollen wir es unseren Familien sagen?"

Masahiro legte seine Gabel beiseite und dachte kurz nach. „Ich weiß nicht", sagte er ehrlich. „Es ist nicht, dass ich es nicht will. Es ist nur..."

„Du hast Angst, dass sie schlecht reagieren?", fragte Kjell direkt, ohne einen Hauch von Zweifel in seiner Stimme.

Masahiro nickte. „Ja. Oder dass sie uns nicht verstehen."

Kjell lehnte sich zurück und legte seine Hand auf Masahiros. „Das ist verständlich. Aber ich denke, sie werden uns verstehen. Und wenn nicht, dann haben wir immer noch einander."

Masahiro seufzte leise und strich mit dem Daumen über Kjells Hand. „Es ist nicht so, dass ich denke, sie werden es schlecht aufnehmen. Aber ich bin nicht so gut darin, über solche Dinge zu reden."

„Das weiß ich", sagte Kjell lächelnd. „Deshalb werde ich dir helfen."

„Oh, ich bin mir sicher, dass du das tun wirst", antwortete Masahiro trocken, aber das Lächeln, das sich auf seine Lippen schlich, verriet seine Dankbarkeit.

„Natürlich. Ich bin doch der beste Partner, den man sich wünschen kann", sagte Kjell grinsend.

Masahiro hob eine Augenbraue. „Da bist du dir sicher?"

Kjell lachte und zuckte mit den Schultern. „Na ja, zumindest denke ich das."

Masahiro schüttelte leicht den Kopf, aber er konnte nicht verhindern, dass er lächelte. Kjell hatte eine besondere Art, ihn zu beruhigen, selbst wenn es um Themen ging, die Masahiro nervös machten. Und genau das war es, was ihre Beziehung so besonders machte – sie ergänzten sich auf eine Weise, die Masahiro niemals für möglich gehalten hätte.

Ein paar Tage später stand Masahiro vor der Tür seiner Eltern. Es war ein kalter, klarer Tag, und obwohl der Schnee auf den Straßen lag, fühlte es sich irgendwie an, als würde die Welt stillstehen. Kjell stand neben ihm, seine Hände tief in den Manteltaschen vergraben, während er Masahiro einen aufmunternden Blick zuwarf.

„Bereit?", fragte Kjell leise.

Masahiro nickte langsam, obwohl er sich nicht ganz sicher war, ob er wirklich bereit war. „Ja. Ich denke schon."

Kjell lächelte sanft. „Mach dir keine Sorgen. Es wird gut laufen."

„Das hoffe ich", murmelte Masahiro und hob die Hand, um an die Tür zu klopfen.

Es dauerte nicht lange, bis seine Mutter die Tür öffnete, ein warmes Lächeln auf ihrem Gesicht. „Masahiro! Es ist so schön, dich zu sehen."

„Hallo, Mama", sagte Masahiro, und obwohl seine Stimme ruhig war, konnte er die Nervosität nicht ganz verbergen.

Seine Mutter umarmte ihn, bevor sie einen neugierigen Blick auf Kjell warf, der sich gerade dazu gesellte. „Und du musst Kjell sein. Masahiro hat viel von dir erzählt."

Kjell grinste breit und verbeugte sich leicht. „Freut mich, Sie kennenzulernen."

„Kommt rein, es ist viel zu kalt, um draußen zu stehen", sagte seine Mutter und trat zur Seite, um sie hereinzulassen.

Masahiro spürte, wie sich seine Nervosität ein wenig legte, als sie das warme Haus betraten. Seine Mutter führte sie ins Wohnzimmer, wo bereits Tee und Gebäck auf dem Tisch standen. Es war ein vertrautes Bild – die wohlige Wärme, der Duft von frisch gebrühtem Tee, die behagliche Stille. Doch diesmal lag etwas Neues in der Luft, eine Spannung, die Masahiro spürte, aber nicht genau benennen konnte.

Sie setzten sich, und nach einer Weile begann das Gespräch. Es war leicht, locker, wie immer, wenn er seine Eltern besuchte. Doch Masahiro wusste, dass das eigentliche Thema noch kommen musste.

„Also, was führt euch heute hierher?", fragte seine Mutter schließlich, als sie sich neben Masahiros Vater setzte.

Masahiro warf Kjell einen schnellen Blick zu, der ihm ein ermutigendes Nicken schenkte. Er holte tief Luft und entschied, dass es keinen Grund gab, länger zu warten.

„Mama, Papa...", begann er, seine Stimme ruhiger, als er erwartet hatte. „Ich wollte euch etwas Wichtiges sagen."

Seine Mutter sah ihn aufmerksam an, während sein Vater eine Augenbraue hob, aber nichts sagte. Masahiro spürte, wie sein Herz schneller schlug, doch er zwang sich, ruhig zu bleiben.

„Kjell und ich... wir sind zusammen", sagte Masahiro schließlich, die Worte fielen schwerer als erwartet, aber sie waren draußen. „Wir sind ein Paar."

Es folgte eine kurze Stille, in der Masahiro das Gefühl hatte, sein Herz würde aus seiner Brust schlagen. Seine Eltern sahen sich kurz an, bevor seine Mutter lächelte und leise sagte: „Das habe ich mir schon gedacht."

Masahiro blinzelte überrascht. „Was?"

„Na ja", sagte seine Mutter schmunzelnd, „du hast immer so viel von Kjell erzählt. Und die Art, wie du über ihn gesprochen hast... Ich habe es irgendwie vermutet."

Masahiro spürte, wie sich die Anspannung in seiner Brust langsam löste. „Und... ist das in Ordnung für euch?"

Sein Vater, der bis dahin ruhig geblieben war, nickte langsam. „Masahiro, du bist unser Sohn. Was für uns zählt, ist, dass du glücklich bist. Wenn Kjell dich glücklich macht, dann ist das alles, was wir wissen müssen."

Kjell grinste breit und verbeugte sich leicht. „Danke. Das bedeutet uns wirklich viel."

Masahiro fühlte, wie die Anspannung endgültig von ihm abfiel. Er hätte nie gedacht, dass dieses Gespräch so glatt verlaufen würde. Er sah Kjell an, der ihm ein aufmunterndes Lächeln schenkte, und spürte, wie sich eine tiefe, unerwartete Erleichterung in ihm ausbreitete.

„Danke, Mama. Papa", sagte Masahiro leise. „Das bedeutet mir wirklich viel."

„Wir sind einfach froh, dass du jemanden gefunden hast, der dir so viel bedeutet", sagte seine Mutter und reichte ihm die Teetasse. „Jetzt erzähl uns mehr über euch."

Der Rest des Nachmittags verging in einer entspannten Atmosphäre, in der Masahiro und Kjell offen über ihre Beziehung sprechen konnten. Masahiros Eltern nahmen Kjell mit einer Herzlichkeit auf, die Masahiro nicht erwartet hatte, und zum ersten Mal seit langem fühlte er sich wirklich verstanden.

Als sie sich später verabschiedeten, spürte Masahiro, wie eine große Last von seinen Schultern genommen war. Kjell, der neben ihm ging, lächelte zufrieden und legte einen Arm um Masahiros Schultern, als sie die Straße entlanggingen.

„Das lief doch besser, als du erwartet hast, oder?", fragte Kjell mit einem spitzbübischen Grinsen.

Masahiro nickte langsam. „Ja. Es lief viel besser."

Kjell drückte ihn leicht und grinste. „Siehst du? Manchmal musst du einfach darauf vertrauen, dass die Dinge gut laufen."

„Manchmal", antwortete Masahiro trocken, konnte jedoch das Lächeln auf seinen Lippen nicht verbergen.

Während sie gemeinsam durch die verschneiten Straßen zurückgingen, schwiegen Masahiro und Kjell für eine Weile, aber es war eine angenehme Stille. Die kühle Luft und die gedämpften Geräusche der Stadt schufen eine friedliche Atmosphäre. Masahiro ließ die Ereignisse des Tages Revue passieren und konnte noch immer nicht ganz fassen, wie problemlos das Gespräch mit seinen Eltern verlaufen war.

„Ich bin wirklich überrascht", sagte Masahiro schließlich, als sie in die Nähe ihrer Wohnung kamen.

„Überrascht?", fragte Kjell und sah ihn neugierig an.

„Dass deine Eltern uns so gut aufgenommen haben?"

„Ja", gab Masahiro zu. „Ich hatte mir das viel komplizierter vorgestellt. Vielleicht habe ich es mir auch schwerer gemacht, als es hätte sein müssen."

Kjell grinste und stupste ihn leicht mit der Schulter an. „Du machst dir über viele Dinge zu viele Gedanken."

„Das stimmt", murmelte Masahiro, und obwohl er es selten zugeben würde, wusste er, dass Kjell in diesem Fall recht hatte.

„Aber das ist okay", fügte Kjell hinzu und legte seinen Arm um Masahiros Schultern, um ihn näher an sich zu ziehen. „Wir gleichen uns aus. Du denkst viel zu viel nach, und ich... nun, ich lasse es meistens auf mich zukommen."

Masahiro lachte leise. „Das ist eine nette Umschreibung dafür, dass du meistens einfach ins Unbekannte springst."

„Genau", sagte Kjell grinsend. „Und so schaffen wir es irgendwie immer, eine Balance zu finden."

Masahiro sah Kjell von der Seite an und konnte nicht anders, als ihn für seine entspannte und oft spielerische Art zu bewundern. Es war diese Unbekümmertheit, die Masahiro oft herausforderte, ihn aber auch immer wieder aus seiner eigenen Komfortzone lockte – und das auf eine Art und Weise, die ihn nicht überforderte, sondern ihm half, zu wachsen.

„Also", begann Kjell, als sie die Treppe zu ihrer Wohnung hinaufstiegen, „wann lernst du meine Familie kennen?"

Masahiro blieb kurz stehen, sein Herz setzte einen Schlag aus. „Deine Familie?"

Kjell drehte sich zu ihm um, sein Grinsen war unverkennbar. „Ja, meine Familie. Du hast doch nicht gedacht, dass du es mir so leicht machst und ich deine Eltern kennenlerne, ohne dass du das Gleiche tust, oder?"

Masahiro zögerte. Er hatte zwar darüber nachgedacht, dass dieser Moment irgendwann kommen würde, doch nun, da Kjell es ansprach, fühlte es sich plötzlich viel realer an. „Ich weiß nicht, ob ich bereit dafür bin", sagte Masahiro leise.

„Warum nicht?", fragte Kjell, und zum ersten Mal in diesem Gespräch verschwand das schelmische Lächeln von seinem Gesicht. „Meine Familie wird dich lieben."

Masahiro sah Kjell einen Moment lang an und spürte, wie sich ein Knoten in seiner Brust bildete. „Ich weiß, dass du das denkst. Aber was, wenn es nicht so läuft wie bei meinen Eltern? Was, wenn sie uns nicht verstehen?"
Kjell trat näher und nahm Masahiros Hände in seine.
„Masahiro, ich verspreche dir, dass sie uns verstehen werden. Meine Familie ist... anders, ja. Sie sind laut und manchmal chaotisch, aber sie sind auch unglaublich liebevoll. Sie werden dich nicht nur akzeptieren, sie werden dich ins Herz schließen."
Masahiro sah in Kjells Augen, suchte nach der Zuversicht, die er brauchte. Kjell war immer derjenige gewesen, der ihn ermutigte, der ihm zeigte, dass die Dinge nicht immer so kompliziert sein mussten. Und in diesem Moment spürte Masahiro, dass Kjell recht hatte – wieder einmal.

„Okay", sagte Masahiro schließlich und atmete tief durch. „Dann treffen wir deine Familie."

Kjells Gesicht hellte sich sofort auf, und er grinste triumphierend. „Das ist mein Masahiro. Ich wusste, dass du es schaffst."

Masahiro schüttelte den Kopf und konnte nicht verhindern, dass sich ein kleines Lächeln auf seine Lippen schlich. „Du machst es einem wirklich schwer, dir zu widerstehen."

„Das ist Teil meines Charmes", antwortete Kjell frech und drückte Masahiros Hand, bevor er die Tür zu ihrer Wohnung aufschloss.

Die Tage vergingen schnell, und schon bald war der Tag gekommen, an dem Masahiro Kjells Familie kennenlernen sollte. Kjell war, wie immer, voller Energie und Vorfreude, während Masahiro spürte, wie sich die Nervosität in ihm aufbaute.

„Keine Sorge", sagte Kjell zum wiederholten Mal, als sie sich auf den Weg machten. „Es wird großartig."

„Das hast du gesagt, bevor wir meine Eltern getroffen haben", murmelte Masahiro. „Und obwohl das gut gelaufen ist, heißt das nicht, dass es bei deiner Familie genauso sein wird."

„Wird es aber", antwortete Kjell selbstsicher. „Vertrau mir."

Masahiro atmete tief durch, versuchte sich zu entspannen, doch das flaue Gefühl in seinem Magen blieb. Kjells Familie war laut, lebhaft und, wie er es selbst beschrieben hatte, manchmal chaotisch. Masahiro, der eher der ruhige und zurückhaltende Typ war, konnte sich nur schwer vorstellen, wie er in dieses Umfeld passen sollte.

Als sie schließlich vor dem Haus von Kjells Familie standen, blieb Masahiro für einen Moment stehen und sah das Haus an. Es war ein großes, traditionelles Haus, umgeben von einem gepflegten Garten, der unter einer dünnen Schneeschicht lag.

„Bereit?", fragte Kjell und sah Masahiro mit einem ermutigenden Lächeln an.

Masahiro nickte langsam. „So bereit, wie ich sein kann."

Kjell drückte leicht seine Hand und führte ihn zur Tür. „Es wird gut. Und wenn es dir zu viel wird, kannst du einfach die Schuld auf mich schieben."

„Das werde ich", murmelte Masahiro und folgte Kjell ins Haus.

Die Begrüßung war, wie erwartet, überwältigend. Kjells Familie war laut, herzlich und sofort unglaublich interessiert an Masahiro. Seine Eltern stellten ihm eine

Frage nach der anderen, seine jüngeren Geschwister neckten ihn spielerisch, und bevor Masahiro es richtig realisieren konnte, war er mitten im Trubel der Familie angekommen.

Es war eine völlig andere Erfahrung als bei seinen eigenen Eltern. Masahiros Familie war ruhig, zurückhaltend, beinahe distanziert – Kjells Familie hingegen war das genaue Gegenteil. Es war chaotisch, aber auf eine liebevolle und akzeptierende Art. Und obwohl es Masahiro anfangs schwerfiel, sich in dieses laute Umfeld einzufügen, spürte er bald, dass Kjells Familie ihm die gleiche Akzeptanz und Wärme entgegenbrachte, die er bei seinen eigenen Eltern erfahren hatte.

Später am Abend, als die Familie sich langsam in verschiedene Richtungen auflöste und Masahiro endlich einen Moment der Ruhe fand, setzte sich Kjell neben ihn auf die Veranda des Hauses.

„Na?", fragte Kjell, ein leichtes Grinsen auf den Lippen. „Wie war's?"

Masahiro lehnte sich zurück, sah in den klaren Nachthimmel und atmete tief durch. „Es war... überwältigend. Aber auf eine gute Art."

Kjell lachte leise. „Das bin ich gewohnt. Meine Familie kann manchmal echt anstrengend sein."

„Anstrengend ist eine Untertreibung", murmelte Masahiro, konnte aber das Lächeln auf seinen Lippen nicht verbergen.

„Aber du hast es gut gemacht", sagte Kjell leise und legte eine Hand auf Masahiros Knie. „Und ich bin wirklich froh, dass du es geschafft hast."

Masahiro sah Kjell an, spürte die Zuneigung und das tiefe Verständnis, das zwischen ihnen herrschte, und nickte. „Ich auch."

Kapitel 22: Familienbande und neue Herausforderungen

Der Tag nach dem Treffen mit Kjells Familie begann mit einem Gefühl der Ruhe, das Masahiro fast überraschend fand. Kjell hatte ihn auf eine neue Ebene seiner Welt mitgenommen, und obwohl es anfangs überwältigend gewesen war, fühlte sich Masahiro jetzt... erleichtert. Kjells Familie hatte ihn nicht nur akzeptiert, sondern regelrecht in ihre lebhafte, herzliche Art integriert. Es war eine Erfahrung, die ihm zeigte, dass er und Kjell wirklich zusammenpassten – in jeder Hinsicht.

„Also", sagte Kjell, während er sich auf dem Sofa ausstreckte, „wie fühlt es sich an, die zweite Runde Familienchaos überstanden zu haben?"

Masahiro, der sich neben ihm eine Tasse Tee einschenkte, blickte Kjell mit einem leichten Schmunzeln an. „Es war... intensiver, als ich gedacht habe. Aber ich überlebe."

„Überleben?", neckte Kjell und setzte sich auf, um ihn direkt anzusehen. „Ich würde sagen, du hast das hervorragend gemeistert. Meine Schwester hat dich doch sofort ins Herz geschlossen. Und meine Mutter hat dich praktisch adoptiert."

Masahiro konnte nicht verhindern, dass er leicht lächelte. Kjells Familie hatte ihn tatsächlich sehr herzlich aufgenommen, besonders seine kleine Schwester, die nicht aufgehört hatte, ihm Fragen über alles Mögliche zu stellen. „Sie sind... anders als meine Familie", gab er zu. „Lauter. Aber ich schätze, das war zu erwarten."

Kjell grinste. „Ja, meine Familie ist nie still. Aber genau das macht sie aus. Und du hast dich gut geschlagen. Vor allem bei meinem Vater – er ist nicht immer der Einfachste."

Masahiro nickte nachdenklich. Kjells Vater war zwar freundlich gewesen, aber er hatte eine gewisse Strenge ausgestrahlt, die Masahiro ein wenig nervös gemacht hatte. Trotzdem hatte er das Gefühl, dass er sich ihm gegenüber gut behauptet hatte.

„Er war... respektvoll", sagte Masahiro. „Das ist alles, was zählt."

Kjell beugte sich vor, sein Grinsen breitete sich aus. „Siehst du? Du passt perfekt in meine Welt."

Masahiro erwiderte das Grinsen nicht sofort, aber er spürte, wie sich seine innere Anspannung löste. „Vielleicht hast du recht", sagte er schließlich leise, bevor er einen Schluck Tee nahm.

Ein paar Tage später saßen Masahiro und Kjell zusammen in einem kleinen Café in Sapporo. Es war eines dieser gemütlichen Cafés, das sie regelmäßig besuchten, um dem Trubel der Stadt zu entkommen. Der Duft von frisch gebrühtem Kaffee erfüllte den Raum, während die leisen Gespräche der anderen Gäste eine angenehme Hintergrundmusik bildeten.

„Okay", begann Kjell plötzlich, während er seine Kaffeetasse abstellte. „Wir haben beide unsere Familien getroffen. Was kommt als Nächstes?"

Masahiro sah ihn überrascht an. „Als Nächstes?"

Kjell lehnte sich zurück und verschränkte die Arme hinter dem Kopf. „Ja, wir sind doch jetzt in dieser Phase, in der wir Pläne schmieden, oder? Also, was kommt als Nächstes in unserer Geschichte?"

Masahiro schnaubte leise. „Du machst es klingen, als ob wir in einem Film leben."

„Vielleicht tun wir das", sagte Kjell grinsend. „Und ich will wissen, was im nächsten Akt passiert."

„Der nächste Akt?", wiederholte Masahiro und hob eine Augenbraue. „Bist du jetzt ein Regisseur?"

„Ich bin immer der Regisseur meines Lebens", erwiderte Kjell mit einem breiten Lächeln. „Also, worüber haben wir gesprochen? Zusammenziehen?"

Masahiro legte seine Tasse zur Seite und seufzte. „Du gibst wirklich nicht auf, oder?"

Kjell beugte sich vor, seine Augen funkelten vor Aufregung. „Nicht, wenn es darum geht, mit dir zusammenzuleben. Ich will endlich aufwachen und wissen, dass wir jeden Tag zusammen sind. Nicht nur an manchen Tagen, sondern immer."

Masahiro spürte, wie sich sein Herz bei Kjells Worten zusammenzog. Es war nicht so, dass er es nicht wollte – aber es war ein großer Schritt. „Das ist ein ziemlich großer Wandel", sagte er langsam.

„Ich weiß", sagte Kjell leise und legte eine Hand auf Masahiros. „Aber es ist der richtige Schritt. Wir haben so viel zusammen durchgemacht, und jetzt ist es an der Zeit, etwas aufzubauen, das uns wirklich gehört."

Masahiro sah Kjell in die Augen und spürte die Ernsthaftigkeit, die hinter seinen Worten lag. Kjell machte oft Witze und nahm das Leben locker, aber wenn er so sprach, wusste Masahiro, dass es ihm wirklich wichtig war.

„Okay", sagte Masahiro schließlich, seine Stimme ruhig, aber entschlossen. „Lass es uns tun."

Kjells Augen weiteten sich vor Überraschung, und dann brach ein breites Lächeln auf seinem Gesicht aus. „Wirklich?"

Masahiro nickte. „Ja. Wir sollten zusammenziehen."

Die nächsten Wochen waren von Aufregung und Planung geprägt. Sie begannen, nach einer passenden Wohnung zu suchen, die all ihren Anforderungen entsprach. Es war eine Herausforderung – Masahiro legte Wert auf Ruhe und eine klare Struktur, während Kjell es bevorzugte, in der Nähe des Stadtzentrums und des Geschehens zu leben. Doch trotz ihrer unterschiedlichen Vorlieben fanden sie immer wieder Kompromisse.

„Was hältst du von dieser?", fragte Kjell eines Tages, als sie sich eine Wohnung im Herzen von Sapporo ansahen. „Sie hat eine tolle Aussicht und ist nah an allem, was wir brauchen."

Masahiro trat ans Fenster und blickte hinaus auf die schneebedeckten Straßen. Die Wohnung war modern und offen gestaltet, doch es gab etwas, das ihn zögern ließ. „Es ist... nett", sagte er vorsichtig.

„Aber?", fragte Kjell und trat neben ihn. „Es ist vielleicht etwas zu nah an der Stadt", gab Masahiro zu. „Ich weiß nicht, ob ich mit dem Lärm klarkommen würde." Kjell nickte langsam. „Das verstehe ich. Aber siehst du die Aussicht? Wir könnten jeden Tag den Sonnenuntergang über der Stadt sehen." Masahiro konnte nicht anders, als über Kjells Begeisterung zu schmunzeln. „Du und deine Sonnenuntergänge." Kjell lachte. „Sie sind romantisch. Und du liebst Romantik, auch wenn du es nicht zugeben willst."

Masahiro schüttelte den Kopf, aber er wusste, dass Kjell recht hatte. „Wir sollten uns noch ein paar andere Wohnungen ansehen, bevor wir uns entscheiden."

Nach einigen Wochen der Suche fanden sie schließlich eine Wohnung, die beiden gefiel. Sie lag am Rand von Sapporo, in einer ruhigeren Gegend, aber mit guter Anbindung zur Stadt. Es war ein Kompromiss – eine Mischung aus Masahiros Wunsch nach Ruhe und Kjells Vorliebe für die Nähe zum Trubel.

„Das ist sie", sagte Kjell, als sie zum ersten Mal die leeren Räume der Wohnung betraten. „Hier wird unser neues Leben beginnen."

Masahiro sah sich um und nickte. „Ja. Es fühlt sich richtig an."

Kjell grinste und legte den Arm um Masahiros Schultern. „Wir haben es geschafft, Masahiro. Jetzt beginnt der nächste Akt."

Masahiro lächelte leicht. „Du und deine Filmmetaphern."

„Hey, ich lebe für die Dramatik", sagte Kjell und zog ihn spielerisch näher. „Und du weißt, du liebst es."
Masahiro konnte das Lächeln nicht mehr zurückhalten, als er Kjell ansah. „Ja, vielleicht tue ich das."

Die nächsten Tage waren hektisch. Sobald sie die Wohnung gefunden und sich für den Mietvertrag entschieden hatten, ging es darum, alles zu organisieren: Möbel aussuchen, Kisten packen und sich auf das neue gemeinsame Leben vorzubereiten. Kjell, wie gewohnt voller Energie, hatte sich sofort in den Planungsmodus versetzt, während Masahiro mit seiner typischen Ruhe den Überblick behielt.

„Okay", rief Kjell aus dem Wohnzimmer, während er durch eine endlose Liste von Möbeln scrollte. „Ich habe gerade ein paar richtig coole Regale gefunden, die perfekt für unser Manga-Regal wären."

Masahiro trat mit einem skeptischen Blick näher. „Du willst ernsthaft ein ganzes Regal nur für Mangas?"

Kjell grinste. „Natürlich! Was hast du gedacht? Ich werde nicht zulassen, dass sie irgendwo in einem Karton verstauben. Und du hast genauso viele Mangas wie ich."

„Das ist eine Übertreibung", murmelte Masahiro, konnte aber nicht verhindern, dass ein leichtes Lächeln über seine Lippen huschte.

Kjell drehte sich auf dem Sofa um und sah Masahiro herausfordernd an. „Oh ja? Wollen wir zählen?"

Masahiro seufzte und setzte sich neben ihn. „Vielleicht hast du recht. Aber ein ganzes Regal?"

„Absolut", sagte Kjell entschlossen. „Und wir brauchen noch ein paar coole Poster für die Wände. Du weißt schon, damit es wirklich nach uns aussieht."

„Was meinst du mit ‚nach uns aussieht'?", fragte Masahiro und hob eine Augenbraue.

Kjell sah ihn an, als wäre die Antwort offensichtlich. „Ich meine, dass es sowohl deinen super organisierten, minimalistischen Stil als auch meinen coolen, kreativen Touch widerspiegelt."

Masahiro lachte leise. „Dein kreativer Touch also? Du meinst das Chaos?"

Kjell boxte ihn spielerisch in die Seite. „Nenn es, wie du willst, aber du wirst sehen – am Ende wird es perfekt."

Masahiro schüttelte den Kopf, konnte aber das Lächeln nicht verbergen. „Solange es nicht zu chaotisch wird."

„Vertrau mir, es wird großartig", sagte Kjell und drehte sich wieder zu seinem Laptop um. „Ich übernehme die kreative Leitung, und du kümmerst dich um den strukturellen Teil. Wir sind das perfekte Team."

In den darauffolgenden Tagen war ihre Wohnung immer mehr mit Kisten und Möbelstücken gefüllt. Es war ein kontrolliertes Chaos, das Masahiro manchmal überforderte, doch Kjell schien in seinem Element zu sein. Er tanzte förmlich durch die Räume, hängte Bilder auf, ordnete Bücher ein und dekorierte mit einem Eifer, den Masahiro nicht nachvollziehen konnte, aber durchaus bewunderte.

„Es fühlt sich an, als würden wir ein echtes Zuhause schaffen", sagte Kjell eines Abends, als sie endlich eine Pause einlegten. Er saß auf dem Boden, zwischen halb ausgepackten Kisten, und ließ seinen Blick durch das fast fertige Wohnzimmer schweifen. Überall standen Möbel, Bücherstapel und Deko, die noch ihren endgültigen Platz finden mussten, doch langsam nahm alles Form an.

Masahiro lehnte sich gegen die Wand und beobachtete Kjell. „Das tun wir auch", antwortete er ruhig, aber mit einem Anflug von Stolz. „Es sieht langsam so aus, als könnten wir hier wirklich leben."

Kjell sah ihn an, ein weiches Lächeln auf den Lippen. „Weißt du, ich habe mir das schon so lange gewünscht. Einfach ein Zuhause mit dir zu haben, etwas, das uns gehört."

Masahiro nickte, spürte, wie sich diese Worte in seinem Inneren festsetzten. Er hatte nie viel darüber nachgedacht, wie es sein würde, mit jemandem zusammenzuleben, bis Kjell in sein Leben getreten war. Jetzt konnte er sich nichts anderes mehr vorstellen. „Ich auch", gab er leise zu. „Auch wenn ich es nicht erwartet hatte."

Kjell grinste und schüttelte den Kopf. „Das ist das Beste daran – dass es unerwartet ist. Manchmal sind die Dinge, die man nicht plant, die besten."

Masahiro hob eine Augenbraue. „Das sagst du jetzt, aber das Chaos, das du hier veranstaltet hast, hätte mich fast umgebracht."

Kjell lachte laut und stand auf, um sich neben Masahiro zu stellen. „Chaos ist Teil des Spaßes. Und du liebst es insgeheim, gib es zu."

Masahiro seufzte, aber er konnte das Lächeln nicht unterdrücken. „Manchmal frage ich mich, warum ich mich auf all das eingelassen habe."

„Weil du mich liebst", sagte Kjell, ohne zu zögern, und legte den Arm um Masahiros Schultern. „Und weil du es genießt, mich aus meinen kreativen Höhenflügen runterzuholen."

„Vielleicht", gab Masahiro zu und legte leicht den Kopf an Kjells Schulter. „Aber nur ein bisschen."

„Hey, das reicht mir", sagte Kjell mit einem zufriedenen Grinsen.

In den folgenden Tagen verwandelte sich die Wohnung immer mehr in einen Ort, der nicht nur funktionierte, sondern auch wirklich nach ihnen aussah. Kjell hatte es tatsächlich geschafft, einen kreativen, lebendigen Touch hineinzubringen, während Masahiro für die klaren Linien und die Ordnung sorgte. Es war ein perfektes Zusammenspiel ihrer beiden Persönlichkeiten.

Eines Abends, als sie endlich die letzten Möbelstücke aufgestellt hatten, saßen sie zusammen auf dem Sofa und ließen die letzten Wochen Revue passieren.

„Wir haben es geschafft", sagte Kjell und streckte sich zufrieden aus.

„Ja", antwortete Masahiro und lehnte sich zurück, während er den Raum betrachtete. „Ich muss zugeben, es sieht besser aus, als ich gedacht hatte."

Kjell lachte leise. „Danke für das Vertrauen."

„Du hast mich überrascht", gab Masahiro zu und legte den Kopf auf die Rückenlehne des Sofas. „Es ist... unser Zuhause."

„Genau das ist es", stimmte Kjell zu und legte seine Hand auf Masahiros Oberschenkel. „Und ich könnte nicht glücklicher sein, dass wir das zusammen machen."

Masahiro drehte den Kopf, sah Kjell an und spürte diese tiefe Zuneigung, die in den letzten Monaten zwischen ihnen gewachsen war. Es war nicht immer leicht gewesen, aber sie hatten es geschafft, sich durchzusetzen und ein Leben zusammen aufzubauen. Und das fühlte sich... richtig an.

„Ich auch", sagte Masahiro leise und legte seine Hand auf Kjells.

Später an diesem Abend, als sie sich auf das Sofa zurückzogen, bemerkte Masahiro eine besondere Ruhe, die sich über ihn legte. Es war, als hätten sie einen Meilenstein erreicht – nicht nur in ihrer Beziehung, sondern auch in ihrem eigenen Leben. Diese Wohnung war nicht nur ein physischer Raum, sondern ein Symbol für das, was sie zusammen geschaffen hatten.

„Weißt du, ich hätte nie gedacht, dass es so gut werden könnte", sagte Masahiro plötzlich, seine Stimme leise, aber fest.

Kjell, der halb schlafend neben ihm lag, blinzelte und hob leicht den Kopf. „Was meinst du?"

„Das hier", antwortete Masahiro und ließ seinen Blick durch das Wohnzimmer schweifen. „Zusammenzuleben. Es ist... anders, als ich es mir vorgestellt habe. Aber auf eine gute Art."

Kjell grinste verschlafen und legte den Kopf wieder auf Masahiros Schoß. „Das freut mich zu hören. Ich wusste, dass du es lieben würdest."

Masahiro lächelte leicht und strich Kjell sanft durchs Haar. „Ja. Ich liebe es."

Kapitel 23: Unter der Oberfläche

Die ersten Wochen in ihrer neuen Wohnung verliefen wie ein wilder Tanz aus Alltag und unerwarteten Momenten. Masahiro hatte sich mittlerweile an das Zusammenleben mit Kjell gewöhnt, auch wenn es ihm manchmal schwerfiel, sich an die ständige Präsenz und die unaufhörliche Energie seines Partners anzupassen. Doch genau dieses Ungleichgewicht schuf eine Dynamik, die ihre Beziehung so besonders machte.

Eines Abends saßen sie zusammen am Esstisch, als Kjell plötzlich eine Frage in den Raum warf, die Masahiro auf dem falschen Fuß erwischte.

„Hast du je daran gedacht, was als Nächstes kommt?", fragte Kjell, während er mit einer Gabel in seinem Essen stocherte.

Masahiro hob eine Augenbraue und sah ihn über den Rand seines Glases hinweg an. „Was meinst du?"

„Na ja", sagte Kjell und zuckte mit den Schultern, „wir sind jetzt zusammengezogen. Was ist der nächste große Schritt für uns?"

Masahiro legte sein Glas ab und lehnte sich in seinem Stuhl zurück. „Ich dachte, das Zusammenziehen wäre der große Schritt."

„Ist es auch", stimmte Kjell zu und lächelte leicht. „Aber wir können uns doch nicht darauf ausruhen. Irgendwann kommt der nächste Schritt, oder?"

Masahiro schwieg einen Moment. Er hatte sich nie großartig Gedanken über das „Nächste" gemacht. Für ihn war das Jetzt wichtig gewesen – das Hier und Jetzt mit Kjell zu leben und ihren Alltag zu meistern. Aber Kjell dachte immer weiter, plante immer schon den nächsten Schritt, bevor der aktuelle abgeschlossen war.

„Ich weiß nicht", sagte Masahiro schließlich ehrlich. „Ich habe nicht darüber nachgedacht."

Kjell grinste, als ob er genau diese Antwort erwartet hatte. „Natürlich nicht. Aber ich schon."

„Und was schwebt dir vor?", fragte Masahiro und konnte nicht verhindern, dass seine Neugier geweckt war.

„Vielleicht... eine Verlobung?", sagte Kjell, fast beiläufig, während er einen weiteren Bissen nahm. „Irgendwann."

Masahiro erstarrte. Das Wort „Verlobung" schwebte plötzlich zwischen ihnen wie eine Bombe, die darauf wartete, zu explodieren. „Eine Verlobung?", wiederholte er langsam, als ob er sicherstellen wollte, dass er sich nicht verhört hatte.

Kjell hob den Kopf und sah ihn an, sein Gesichtsausdruck ernst, aber nicht angespannt. „Ja. Ich meine, wir sind schon so weit gekommen. Wieso nicht?"

Masahiro spürte, wie sich eine Welle der Nervosität in ihm aufbaute. Es war nicht so, dass er die Idee völlig ablehnte – aber der Gedanke, den nächsten Schritt so schnell zu gehen, war überwältigend. „Das ist... ein großer Schritt", sagte er leise.

Kjell nickte. „Ja, das ist es. Aber ich denke, irgendwann wird es an der Zeit sein, darüber nachzudenken."

„Bist du dir sicher?", fragte Masahiro, seine Stimme unsicherer, als er es sich eingestehen wollte.

Kjell legte seine Gabel zur Seite und sah Masahiro direkt in die Augen. „Ich liebe dich, Masahiro. Und ich weiß, dass wir beide es ernst meinen. Für mich fühlt es sich richtig an, darüber nachzudenken."

Masahiro spürte, wie sein Herz schneller schlug. Es war das erste Mal, dass sie über etwas so Großes wie eine Verlobung sprachen. Bis zu diesem Punkt war alles zwischen ihnen natürlich und langsam gewachsen. Doch Kjell schien bereit, den nächsten Schritt zu machen – und Masahiro wusste, dass er selbst darüber nachdenken musste, ob er genauso bereit war.

„Ich weiß, dass du dir Zeit lassen willst", sagte Kjell, als ob er Masahiros Gedanken gelesen hätte. „Und das ist okay. Wir müssen es nicht sofort tun. Aber ich wollte einfach, dass du weißt, dass ich mir eine Zukunft mit dir vorstellen kann."

Masahiro sah Kjell an, sein Gesichtsausdruck ernst und nachdenklich. „Das ist... viel. Aber ich denke, ich verstehe, was du meinst."

Kjell lächelte sanft und lehnte sich zurück. „Gut. Wir haben Zeit, darüber zu reden. Aber ich wollte einfach ehrlich zu dir sein."

Die Tage nach diesem Gespräch verliefen in einer eigenartigen Mischung aus Normalität und tiefer Nachdenklichkeit. Masahiro konnte Kjells Worte nicht aus seinem Kopf bekommen. Der Gedanke an eine Verlobung hatte etwas Verlockendes, aber auch etwas Beängstigendes an sich. Es war der ultimative Schritt in einer Beziehung – das Versprechen, ein Leben miteinander zu teilen.

Eines Abends saß Masahiro alleine auf dem Sofa, während Kjell noch in einem Meeting festhing. Er starrte gedankenverloren auf die Bücherregale an der Wand und spürte, wie sich die Unsicherheit langsam in ihm aufbaute. Konnte er wirklich diesen Schritt gehen? Würde er in der Lage sein, Kjell alles zu geben, was er brauchte?

Er hörte, wie die Tür aufging und Kjell hereinkam, seine Jacke ablegte und sich zu ihm aufs Sofa setzte.

„Hey", sagte Kjell sanft, als er Masahiros abwesenden Blick bemerkte. „Alles in Ordnung?"

Masahiro blinzelte und sah ihn an. „Ja. Ich habe nur über das nachgedacht, was du gesagt hast. Über... eine Verlobung."

Kjell nickte langsam. „Und?"

Masahiro seufzte und legte den Kopf in seine Hände. „Es macht mir Angst. Nicht, weil ich es nicht will, sondern weil ich nicht sicher bin, ob ich bereit bin."

Kjell legte seine Hand sanft auf Masahiros Rücken. „Das verstehe ich. Und es ist okay, wenn du dir Zeit nimmst."

Masahiro hob den Kopf und sah ihn an. „Du bist dir so sicher, aber ich bin es nicht. Das ist nicht fair dir gegenüber."

Kjell schüttelte den Kopf und lächelte leicht. „Masahiro, du musst nicht alles sofort wissen. Beziehungen sind ein Prozess, und manchmal dauert es, bis beide den gleichen Schritt gehen wollen. Ich will nur, dass du weißt, dass ich hier bin – egal, wie lange du brauchst."

Masahiro spürte, wie sich seine Anspannung etwas löste. Kjells Worte beruhigten ihn, wie sie es so oft taten. „Danke", sagte er leise. „Ich schätze das wirklich."

„Natürlich", sagte Kjell und zog Masahiro sanft an sich. „Das ist das Mindeste, was ich für dich tun kann."

Sie saßen eine Weile schweigend da, eng aneinander gelehnt, und Masahiro fühlte, wie die Gewissheit langsam in ihm wuchs. Vielleicht war er noch nicht ganz bereit, aber eines wusste er sicher – Kjell war derjenige, mit dem er diesen Weg gehen wollte. Schritt für Schritt.

Die Tage vergingen, und Masahiro spürte, dass sich etwas in ihm veränderte. Das Gespräch über die Verlobung hatte etwas in ihm in Gang gesetzt – eine innere Auseinandersetzung mit seinen Ängsten, seinen Wünschen und seiner Beziehung zu Kjell. Es war nicht so, dass er keine Zukunft mit Kjell wollte. Im Gegenteil, der Gedanke an eine gemeinsame Zukunft war ihm seit langem vertraut. Doch der Schritt, das Ganze offiziell zu machen, fühlte sich an wie ein endgültiger Punkt, der ihn dazu zwang, sich seiner eigenen Unsicherheit zu stellen.

Kjell hingegen schien unbeeindruckt und setzte ihr Leben wie gewohnt fort. Er machte keine Anstalten, das Thema wieder anzusprechen, und ließ Masahiro den Raum, den er brauchte. Doch genau diese Geduld und Zurückhaltung von Kjell machte Masahiro umso nervöser. Es war, als ob Kjell ihm signalisierte, dass er auf ihn wartete, aber gleichzeitig vollkommen zufrieden mit dem war, was sie bereits hatten.

Eines Abends, als sie zusammen auf dem Balkon saßen und den klaren Nachthimmel betrachteten, konnte Masahiro das Schweigen nicht länger ertragen. Er musste seine Gedanken aussprechen, musste wissen, wie Kjell wirklich darüber dachte.

„Kjell", begann Masahiro leise, „kann ich dich etwas fragen?"

Kjell, der mit einer Tasse heißem Tee in der Hand auf den Sternenhimmel blickte, drehte den Kopf zu ihm. „Natürlich. Was ist los?"

Masahiro zögerte einen Moment, bevor er fortfuhr. „Warum bist du dir so sicher, dass wir bereit sind, den nächsten Schritt zu gehen? Ich meine... du bist immer so überzeugt von uns, von allem, was wir tun."

Kjell legte seine Tasse beiseite und sah Masahiro nachdenklich an. „Ich bin mir sicher, weil ich weiß, was ich will. Ich weiß, dass ich mit dir zusammen sein will – heute, morgen, für den Rest meines Lebens. Und wenn du noch nicht so weit bist, ist das in Ordnung. Aber das bedeutet nicht, dass ich nicht schon längst entschieden habe, dass du derjenige bist."

Masahiro spürte, wie sich sein Herz zusammenzog. Kjell hatte es so einfach ausgesprochen, als wäre es das Natürlichste der Welt. Doch für Masahiro war es nie so einfach gewesen, Entscheidungen zu treffen. Er dachte zu viel nach, zögerte, wollte alles abwägen. Aber Kjell – Kjell wusste einfach, was er wollte.

„Ich bewundere das an dir", sagte Masahiro leise, „dass du dir immer so sicher bist."

Kjell lächelte leicht. „Es ist nicht so, dass ich keine Zweifel habe. Aber wenn es um uns geht... da weiß ich einfach, dass es das Richtige ist. Du musst dir nicht immer über alles so viele Gedanken machen. Manchmal musst du einfach spüren, was richtig ist."

Masahiro schwieg, ließ die Worte in sich nachklingen. Kjell hatte recht. Manchmal war es nicht die Logik, die den Weg wies, sondern das Gefühl, das tief in einem selbst lag.

„Ich will dich nicht enttäuschen", sagte Masahiro schließlich.

„Du wirst mich nie enttäuschen", erwiderte Kjell sanft und griff nach Masahiros Hand. „Alles, was ich will, ist, dass du ehrlich mit dir selbst bist. Wir müssen nichts überstürzen. Wir haben Zeit."

Masahiro sah Kjell in die Augen, und in diesem Moment wusste er, dass er keine Angst haben musste. Kjell würde bei ihm bleiben, egal, wie lange er brauchte. Und genau diese Gewissheit gab ihm den Mut, einen Schritt weiterzugehen.

„Ich denke...", begann Masahiro zögernd, „ich denke, ich will das auch. Mit dir."

Kjells Augen leuchteten auf, doch er sagte nichts. Er ließ Masahiro die Zeit, seine Gedanken zu Ende zu führen.

„Ich bin mir noch nicht sicher, wann", fuhr Masahiro fort, „aber ich weiß, dass ich mir ein Leben mit dir vorstellen kann. Ein echtes, gemeinsames Leben."

Kjell drückte seine Hand und lächelte sanft. „Das ist alles, was ich brauche."

Sie saßen eine Weile schweigend beisammen, während der Wind leise durch die Bäume strich und der Nachthimmel über ihnen funkelte. Es war ein Moment der stillen Einigung, in dem keine weiteren Worte nötig waren.

In den nächsten Wochen sprach keiner von ihnen mehr über die Verlobung, aber es lag etwas in der Luft. Eine unausgesprochene Einigung, dass sie beide auf demselben Weg waren – langsam, aber sicher. Masahiro fühlte sich zunehmend wohler mit dem Gedanken, diesen Schritt eines Tages zu gehen, und er merkte, wie sich seine Unsicherheiten nach und nach auflösten.

Eines Abends, als sie wieder einmal gemeinsam auf dem Sofa saßen und einen Film ansahen, sah Masahiro Kjell plötzlich an und fragte: „Hast du jemals darüber nachgedacht, wie deine Familie reagieren würde? Wenn wir... verlobt wären?"

Kjell sah ihn überrascht an, dann grinste er. „Meine Familie würde ausflippen. Aber auf die beste Art. Meine Schwester würde sofort anfangen, die Hochzeit zu planen."

Masahiro lachte leise. „Das klingt nach ihr."

„Und deine Familie?", fragte Kjell und beugte sich neugierig vor.

Masahiro dachte kurz nach. „Ich denke, sie würden es akzeptieren. Sie mögen dich, und sie sehen, dass du mir guttust."

„Das tue ich auch", sagte Kjell mit einem schelmischen Grinsen und lehnte sich zurück. „Du wirst dich noch wundern, wie gut ich darin bin, dir das Leben zu versüßen."

„Du bist unmöglich", murmelte Masahiro und schüttelte den Kopf, konnte aber das Lächeln nicht unterdrücken.

Kjell lachte und zog ihn näher zu sich. „Und genau deshalb liebst du mich."

Masahiro lehnte sich gegen Kjells Brust und spürte, wie der Gedanke an eine gemeinsame Zukunft immer mehr zu einem festen Bestandteil seiner Realität wurde. Vielleicht war er noch nicht ganz bereit für eine Verlobung, aber er wusste, dass er Kjell nicht mehr gehen lassen wollte. Und das war der erste Schritt.

Kapitel 24: Die Kunst der Balance

Der Alltag in ihrer gemeinsamen Wohnung hatte sich eingependelt, und dennoch schien es, als ob jeder Tag mit Kjell eine neue, unerwartete Wendung bereithielt. Masahiro hatte sich an das leise Chaos gewöhnt, das Kjell überall hinterließ – die Bücherstapel, die sich auf mysteriöse Weise im Wohnzimmer auftürmten, die Kaffeetassen, die in der Küche verteilt standen, und vor allem die Unordnung in Kjells Arbeitsecke, die wie ein Mikrokosmos seiner kreativen Energie wirkte. Doch an diesem Morgen war es nicht die Unordnung, die Masahiro beschäftigte.

„Hast du meinen Laptop gesehen?", fragte Masahiro, als er den Kopf durch die Tür des Arbeitszimmers steckte.

Kjell, der auf dem Boden saß und sich durch eine Reihe von Manga-Büchern wühlte, sah auf und grinste. „Du hast ihn gestern auf dem Sofa liegen lassen. Wahrscheinlich hat er sich in einem der Kissen versteckt."

Masahiro stöhnte leise und schüttelte den Kopf. „Warum hast du ihn nicht einfach zurück auf den Tisch gelegt?"

„Weil ich damit beschäftigt war, die letzte Folge von Demon Slayer zu schauen. Prioritäten, Masahiro, Prioritäten", antwortete Kjell, ohne auch nur einen Hauch von Reue in seiner Stimme.

„Natürlich", murmelte Masahiro, während er in Richtung Wohnzimmer ging. „Ich hätte es wissen müssen."

Er fand den Laptop tatsächlich zwischen zwei Kissen und setzte sich auf das Sofa, um ihn hochzufahren. Der Alltag mit Kjell war oft ein wilder Mix aus unerwarteten Momenten und einem ständigen Spiel zwischen ihren gegensätzlichen Persönlichkeiten. Doch genau diese Mischung machte ihre Beziehung so lebendig. Masahiro wusste, dass Kjell ihn oft aus der Reserve lockte, ihn herausforderte und provozierte, aber er hatte auch gelernt, dass diese Herausforderung genau das war, was ihm fehlte — ohne es jemals bewusst erkannt zu haben.

„Weißt du, du bist manchmal wirklich ein schwieriger Mitbewohner", sagte Masahiro über die Schulter hinweg, als Kjell aus dem Arbeitszimmer kam.

„Schwierig?" Kjell setzte sich neben ihn, zog die Beine auf das Sofa und lehnte sich mit einem schelmischen Lächeln zurück. „Ich würde es eher als bereichernd bezeichnen. Ich bringe die nötige Würze in dein langweiliges Leben."

„Langweilig?", wiederholte Masahiro und hob eine Augenbraue. „Ich würde es geordnet nennen."

„Geordnet, langweilig...", sagte Kjell grinsend, während er den Arm hinter Masahiros Kopf legte. „Im Grunde das Gleiche."

„Ich bin mir sicher, dass du das so siehst", entgegnete Masahiro trocken, während er auf den Bildschirm seines Laptops starrte.

Für einen Moment herrschte Stille, doch es war die Art von Stille, in der sich beide wohlfühlten. Kjell ließ seinen Kopf leicht gegen Masahiros Schulter sinken und starrte gedankenverloren an die Decke.

„Masahiro", begann Kjell nach einer Weile, seine Stimme ungewöhnlich sanft. „Was denkst du eigentlich über uns? Also, was wir haben?"

Masahiro blinzelte und wandte den Kopf, um Kjell anzusehen. „Was meinst du?"

„Ich meine... denkst du, wir könnten das hier ewig so weitermachen? Zusammenleben, uns gegenseitig in den Wahnsinn treiben, aber irgendwie immer wieder den Weg zurück zueinander finden?"

Masahiro hielt inne, bevor er leise lachte. „Das klingt sehr romantisch, wenn du es so formulierst."

Kjell sah ihn mit einem Lächeln an, das zwischen verschmitzt und ernst lag. „Romantisch und chaotisch, genau wie ich es mag."

Masahiro spürte, wie sich ein warmes Gefühl in seiner Brust ausbreitete. Es war seltsam – trotz all der Respektlosigkeit und des neckenden Humors, den sie füreinander hatten, wusste Masahiro, dass sie beide in ihrer eigenen, unkonventionellen Art füreinander geschaffen waren.

„Ja, ich denke, wir könnten das ewig so machen", sagte Masahiro schließlich, und seine Stimme war ehrlich.

Kjell grinste, legte die Arme um Masahiros Taille und zog ihn näher zu sich. „Ich wusste, dass du mich liebst."

„Vielleicht", murmelte Masahiro, lehnte sich aber in Kjells Umarmung.

„Nur vielleicht?" Kjell ließ seine Hand langsam an Masahiros Rücken entlanggleiten, sein Blick plötzlich herausfordernd. „Du solltest wirklich lernen, klarere Aussagen zu machen."

Masahiro spürte die Spannung, die sich zwischen ihnen aufbaute, die unausgesprochene Anziehung, die sie beide oft mit Humor und Respektlosigkeit überspielten. Doch diesmal war es anders – Kjells Berührungen waren langsamer, bewusster, und Masahiro konnte nicht leugnen, dass sein Herz schneller schlug.

„Klarer, hm?", murmelte Masahiro leise, während Kjells Finger über seine Haut wanderten.

Kjell grinste, sein Gesicht nur wenige Zentimeter von Masahiros entfernt. „Ja, klarer. Und du weißt genau, was ich meine."

Masahiro erwiderte den Blick, sein Herz hämmerte in seiner Brust, doch er hielt stand. „Vielleicht", sagte er leise und spielte damit, Kjells Erwartungen weiter herauszufordern.

„Du bist unmöglich", flüsterte Kjell, bevor er sich vorbeugte und Masahiro sanft, aber fordernd küsste.

Es war einer dieser Küsse, die keine Worte brauchten. Ein Kuss, der die tiefe Verbindung zwischen ihnen spürbar machte, die in den alltäglichen Momenten oft verborgen blieb. Masahiro spürte, wie seine Zweifel und Unsicherheiten für diesen Moment in den Hintergrund traten – alles, was zählte, war Kjell, hier und jetzt.

Als sie sich schließlich voneinander lösten, lehnte Kjell seine Stirn gegen Masahiros und flüsterte leise: „Das war schon klarer."

Masahiro lachte leise, seine Stirn immer noch gegen Kjells. „Ich hoffe, das reicht dir."

„Für den Moment", antwortete Kjell mit einem selbstgefälligen Grinsen, bevor er Masahiro sanft auf die Nase tippte und sich wieder zurücklehnte.

Die Tage vergingen, und das Leben in ihrer neuen Wohnung wurde zur Routine – aber es war eine Routine, die sich nie langweilig anfühlte. Masahiro und Kjell hatten es irgendwie geschafft, das Chaos und die Ordnung in Einklang zu bringen, ihre unterschiedlichen Lebensstile zu einer Einheit zu verschmelzen, die sie beide zufrieden stellte.

Eines Abends, als sie gemeinsam in der Küche standen und kochten – oder besser gesagt, Masahiro kochte und Kjell versuchte, ihn mit seiner unorthodoxen Methode zu unterstützen –, kam Kjell plötzlich mit einer neuen Idee um die Ecke.

„Wir sollten mal einen Ausflug machen", sagte er, während er einen Löffel probierte und dabei das Gesicht verzog. „Etwas Frisches. Ein Abenteuer."

Masahiro sah ihn skeptisch an. „Ein Abenteuer? Du weißt, dass wir erst vor ein paar Monaten umgezogen sind. Das war doch schon abenteuerlich genug."

Kjell schüttelte den Kopf und grinste. „Das zählt nicht. Ich meine etwas wirklich Spannendes. Vielleicht ein Wochenende irgendwo in den Bergen. Nur du und ich."

Masahiro hob eine Augenbraue. „Du und ich, irgendwo abgeschottet in einer Hütte? Klingt nach einem Albtraum."

„Klingt nach dem besten Wochenende aller Zeiten", korrigierte Kjell und zwinkerte. „Stell dir das vor – keine Ablenkungen, nur du und ich, die Natur und... na ja, wir finden schon etwas, das uns beschäftigt."

Masahiro schnaubte leise. „Natürlich würdest du das so sehen."

„Also?", fragte Kjell, seine Stimme war von Vorfreude durchdrungen. „Bist du dabei?"

Masahiro sah Kjell einen Moment lang an, überlegte und konnte nicht verhindern, dass ihm der Gedanke an ein ruhiges, abgeschiedenes Wochenende mit Kjell mehr zusagte, als er es zugeben wollte. „Vielleicht."

„Schon wieder dieses ‚Vielleicht'", sagte Kjell lachend. „Du machst es mir wirklich schwer, Masahiro."
Masahiro konnte nicht verhindern, dass er grinste. „Genau das ist der Punkt."

Am nächsten Wochenende war es soweit: Masahiro und Kjell machten sich auf den Weg in die Berge. Kjell hatte es irgendwie geschafft, Masahiro zu überzeugen, dass ein kleines Abenteuer in einer Berghütte genau das war, was sie brauchten. Obwohl Masahiro seine Bedenken hatte, vor allem in Bezug auf Kjells „unorganisierte" Herangehensweise, konnte er nicht leugnen, dass der Gedanke an ein ruhiges Wochenende in der Natur verlockend war.

„Ich weiß nicht, warum ich mich auf diese Idee eingelassen habe", murmelte Masahiro, als sie die Serpentinenstraße entlangfuhren, die sich in Richtung der Hütte schlängelte.

Kjell, der am Steuer saß, grinste breit. „Weil du mir nicht widerstehen kannst, das ist der einzige Grund."

Masahiro warf ihm einen skeptischen Blick zu. „Oder weil ich gehofft habe, dass du vielleicht irgendwann lernst, was Ruhe bedeutet."

„Oh, ich weiß genau, was Ruhe ist", antwortete Kjell, ohne den Blick von der Straße abzuwenden. „Ich habe nur meine eigene Definition davon."

Masahiro schüttelte den Kopf und lehnte sich in seinem Sitz zurück. „Natürlich hast du das."

Die Fahrt war, trotz Kjells gelegentlicher Späße, überraschend ruhig. Der Weg führte sie immer tiefer in die Berge, weg von der Stadt, bis sie schließlich die Hütte erreichten. Sie lag abgeschieden, umgeben von dichten Wäldern, und bot einen atemberaubenden Blick auf die schneebedeckten Gipfel.

„Sieht gar nicht so schlecht aus", gab Masahiro zu, als sie aus dem Auto stiegen.

„Siehst du? Ich habe immer die besten Ideen", sagte Kjell und streckte sich, bevor er den Kofferraum öffnete und ihre Taschen herausnahm. „Du musst mir einfach mehr vertrauen."

„Ich vertraue dir – meistens", antwortete Masahiro und griff nach einer der Taschen. „Aber wenn du mir sagst, dass du das Essen vergessen hast, werden wir ein Problem haben."

Kjell lachte und schüttelte den Kopf. „Keine Sorge, ich habe alles dabei, was wir brauchen. Und wenn nicht, dann jagen wir uns einfach etwas."

Masahiro sah ihn mit einem todernsten Blick an. „Ich hoffe, das war ein Witz."

„Natürlich war das ein Witz", antwortete Kjell grinsend, bevor er ihm einen Kuss auf die Wange drückte. „Aber die Vorstellung, wie du durch den Wald rennst und nach einem Hasen suchst, ist schon ziemlich lustig."

Masahiro schnaubte und trat zur Seite, um in die Hütte zu gehen. „Du und deine absurden Ideen."

Die Hütte selbst war gemütlich und einfach eingerichtet. Ein großer Kamin dominierte das Wohnzimmer, und die Fenster boten einen malerischen Blick auf den verschneiten Wald. Kjell war sofort begeistert und stürmte los, um die Hütte zu erkunden, während Masahiro sich langsam umsah, die Umgebung in sich aufnahm und spürte, wie sich eine gewisse Ruhe in ihm ausbreitete.

„Ich hab das Gefühl, wir sind in einem dieser romantischen Filme", rief Kjell aus dem Schlafzimmer, während er sich auf das Bett fallen ließ. „Nur wir beide, die Natur und... Romantik."

„Romantik?", fragte Masahiro, als er ins Zimmer kam und Kjell sah, wie er sich mit einem dramatischen Seufzen auf dem Bett ausstreckte.

„Oh ja", sagte Kjell und rollte sich auf die Seite, um Masahiro anzusehen. „Ich meine, was könnte romantischer sein als eine Hütte in den Bergen?"

Masahiro lehnte sich gegen den Türrahmen und verschränkte die Arme. „Das klingt so, als hättest du etwas im Sinn."

„Vielleicht", sagte Kjell mit einem frechen Grinsen. „Aber das hängt ganz von dir ab."

Masahiro schüttelte leicht den Kopf, konnte jedoch das Lächeln nicht verbergen. Kjell schaffte es immer, diese Balance zwischen frech und charmant zu finden, die ihn sowohl herausforderte als auch faszinierte.

„Wenn du Romantik willst, dann musst du dir Mühe geben", sagte Masahiro schließlich, trat näher ans Bett und sah Kjell herausfordernd an.

Kjell grinste breit, setzte sich auf und zog Masahiro sanft zu sich. „Mühe? Ich habe uns hierhergebracht. Das ist genug Mühe, oder?"

Masahiro setzte sich neben ihn und zuckte mit den Schultern. „Das ist ein Anfang."

„Ein Anfang, ja?", wiederholte Kjell, lehnte sich näher und ließ seine Hand leicht über Masahiros Oberschenkel gleiten. „Ich denke, ich weiß genau, wie ich dich überzeugen kann."

„Oh, wirklich?", fragte Masahiro, während er den Blickkontakt hielt, sein Herz ein wenig schneller schlug und er spürte, wie die Spannung zwischen ihnen wieder wuchs.

Kjell zog ihn näher und flüsterte leise: „Vertrau mir, ich bin ein Meister der Romantik."

Masahiro lachte leise, lehnte sich zurück und ließ Kjell die Führung übernehmen. „Dann zeig mir, was du drauf hast."

Der Abend verging in einer Mischung aus Neckereien, Lachen und intimen Momenten. Kjell schaffte es, immer wieder eine Balance zwischen Leichtigkeit und Tiefe zu finden, die Masahiro beruhigte und gleichzeitig herausforderte. Es war genau diese Dynamik, die ihre Beziehung ausmachte – das ständige Hin und Her zwischen Respektlosigkeit und Zärtlichkeit.

Später saßen sie zusammen vor dem Kamin, eingehüllt in Decken, während draußen der Schnee leise fiel. Es war einer dieser Momente, in denen die Welt um sie herum stillzustehen schien, und alles, was zählte, war ihre Nähe.

„Weißt du", begann Kjell leise, während er Masahiros Hand hielt, „ich bin wirklich froh, dass wir das hier machen. Manchmal brauche ich einfach nur... uns. Ohne Ablenkung."

Masahiro sah ihn an, spürte die Ehrlichkeit in Kjells Worten und lächelte leicht. „Ich auch."

„Und vielleicht", fuhr Kjell mit einem verschmitzten Grinsen fort, „kannst du mich bei unserem nächsten Ausflug dann mehr überraschen."

„Mehr überraschen?", fragte Masahiro skeptisch.

„Ja, du weißt schon", sagte Kjell und zwinkerte. „Vielleicht ein bisschen mehr Abenteuer von deiner Seite. Ich will sehen, wie du mich mal aus der Reserve lockst."

Masahiro hob eine Augenbraue und konnte das Lächeln nicht verbergen. „Ich glaube nicht, dass du bereit bist für das, was ich zu bieten habe."

„Oh, ich bin mir sicher, dass ich das bin", antwortete Kjell und zog Masahiro näher, bevor er ihm einen sanften Kuss auf die Lippen drückte.

„Wir werden sehen", murmelte Masahiro, seine Stirn gegen Kjells gelehnt, während der Abend in ein angenehmes Schweigen überging.

Kapitel 25: Familienzusammenführung

Nachdem Masahiro und Kjell aus ihrem kleinen Bergausflug zurückgekehrt waren, fühlte sich der Alltag in Sapporo fast schon seltsam an. Die Ruhe und Abgeschiedenheit der Berge hatten etwas in ihrer Beziehung vertieft, und obwohl der Trubel der Stadt sie wieder willkommen hieß, schien es, als ob beide den

Gedanken an diese besondere Zeit in den Bergen noch lange mit sich tragen würden.

Doch lange Zeit zum Nachdenken blieb ihnen nicht, denn schon bald stand das nächste große Ereignis vor der Tür: das erste Treffen ihrer beiden Familien. Masahiro hatte den Vorschlag schon vor Wochen in den Raum geworfen, ohne zu ahnen, dass Kjell ihn so ernst nehmen würde. Jetzt saß er da, mit einer langen Liste von Vorbereitungen und dem nervösen Gefühl, dass zwei völlig unterschiedliche Welten aufeinanderprallen würden.

„Ich weiß nicht, warum ich dem zugestimmt habe", murmelte Masahiro, als er durch die Küche ging und den Tisch für das Abendessen deckte.

Kjell, der sich lässig an den Türrahmen lehnte, grinste breit. „Weil du tief in deinem Herzen weißt, dass es unvermeidlich war. Unsere Familien zusammenzubringen, ist der nächste logische Schritt."

„Logisch", wiederholte Masahiro und schüttelte den Kopf. „Das wird kein normales Abendessen. Meine Familie ist ruhig und zurückhaltend. Deine... nun, sie sind das Gegenteil."

Kjell lachte. „Genau das wird den Abend doch so interessant machen! Stell dir die Gespräche vor. Meine Mutter wird deine Eltern wahrscheinlich überreden, Karaoke zu singen."

„Das ist genau das, was mich nervös macht", sagte Masahiro trocken, während er die Servietten ordentlich auf die Teller legte.

Kjell trat näher und legte seine Hände sanft auf Masahiros Schultern. „Entspann dich. Es wird nicht so schlimm. Außerdem, wenn es wirklich chaotisch wird, können wir uns immer noch in die Küche zurückziehen und uns hinter einer Flasche Sake verstecken."

„Ich dachte, du wolltest, dass ich entspanne, nicht dass ich mich betrinke", entgegnete Masahiro, konnte jedoch nicht verhindern, dass ein kleines Lächeln auf seine Lippen schlich.

„Hey, was auch immer hilft", sagte Kjell grinsend, bevor er sich auf einen Stuhl fallen ließ und den Tisch kritisch betrachtete. „Du hast dir wirklich Mühe gegeben. Ich denke, das wird gut."

Masahiro seufzte und setzte sich ihm gegenüber. „Ich hoffe es."

Am Abend trafen die Familien ein. Masahiros Eltern kamen als erste, wie immer pünktlich und höflich zurückhaltend. Seine Mutter trug ein dezentes Lächeln, während sein Vater ruhig und freundlich neben ihr stand.

„Masahiro", sagte seine Mutter, als sie ihm eine Umarmung gab, „es ist schön, dass du uns zu diesem besonderen Abend eingeladen hast."

„Ich bin froh, dass ihr kommen konntet", antwortete Masahiro, während sein Vater ihm respektvoll zunickte. Die Beziehung zu seinen Eltern war immer von einer leisen, aber tiefen Zuneigung geprägt gewesen, und obwohl sie selten über ihre Gefühle sprachen, wusste Masahiro, dass sie ihn unterstützten – besonders, seit sie Kjell kennengelernt hatten.

Kaum hatten Masahiros Eltern Platz genommen, als auch schon Kjells Familie die Wohnung stürmte. Das Wort „stürmen" traf es genau, denn Kjells Mutter betrat das Zimmer mit einer Energie, die den Raum sofort füllte.

„Masahiro!", rief sie aus und zog ihn in eine feste Umarmung. „Es ist so schön, dich wiederzusehen! Wo ist Kjell? Ich muss ihm sofort von der neuen Serie erzählen, die ich entdeckt habe."

„Er ist in der Küche", antwortete Masahiro, leicht überwältigt von ihrer stürmischen Begrüßung.

Hinter Kjells Mutter folgten seine jüngeren Geschwister, die mit einem lauten „Hey, Masahiro!" hereinkamen und sofort das Wohnzimmer in Beschlag nahmen. Kjells Vater trat zuletzt ein, nickte Masahiro respektvoll zu und sagte ruhig: „Schön, dass wir hier sein dürfen."

Masahiro atmete tief durch und warf Kjell, der gerade aus der Küche kam, einen vielsagenden Blick zu. „Das wird interessant", murmelte er leise.

Das Abendessen verlief anfangs erstaunlich ruhig, was Masahiro ein wenig überraschte. Seine Eltern saßen höflich am Tisch und antworteten auf die lebhaften Fragen von Kjells Mutter mit einem zurückhaltenden Lächeln. Kjell und seine Geschwister führten unterdessen eine hitzige Diskussion über den neuesten Anime, den sie alle gesehen hatten, während Masahiros Vater gelegentlich interessiert nachfragte.

Doch als das Essen fortschritt und der Sake zu fließen begann, veränderte sich die Stimmung langsam. Kjells Mutter schien plötzlich die Idee zu haben, dass ein Karaoke-Wettbewerb das perfekte Highlight des Abends wäre.

„Oh, das müssen wir unbedingt machen!", rief sie begeistert und sprang fast von ihrem Stuhl auf. „Ich habe schon immer gesagt, dass Masahiros ruhige Art perfekt für eine überraschend kraftvolle Gesangseinlage ist."

Masahiros Augen weiteten sich vor Schreck. „Ich... singe nicht", sagte er schnell und warf Kjell einen warnenden Blick zu.

Kjell lachte leise und legte eine Hand auf Masahiros Knie. „Keine Sorge, ich beschütze dich."

„Beschützen?", wiederholte Masahiro skeptisch. „Ich habe das Gefühl, dass du das genießt."

„Vielleicht ein bisschen", gab Kjell zu und grinste schelmisch. „Aber ich verspreche, ich werde es nicht übertreiben."

Trotz der anfänglichen Zurückhaltung seiner Eltern entspannte sich der Abend allmählich, und Masahiro stellte fest, dass seine Bedenken unbegründet waren. Kjells lebhafte Familie schaffte es irgendwie, das Eis zu brechen, und schon bald sah er, wie seine Mutter mit Kjells Mutter lachte, während sein Vater interessiert den Diskussionen über Animes lauschte.

„Das läuft besser, als ich gedacht habe", murmelte Masahiro, als er neben Kjell stand und den Tisch abräumte.

„Ich hab's dir doch gesagt", antwortete Kjell mit einem zufriedenen Lächeln. „Unsere Familien passen zusammen, genauso wie wir."

Masahiro sah ihn an, seine Augen füllten sich mit Zuneigung. „Ja, vielleicht hast du recht."

„Vielleicht?", neckte Kjell und zog ihn kurz zu sich heran. „Du weißt, dass ich immer recht habe."

„Du bist unmöglich", murmelte Masahiro, bevor er Kjell einen kurzen Kuss auf die Wange gab und sich wieder dem Geschirr zuwandte.

Als der Abend schließlich zu Ende ging und die Familien sich verabschiedeten, spürte Masahiro eine gewisse Erleichterung. Alles war gut gelaufen, besser als er es je erwartet hatte, und es gab eine Art von Frieden, den er vorher nicht gespürt hatte – als ob der Zusammenschluss ihrer beiden Welten etwas tief in ihm gefestigt hätte.

„Das war doch gar nicht so schlimm, oder?", fragte Kjell, als sie zusammen auf dem Sofa saßen und die Ruhe nach dem Sturm genossen.

Masahiro lehnte sich an ihn und schloss die Augen. „Nein, es war sogar ziemlich gut."

Kjell lächelte, legte einen Arm um ihn und zog ihn näher. „Siehst du? Du solltest mir öfter vertrauen."

„Ich vertraue dir", murmelte Masahiro leise. „Mehr als du denkst."

Nach dem Familienabend kehrte in der Wohnung von Masahiro und Kjell eine angenehme Ruhe ein, die jedoch von einer neuen, unausgesprochenen Spannung begleitet wurde. Nicht die Art von Spannung, die mit Unbehagen einherging, sondern eher eine Art elektrisches Knistern – das Gefühl, dass etwas Großes auf sie zukam, auch wenn sie beide noch nicht wussten, was es genau war.

In den Tagen nach dem Abendessen dachte Masahiro immer wieder über Kjells Worte nach: „Unsere Familien passen zusammen, genauso wie wir." Dieser Satz hatte sich in seinem Kopf festgesetzt, und je mehr er darüber nachdachte, desto klarer wurde ihm, dass Kjell damit einen Punkt getroffen hatte. Ihre Welten – so unterschiedlich sie auch waren – hatten tatsächlich eine Balance gefunden. Es war, als ob ihre Beziehung eine Art Brücke zwischen zwei verschiedenen Realitäten schlug.

Eines Abends, als sie beide gemütlich auf dem Sofa lagen, Kjell mit einem Manga in der Hand und Masahiro mit einer Tasse Tee, brach Kjell plötzlich das Schweigen.

„Weißt du, ich hab darüber nachgedacht", sagte er und legte das Manga-Buch zur Seite.

Masahiro hob eine Augenbraue und sah ihn neugierig an. „Über was?"

„Über uns." Kjell drehte sich zu Masahiro und setzte sich aufrecht hin, sein Gesicht war ernst, aber seine Augen funkelten mit diesem unerschütterlichen Optimismus, der so typisch für ihn war. „Ich meine, was wir haben... das ist echt was Besonderes."

Masahiro stellte seine Tasse ab und nickte leicht. „Ja, das ist es."

Kjell grinste schief. „Du bist nicht gerade derjenige, der oft große, emotionale Reden hält, oder?"

„Wieso sollte ich?", antwortete Masahiro trocken, aber mit einem kleinen Lächeln auf den Lippen. „Du redest doch schon genug für uns beide."

Kjell lachte, aber sein Gesicht wurde schnell wieder ernst. „Nein, aber wirklich... ich habe nachgedacht. Über das, was wir wollen. Du weißt, die nächsten Schritte und so."

Masahiro sah ihn an, sein Herz begann ein wenig schneller zu schlagen. „Die nächsten Schritte?"

„Ja", sagte Kjell leise, bevor er tief durchatmete. „Ich weiß, dass wir darüber gesprochen haben, vielleicht irgendwann eine Verlobung zu erwägen. Und ich will dich nicht unter Druck setzen, aber ich denke... ich bin bereit."

Masahiro spürte, wie sich eine Spannung in seiner Brust aufbaute. Kjell hatte es so leicht gesagt, als wäre es das Natürlichste der Welt, aber Masahiro wusste, dass hinter diesen Worten viel mehr steckte. Es war nicht nur die Idee einer Verlobung, sondern der Gedanke, ein Leben zu zweit in all seinen Facetten zu planen.

„Kjell", begann Masahiro vorsichtig, seine Stimme leise, aber fest. „Bist du dir wirklich sicher?"

Kjell nickte langsam. „Ich habe viel darüber nachgedacht. Und ja, ich bin mir sicher. Ich weiß, dass ich mit dir zusammen sein will – für immer. Es gibt nichts, was mich daran zweifeln lässt."

Masahiro sah Kjell an, spürte die Tiefe in seinen Worten und die Ehrlichkeit, die in seinen Augen lag. Er hatte immer gewusst, dass Kjell ein Mensch war, der mit vollem Herzen lebte, ohne zurückzuschauen. Doch jetzt, in diesem Moment, erkannte Masahiro, dass Kjells Entscheidung nicht impulsiv oder leichtfertig war. Es war eine wohlüberlegte, tief empfundene Überzeugung.

„Es ist nur...", Masahiro zögerte, suchte nach den richtigen Worten. „Es ist ein großer Schritt."

„Das ist es", stimmte Kjell zu. „Aber ich denke, wir sind bereit dafür. Wir haben so viel zusammen durchgemacht – und es hat uns nur stärker gemacht."

Masahiro lehnte sich zurück und schloss für einen Moment die Augen. Er spürte die Wärme von Kjells Nähe, die Vertrautheit, die sich zwischen ihnen aufgebaut hatte. Sie hatten schon so viel erreicht – von den kleinen Alltagskämpfen bis hin zu den großen emotionalen Momenten. Und obwohl Masahiro immer derjenige war, der alles abwog und sich nicht in spontane Entscheidungen stürzte, konnte er nicht leugnen, dass er sich mit Kjell an seiner Seite sicher fühlte.

Er öffnete die Augen und sah Kjell an, der ihn geduldig erwartete. „Ich denke, du hast recht", sagte Masahiro leise. „Wir sind bereit."

Kjells Augen leuchteten auf, und ein breites Lächeln breitete sich auf seinem Gesicht aus. „Heißt das…"

Masahiro nickte langsam. „Ja. Lass uns verloben."

Kjell sprang fast auf, zog Masahiro in eine feste Umarmung und lachte. „Ich wusste, dass du irgendwann Ja sagen würdest!"

Masahiro lachte leise und legte seine Arme um Kjell. „Du hast es aber auch nicht leicht gemacht, nein zu sagen."

„Natürlich nicht", sagte Kjell und drückte ihn fester. „Ich wusste immer, dass wir das schaffen würden."

In den nächsten Tagen und Wochen änderte sich das Leben für Masahiro und Kjell in einer Weise, die sie selbst kaum fassen konnten. Die Entscheidung, sich zu verloben, hatte eine neue Ebene ihrer Beziehung eröffnet, und sie fanden sich plötzlich mitten in den Hochzeitsvorbereitungen wieder.

„Wer hätte gedacht, dass Hochzeiten so viel Planung erfordern?", murmelte Masahiro, als sie an einem Sonntagnachmittag auf dem Boden saßen, umgeben von Notizen, Prospekten und Listen.

„Na ja, es ist kein Anime-Marathon, den wir organisieren", antwortete Kjell grinsend, während er durch eine Liste mit möglichen Hochzeitslocations blätterte. „Das ist der echte Deal."

Masahiro schüttelte den Kopf und seufzte. „Ich hätte nie gedacht, dass ich jemals in meinem Leben zwischen Blumenarrangements und Menüs entscheiden müsste."

„Das klingt, als ob du es nicht genießt", sagte Kjell neckend und legte seinen Kopf auf Masahiros Schulter.

„Nicht gerade", antwortete Masahiro trocken, konnte aber ein leichtes Lächeln nicht verbergen. „Aber mit dir macht es erträglicher."

„Das ist das Mindeste, was ich für dich tun kann", sagte Kjell und küsste ihn auf die Wange. „Und denk daran, am Ende geht es nur um uns. Der Rest ist einfach nur Show."

Masahiro nickte, fühlte, wie die Last der Planung ein wenig leichter wurde. Kjell hatte recht. Am Ende ging es nur um sie beide – um das Versprechen, das sie sich gegenseitig gegeben hatten, und um das Leben, das sie zusammen aufbauen wollten.

während sie sich auf die bevorstehenden Hochzeitsvorbereitungen vorbereiten.

Kapitel 26: Hochzeitsvorbereitungen und kleine Dramen

Die Wochen vergingen, und Masahiro und Kjell befanden sich mitten in den Hochzeitsvorbereitungen. Was zunächst als aufregendes, aber einfaches Vorhaben begonnen hatte, entwickelte sich schnell zu einer Mischung aus Planungschaos und emotionalen Herausforderungen. Beide hatten unterschiedliche Vorstellungen, und obwohl sie stets kompromissbereit waren, gab es immer wieder Momente, in denen die Diskussionen eskalierten – mal auf humorvolle, mal auf überraschend tiefgründige Weise.

An einem Samstagmorgen, als sie sich in der Küche über das Frühstück beugten, stand die Diskussion über die Gästeliste auf dem Programm.

„Wir können unmöglich so viele Leute einladen", sagte Masahiro, während er mit dem Stift in der Hand die Liste überflog. „Das wird viel zu teuer, und wir haben nicht mal Platz für alle."

Kjell, der sich gerade eine Tasse Kaffee einschenkte, sah ihn über den Rand seiner Tasse hinweg an. „Aber du kannst doch nicht einfach meine Cousins und Cousinen ignorieren. Ich meine, was soll ich ihnen sagen? ‚Sorry, Jungs, aber wir haben keinen Platz für euch'?"

„Vielleicht sollten wir das", murmelte Masahiro trocken, ohne von der Liste aufzublicken.

Kjell setzte die Tasse ab und trat näher, lehnte sich mit einem herausfordernden Grinsen gegen den Küchentisch. „Du weißt, dass sie uns das nie verzeihen würden. Außerdem, wer bringt sonst den ganzen Schwung in die Party?"

Masahiro hob eine Augenbraue. „Es ist eine Hochzeit, keine Party."

Kjell lachte leise und schüttelte den Kopf. „Du siehst das zu ernst. Eine Hochzeit soll Spaß machen. Ja, sie ist wichtig, aber sie muss nicht so steif und formell sein, wie du sie dir vorstellst."

Masahiro seufzte und ließ den Stift sinken. „Ich verstehe, was du meinst. Aber es gibt Dinge, die wir einfach berücksichtigen müssen – wie das Budget und die Tatsache, dass wir in einem kleineren Rahmen heiraten wollten."

Kjell trat näher und legte eine Hand auf Masahiros Schulter. „Ich weiß. Und ich verspreche, ich werde nicht darauf bestehen, dass wir 100 Leute einladen. Aber vielleicht könnten wir einen Kompromiss finden."

Masahiro sah Kjell an, spürte die Wärme in seiner Berührung und seufzte leise. „Okay, wie sieht dein Kompromiss aus?"

Kjell grinste und setzte sich ihm gegenüber an den Tisch. „Wir laden deine engste Familie ein und meine. Dann fügen wir ein paar enge Freunde hinzu, die wirklich wichtig für uns sind. Und wenn wir ein paar meiner Cousins einladen, die sowieso immer für Stimmung sorgen, können wir das Ganze lockerer halten. Was denkst du?"

Masahiro runzelte die Stirn und dachte nach. Es war nicht der perfekte Plan, aber es schien fair zu sein – und Kjell schien bereit zu sein, Kompromisse einzugehen, was ihm bedeutete, dass er ernsthaft daran arbeitete, diese Hochzeit zu einem gemeinsamen Projekt zu machen.

„In Ordnung", sagte Masahiro schließlich. „Aber nur, wenn wir bei den Getränken sparen. Wir müssen irgendwo Abstriche machen."

Kjell lachte und hob triumphierend die Hände. „Abgemacht! Du bekommst die teuren Tischdekorationen, und ich sorge dafür, dass keiner unserer Gäste durstig bleibt."

Die Vorbereitungen zogen sich weiter hin, und es dauerte nicht lange, bis die ersten emotionalen Hürden aufkamen. Während sie sich gemeinsam über Dekorationen, Menüs und Sitzordnungen den Kopf zerbrachen, gab es immer wieder Momente, in denen die Realität ihrer bevorstehenden Hochzeit auf sie niederprasselte.

Eines Abends saßen sie zusammen auf dem Sofa, übermüdet von einem langen Tag der Besprechungen mit

Hochzeitsplanern und Floristen, als Kjell plötzlich etwas sagte, das Masahiro innehalten ließ.

„Glaubst du, dass wir das wirklich durchziehen können?", fragte Kjell leise, ohne Masahiro anzusehen.
Masahiro legte das Hochzeitsmagazin, das er gerade durchgeblättert hatte, beiseite und drehte sich zu ihm. „Was meinst du?"

Kjell zögerte einen Moment, bevor er fortfuhr. „Ich meine... all das hier. Die Hochzeit. Die Erwartungen. Unsere Familien, unsere Freunde... alles. Es ist so viel. Manchmal frage ich mich, ob wir das wirklich schaffen."

Masahiro sah Kjell überrascht an. Kjell war immer derjenige gewesen, der so voller Zuversicht war, der jede Herausforderung mit einem Lächeln anging. Doch in diesem Moment wirkte er unsicher, fast verletzlich.

„Kjell", begann Masahiro leise und legte eine Hand auf seinen Arm. „Es ist normal, dass man Zweifel hat. Eine Hochzeit ist eine große Sache. Aber wir sind zusammen, und wir haben schon so viel geschafft. Wir werden das auch schaffen."

Kjell sah ihn an, seine Augen suchten nach etwas – vielleicht nach Sicherheit, vielleicht nach Bestätigung. „Was, wenn wir scheitern?"

Masahiro spürte, wie sich sein Herz bei diesen Worten zusammenzog. Er zog Kjell näher an sich und flüsterte leise: „Wir werden nicht scheitern. Wir sind ein Team. Und egal, was passiert – ob die Hochzeit perfekt wird oder nicht – am Ende geht es nur um uns. Und das ist das Wichtigste."

Kjell ließ sich in Masahiros Umarmung sinken und schloss die Augen. „Du hast recht. Ich mache mir einfach zu viele Gedanken."

„Das machst du selten", entgegnete Masahiro sanft. „Aber in diesem Fall ist es okay. Es zeigt nur, dass dir das hier wirklich wichtig ist."

Kjell lächelte schwach, seine Stirn gegen Masahiros Schulter gelehnt. „Es ist mir wichtig. Du bist mir wichtig."

„Und du mir", flüsterte Masahiro und drückte Kjell sanft an sich.

Für einen Moment saßen sie einfach nur da, umgeben von der stillen Intimität des Augenblicks. Die Welt um sie

herum   war   verschwunden   –
keine
Hochzeitsvorbereitungen, keine Gästelisten, keine Erwartungen. Nur sie beide, vereint in dem Versprechen, das sie sich gegeben hatten.

Am nächsten Morgen schien Kjells übliche Energie wieder zurückgekehrt zu sein. Er sprang aus dem Bett, zog

Masahiro hinter sich her und erklärte enthusiastisch, dass sie endlich die Blumenarrangements festlegen müssten.

„Ich habe eine großartige Idee", sagte Kjell und schaltete das Licht in der Küche an, während Masahiro langsam den Raum betrat und noch halb verschlafen war.

„Großartige Ideen von dir machen mir immer Angst", murmelte Masahiro, während er nach einer Tasse Kaffee griff.

„Keine Sorge", sagte Kjell und klopfte Masahiro auf die Schulter. „Diesmal ist es wirklich eine großartige Idee. Wir nehmen eine Mischung aus Kirschblüten und weißen Lilien. Es wird perfekt zu deinem Stil passen, und ich kann meine romantischen Vorstellungen durchsetzen."

Masahiro nippte an seinem Kaffee und sah Kjell über den Rand seiner Tasse hinweg an. „Kirschblüten und Lilien... das ist tatsächlich eine gute Idee."

Kjell grinste breit und lehnte sich gegen die Küchentheke. „Ich hab dir doch gesagt, dass ich manchmal gute Ideen habe."

„Manchmal", wiederholte Masahiro mit einem leichten Lächeln.

Die Wochen vergingen, und mit jedem Tag rückte die Hochzeit näher. Masahiro und Kjell hatten es geschafft, ihre unterschiedlichen Vorstellungen zu einem harmonischen Ganzen zu vereinen – zumindest meistens. Doch wie es mit großen Ereignissen oft der Fall ist, schlich sich die Nervosität immer mehr ein, je näher der große Tag rückte.

An einem ruhigen Abend, als beide nach einem langen Tag der Vorbereitungen erschöpft auf dem Sofa lagen, lehnte Kjell sich mit einem Seufzen zurück. „Ich wusste nicht, dass eine Hochzeit so anstrengend sein würde. Warum sagt einem das niemand?"

Masahiro, der einen Stapel von Sitzplänen durchsah, nickte. „Vielleicht wollen sie uns nicht abschrecken."

„Zu spät", murmelte Kjell und schloss die Augen. „Das einzig Gute daran ist, dass ich weiß, dass es am Ende all die Mühe wert ist. Ich meine, am Ende des Tages heiraten wir, richtig?"

Masahiro legte die Papiere zur Seite und sah Kjell an. „Ja, am Ende heiraten wir. Und das ist das Einzige, was zählt."

Kjell öffnete die Augen und grinste müde. „Du wirst ja richtig romantisch, Masahiro."

„Vielleicht färbst du auf mich ab", entgegnete Masahiro trocken, bevor er sich zu Kjell herüberbeugte und ihn sanft auf die Stirn küsste.

Kjell schnurrte fast wie eine Katze und schmiegte sich näher an Masahiro. „Ich wusste, dass du tief in deinem Inneren ein Romantiker bist."

„Tief, tief drin", sagte Masahiro schmunzelnd.

Sie blieben eine Weile so liegen, eingehüllt in die Ruhe des Moments, bis Kjell schließlich leise fragte: „Masahiro... hast du manchmal Angst?"

Masahiro sah ihn überrascht an. „Wovor?"

„Vor allem. Vor der Hochzeit. Vor dem, was danach kommt. Ich meine, was, wenn wir es nicht schaffen? Was, wenn wir irgendwann aufhören, uns zu lieben?"

Masahiro spürte, wie sich sein Herz bei Kjells Worten zusammenzog. Es war selten, dass Kjell solche Zweifel äußerte, und es überraschte Masahiro, dass diese Gedanken Kjell beschäftigten.

„Hör zu", sagte Masahiro leise und legte eine Hand auf Kjells Wange, „ich kann dir nicht versprechen, dass alles immer perfekt sein wird. Niemand kann das. Aber was ich dir versprechen kann, ist, dass ich immer kämpfen werde – für uns. Und ich weiß, dass du das auch tun wirst."

Kjell sah ihn an, seine Augen funkelten vor Zuneigung, aber auch vor leiser Unsicherheit. „Ich weiß. Aber manchmal macht mir der Gedanke an die Zukunft einfach Angst. Es ist alles so... endgültig."

„Endgültig muss nichts Schlechtes sein", sagte Masahiro sanft. „Manchmal bedeutet es einfach, dass wir etwas Wertvolles geschaffen haben, das wir festhalten wollen. Und ich will dich festhalten, Kjell."

Kjell lächelte leicht und legte seine Stirn an Masahiros. „Ich auch. Ich weiß nicht, warum ich manchmal so verrückt spiele."

„Vielleicht bist du einfach verrückt", murmelte Masahiro, und Kjell stieß ihm spielerisch den Ellenbogen in die Seite.

„Vielleicht", sagte Kjell leise lachend, bevor er Masahiro näher an sich zog. „Aber du liebst mich trotzdem."

„Das tue ich", antwortete Masahiro mit einem leichten Lächeln und drückte Kjell sanft an sich. „Mehr, als du dir vorstellen kannst."

Die Tage bis zur Hochzeit schmolzen dahin, und bald war der große Tag zum Greifen nah. Die Anspannung wuchs mit jedem Tag, aber auch die Vorfreude. Masahiro, der sonst immer ruhig und gelassen war, merkte, wie seine Nerven langsam blank lagen. Und Kjell? Nun, er war auf seine eigene Art nervös – was bedeutete, dass er versuchte, noch mehr Humor in jede stressige Situation zu bringen.

„Okay, ich brauche deinen Rat", sagte Kjell eines Nachmittags, als sie die endgültigen Pläne für den Hochzeitstag durchgingen.

„Worum geht's?", fragte Masahiro, während er die Liste der Lieferanten für den Tag überprüfte.

Kjell beugte sich näher und flüsterte verschwörerisch: „Welches Hemd soll ich tragen? Das blaue mit den Streifen oder das weiße mit den dezenten Punkten?"

Masahiro hob den Kopf und sah Kjell ungläubig an. „Das ist dein größtes Problem gerade?"

„Absolut!", antwortete Kjell ernst und hielt die beiden Hemden hoch. „Es ist wichtig, Masahiro. Ich will gut aussehen."

Masahiro seufzte tief und rieb sich die Stirn. „Kjell, das ist unsere Hochzeit. Du wirst gut aussehen, egal was du trägst."

Kjell grinste und legte die Hemden zur Seite. „Du hast recht. Ich sehe immer gut aus."

„Du bist unmöglich", murmelte Masahiro, konnte jedoch das Schmunzeln auf seinen Lippen nicht verbergen.

Kjell lehnte sich zurück und sah Masahiro mit funkelnden Augen an. „Und genau deshalb liebst du mich."

„Vielleicht", antwortete Masahiro trocken, bevor er Kjell mit einem liebevollen Blick bedachte. „Definitiv."

Am Vorabend der Hochzeit saßen sie zusammen auf der Veranda ihrer Wohnung, eingehüllt in dicke Decken, während die Sterne über ihnen funkelten. Die Welt schien still zu stehen, und für einen Moment gab es nur sie beide.

„Kannst du glauben, dass wir morgen heiraten?", fragte Kjell leise, während er seinen Kopf an Masahiros Schulter lehnte.

Masahiro schwieg einen Moment und sah in den klaren Nachthimmel. „Es fühlt sich immer noch ein bisschen surreal an."

„Surreal gut oder surreal schrecklich?", fragte Kjell grinsend.

„Surreal gut", antwortete Masahiro mit einem Lächeln. „Aber auch ein bisschen nervenaufreibend."

Kjell nickte. „Ja, das stimmt. Aber ich denke, das gehört dazu."

„Vermutlich", sagte Masahiro nachdenklich. „Aber egal, was morgen passiert, ich weiß, dass wir das Richtige tun."

Kjell hob den Kopf und sah Masahiro ernst an. „Das weiß ich auch. Es wird vielleicht nicht perfekt, aber es wird uns gehören."

„Genau", sagte Masahiro leise und drehte sich zu Kjell, seine Stirn sanft an Kjells lehnend. „Es wird unser Tag sein."

Der Morgen der Hochzeit brach an, und obwohl Masahiro versucht hatte, ruhig zu bleiben, spürte er die Schmetterlinge in seinem Bauch heftiger denn je. Er stand vor dem Spiegel, die Hände leicht zitternd, als er versuchte, seine Krawatte zu binden. Kjell, der immer die Ruhe in Person zu sein schien, war noch im anderen Zimmer, wahrscheinlich damit beschäftigt, das „perfekte" Hemd zu wählen – ein Thema, das in den letzten Tagen deutlich mehr Aufmerksamkeit bekommen hatte, als Masahiro jemals erwartet hätte.

„Warum ist das so kompliziert?", murmelte Masahiro vor sich hin, als er zum dritten Mal die Krawatte neu anlegte. In diesem Moment kam Kjell ins Zimmer, in einem perfekt sitzenden Anzug und einem strahlenden Lächeln im Gesicht. „Brauchst du Hilfe?"

Masahiro sah Kjell im Spiegel an und konnte nicht anders, als leicht zu lächeln. „Ich dachte, ich hätte das mit der Krawatte irgendwann mal gelernt."

Kjell trat näher, nahm ihm die Krawatte aus der Hand und begann, sie mit geübten Bewegungen zu binden. „Du bist einfach nervös. Aber das ist okay. Ich bin auch nervös, und das passiert mir selten."

„Selten?" Masahiro hob eine Augenbraue. „Du wirkst nie nervös."

„Das ist meine Superkraft", sagte Kjell grinsend, während er die Krawatte zurechtrückte und Masahiro prüfend musterte. „Und jetzt siehst du perfekt aus. Bereit für den großen Tag?"

Masahiro atmete tief durch, spürte, wie sich die Nervosität in seinem Magen legte, als er Kjells ruhigen Blick auffing. „Ja. Jetzt bin ich bereit."

Kjell legte eine Hand auf Masahiros Schulter und sah ihm tief in die Augen. „Egal, was heute passiert – egal, ob etwas schiefgeht oder nicht – das Wichtigste ist, dass wir am Ende des Tages verheiratet sind."

Masahiro nickte langsam und konnte nicht anders, als Kjell noch einen Moment länger anzusehen. Er war immer so ein Fels in der Brandung, selbst in den chaotischsten Momenten. Masahiro wusste, dass es keine andere Person auf der Welt gab, mit der er diesen Schritt gehen wollte.

„Ich liebe dich", sagte Masahiro leise, ohne den Blick von Kjells Augen abzuwenden.

Kjells Gesicht erhellte sich, und er zog Masahiro sanft zu sich. „Ich liebe dich auch. Und jetzt lasst uns heiraten."

Die Zeremonie fand in einem kleinen, malerischen Garten statt, umgeben von blühenden Kirschbäumen, die sanft ihre Blütenblätter in den Wind streuten. Der Tag war klar und mild, fast als hätte das Universum beschlossen, Masahiro und Kjell diesen besonderen Moment zu schenken. Familie und Freunde hatten sich in einem Halbkreis um die beiden versammelt, und als Kjell und Masahiro vor den Traualtar traten, schien die Zeit für einen Moment stillzustehen.

Masahiro hatte sich nie als jemanden gesehen, der an Hochzeiten oder große Feierlichkeiten glaubte. Aber als er Kjell gegenüberstand und in seine strahlenden Augen sah, fühlte er, wie sich die ganze Welt um ihn herum auf diesen einen Moment konzentrierte. Kjell war die einzige Konstante in seinem Leben, die Person, die ihn aus seiner Komfortzone lockte und ihm zeigte, wie schön das Leben sein konnte, wenn man es nicht zu ernst nahm.

Die Zeremonie verlief ruhig und berührend. Als der Moment kam, ihre Gelübde zu sprechen, hielt Kjell inne, bevor er begann, seine Worte sorgfältig zu wählen.

„Masahiro", begann Kjell, seine Stimme war ruhig, aber voller Emotion. „Du hast mir beigebracht, was es bedeutet, jemanden wirklich zu lieben. Du bringst Ruhe in mein Chaos, und ich kann mir niemanden vorstellen, mit dem ich diesen Weg gehen möchte, außer dir. Ich verspreche dir, immer bei dir zu sein – in den chaotischen Momenten, in den ruhigen, in den schwierigen und den schönen. Mit dir an meiner Seite weiß ich, dass wir alles schaffen können."

Masahiro spürte, wie seine Kehle eng wurde. Er hatte nie gedacht, dass ihn Worte so tief treffen könnten, aber Kjell schaffte es, genau die richtigen zu finden. Als er an der Reihe war, seine Gelübde zu sprechen, hielt er einen Moment inne, um seine Gedanken zu sammeln.

„Kjell", begann Masahiro leise, seine Stimme zitterte leicht. „Du hast mein Leben auf eine Art verändert, die ich nie für möglich gehalten hätte. Du forderst mich heraus, bringst mich zum Lachen und zeigst mir jeden Tag, wie viel Spaß das Leben haben kann. Ich verspreche, immer für dich da zu sein – in guten und in schlechten Zeiten. Und egal, was die Zukunft für uns bereithält, ich weiß, dass wir es gemeinsam meistern werden."

Als sie sich schließlich die Ringe ansteckten, spürte Masahiro, wie sich eine Welle der Erleichterung und Freude in ihm ausbreitete. Dieser Moment war es, worauf alles hinausgelaufen war – der Beweis, dass ihre Liebe stärker war als alle Unsicherheiten und Ängste, die sie auf diesem Weg begleitet hatten.

Nach der Zeremonie folgte der Empfang, und obwohl Masahiro und Kjell sich geschworen hatten, die Feier klein und intim zu halten, war der Abend alles andere als ruhig. Kjells Familie hatte, wie zu erwarten war, das Ruder übernommen und sorgte für ausgelassene Stimmung. Sogar Masahiros Eltern, die sonst eher zurückhaltend waren, ließen sich von der festlichen Atmosphäre mitreißen.

„Ich habe dir doch gesagt, dass meine Familie die beste Party macht", sagte Kjell triumphierend, als er und Masahiro für einen Moment zur Seite traten, um die Szene zu beobachten.

Masahiro lachte leise und lehnte sich an Kjell. „Ich glaube, du hattest recht."

Kjell grinste und zog Masahiro näher zu sich. „Das wird jetzt aber zur Gewohnheit – dass du mir zustimmst."

„Mach dir nichts draus", murmelte Masahiro und legte den Kopf auf Kjells Schulter. „Ich werde es wahrscheinlich nicht oft wiederholen."

Kjell lachte und küsste ihn sanft auf den Scheitel. „Das macht es umso wertvoller."

Die Feier dauerte bis spät in die Nacht, und Masahiro fühlte, wie die letzten Spannungen von ihm abfielen. Alles war perfekt gelaufen – vielleicht nicht perfekt im traditionellen Sinne, aber es war genau das, was sie beide gewollt hatten. Es war ihr Tag gewesen, und das war alles, was zählte.

Später in der Nacht, als die Gäste gegangen waren und die Sterne am Himmel funkelten, saßen Masahiro und Kjell zusammen auf einer kleinen Bank am Rande des Gartens. Die Luft war kühl, aber angenehm, und die Stille um sie herum war wie ein beruhigender Abschluss eines langen, ereignisreichen Tages.

„Wir haben es geschafft", flüsterte Kjell leise, als er Masahiros Hand nahm.

Masahiro nickte und drückte Kjells Hand sanft. „Ja, das haben wir."

„Und jetzt?", fragte Kjell mit einem Lächeln. „Was kommt als Nächstes?"

Masahiro lehnte sich zurück, schloss die Augen und atmete tief ein. „Was immer wir wollen."

Kjell lachte leise und legte seinen Kopf an Masahiros Schulter. „Das klingt perfekt."

Kapitel 27: Die Reise nach dem Happy End

Masahiro und Kjell hatten es geschafft – sie waren offiziell verheiratet. Und obwohl der Trubel der Hochzeit nun hinter ihnen lag, war ihnen klar, dass das Leben nicht plötzlich zur Routine werden würde. Denn bei ihnen gab es nie wirklich so etwas wie Routine. Nicht mit Kjell an seiner Seite, dachte Masahiro oft – und diese Vermutung bewahrheitete sich gleich am ersten Tag ihrer Hochzeitsreise.

„Also", begann Kjell, während sie auf dem Weg zum Flughafen im Taxi saßen, „ich habe eine kleine Überraschung für dich."

Masahiro hob eine Augenbraue und sah Kjell misstrauisch an. „Kleine Überraschungen von dir sind oft alles andere als klein."

Kjell grinste, seine Augen funkelten vor Aufregung. „Das ist es, was das Leben mit mir so spannend macht."

„Spannend", wiederholte Masahiro trocken. „Das ist eine interessante Wortwahl."

„Du wirst es lieben", sagte Kjell und legte eine Hand auf Masahiros Knie. „Vertrau mir."

„Vertrauen?", fragte Masahiro mit einem skeptischen Blick. „Soll ich mich daran erinnern, dass du das letzte Mal, als du mich überrascht hast, fast in einem Wald verlaufen bist?"

Kjell lachte laut. „Das war ein Abenteuer, Masahiro! Und wir haben es überlebt, also zählt das doch als Erfolg."

„Für dich vielleicht", murmelte Masahiro und wandte den Blick nach draußen, konnte jedoch das Schmunzeln nicht unterdrücken.

Als sie am Flughafen ankamen und die Tickets in der Hand hielten, starrte Masahiro die Buchung verblüfft an. „Hokkaido?", fragte er und sah Kjell an, der ihn mit einem triumphierenden Lächeln ansah.

„Ich dachte, wir machen es klassisch", sagte Kjell und zwinkerte. „Zurück zu den Wurzeln."

Masahiro spürte, wie sich ein warmes Gefühl in seiner Brust ausbreitete. Hokkaido war der Ort, an dem ihre Geschichte wirklich begonnen hatte, und obwohl es eine unerwartete Wahl für eine Hochzeitsreise war, war es irgendwie auch perfekt.

„Du bist wirklich ein hoffnungsloser Romantiker, weißt du das?", sagte Masahiro und schüttelte den Kopf.

„Ich weiß", antwortete Kjell, legte seinen Arm um Masahiros Schultern und zog ihn näher. „Und du liebst es."

„Manchmal frage ich mich, warum", sagte Masahiro, konnte jedoch das Lächeln nicht verbergen.

Die Reise nach Hokkaido verlief reibungslos, und als sie schließlich in ihrem Hotelzimmer ankamen, konnte Masahiro nicht anders, als einen Moment innezuhalten. Das Zimmer war luxuriös, aber dennoch gemütlich – mit einem riesigen Fenster, das den Blick auf die verschneiten Berge freigab, und einem Kamin, der bereits knisternd vor sich hin brannte.

„Also", begann Kjell, als er sich auf das Bett warf und Masahiro ansah. „Wie fühlt es sich an, verheiratet zu sein?"

Masahiro lehnte sich gegen den Türrahmen und verschränkte die Arme. „Es fühlt sich... gut an. Seltsam, aber gut."

„Seltsam?", fragte Kjell mit einem schelmischen Grinsen. „Was ist daran seltsam?"

„Es ist nur…", Masahiro zögerte kurz, bevor er fortfuhr, „ich dachte immer, Heiraten würde sich wie das Ende einer Geschichte anfühlen. Aber jetzt, da wir hier sind, fühlt es sich eher an wie ein neuer Anfang."

Kjell nickte langsam und setzte sich auf. „Genau das ist es. Es ist ein neuer Anfang – für uns beide."

Masahiro trat näher, setzte sich neben Kjell auf das Bett und sah ihn an. „Du machst mich manchmal sprachlos, weißt du das?"

„Ich weiß", antwortete Kjell grinsend, lehnte sich näher und ließ seine Finger sanft über Masahiros Wange streichen. „Das ist eine meiner vielen Talente."

Masahiro lachte leise und legte seine Hand auf Kjells, zog ihn näher. „Und du weißt, dass du unmöglich bist, oder?"

„Absolut", sagte Kjell und schloss die Augen, als ihre Lippen sich trafen.

Es war ein Kuss, der all die Momente in sich trug, die sie zusammen erlebt hatten – die Herausforderungen, die Höhen, die Tiefen. Und in diesem Moment spürte Masahiro, dass sie gemeinsam alles bewältigen konnten, was das Leben ihnen in den Weg stellte.

Die Tage in Hokkaido vergingen in einer angenehmen Mischung aus Erkundungen und ruhigen Momenten. Sie besuchten bekannte Orte, an denen sie früher gewesen waren, lachten über Erinnerungen und schufen neue. Kjell, der immer für Abenteuer zu haben war, schleppte Masahiro auf Wanderungen durch den Schnee, die überraschend schön und ruhig waren.

„Siehst du?", sagte Kjell eines Nachmittags, als sie an einem zugefrorenen See standen und den Blick auf die Berge genossen. „Das ist die perfekte Hochzeitsreise."

Masahiro sah ihn von der Seite an. „Das gebe ich ungern zu, aber... ja, du hattest recht."

Kjell drehte sich zu ihm um, sein Gesicht voller Zufriedenheit. „Du hast es gesagt! Ich hatte recht."

„Das wird dir nicht oft passieren", entgegnete Masahiro trocken, konnte jedoch nicht verhindern, dass er Kjell einen sanften Kuss auf die Lippen drückte.

„Ich werde diesen Moment in mein Gedächtnis einbrennen", sagte Kjell grinsend und legte seine Arme um Masahiros Taille. „Vielleicht solltest du öfter zugeben, dass ich recht habe."

„Das wäre nicht gut für dein Ego", antwortete Masahiro mit einem schiefen Lächeln, bevor er sich von Kjell löste und ein Stück weiter den Weg entlangging.

Kjell lachte laut und folgte ihm. „Mein Ego könnte es vertragen!"

Am letzten Abend ihrer Hochzeitsreise kehrten sie in ihr Hotelzimmer zurück, erschöpft, aber glücklich. Kjell warf sich auf das Bett und starrte an die Decke. „Das war die beste Woche meines Lebens."

Masahiro setzte sich neben ihn und lächelte. „Ja, es war wirklich perfekt."

Kjell drehte sich zu ihm um und griff nach seiner Hand. „Was denkst du? Was kommt jetzt?"

Masahiro schwieg einen Moment und dachte nach. „Ich denke... das Leben. Unser Leben. Zusammen."

Kjell nickte und zog Masahiro näher. „Das klingt ziemlich gut."

„Ja", sagte Masahiro leise, als er sich an Kjells Brust lehnte. „Das tut es."

Die Nacht war tief und still, als Masahiro und Kjell eng aneinander gekuschelt auf dem Bett lagen. Das Knistern des Kamins war das einzige Geräusch, das die Stille durchbrach. Masahiro, dessen Kopf auf Kjells Brust ruhte, lauschte dem langsamen, gleichmäßigen Rhythmus von Kjells Atem. Es war ein Moment purer Ruhe – eine Seltenheit, die sie beide zu schätzen wussten.

„Masahiro?", flüsterte Kjell plötzlich, seine Stimme leise, als ob er den Moment nicht zerstören wollte.

„Hm?", murmelte Masahiro verschlafen, ohne sich zu bewegen.

„Denkst du, wir könnten für immer so bleiben?", fragte Kjell, und Masahiro konnte das leise Lächeln in seiner Stimme hören.

„Für immer hier in Hokkaido, in diesem Bett?", fragte Masahiro mit einem sanften Lächeln.

Kjell lachte leise und zog ihn etwas näher an sich. „Nicht unbedingt in diesem Bett, aber ja... einfach wir beide, in unserer kleinen Blase. Keine Außenwelt, keine Sorgen."

Masahiro hob den Kopf und sah Kjell in die Augen. „Die Außenwelt wird immer da sein, aber... ich denke, wir können uns diese Momente bewahren. Die Momente, in denen alles still steht, nur wir beide."

Kjell nickte langsam, und sein Blick wurde weicher. „Das klingt gut. Sehr gut sogar."

„Du wirst doch nicht etwa sentimental?", neckte Masahiro mit einem schiefen Lächeln.

„Hey!", protestierte Kjell, zog Masahiro spielerisch näher und drückte einen Kuss auf seine Stirn. „Ich darf wohl auch mal sentimental sein. Es ist unsere Hochzeitsreise."

„Das stimmt", sagte Masahiro leise und ließ sich wieder an Kjells Seite sinken. „Das darfst du."

Für einen Moment herrschte wieder Stille, und Masahiro fühlte, wie die Müdigkeit langsam von ihm abfiel. Doch bevor er einschlafen konnte, spürte er Kjells Finger sanft über seinen Rücken wandern.

„Was machst du da?", fragte Masahiro leise, seine Stimme war ein wenig verschlafen.

„Ich denke nach", antwortete Kjell, ohne aufzuhören, Masahiro sanft zu streicheln. „Über uns. Über die Zukunft."

„Kjell, wir haben den ganzen Tag über die Zukunft gesprochen", murmelte Masahiro, schloss die Augen und genoss die sanften Berührungen.

„Ja, aber es gibt so viele Dinge, die wir noch erleben müssen", sagte Kjell, seine Stimme jetzt etwas lebhafter. „Stell dir vor, wo wir in fünf Jahren sein könnten. Oder in zehn Jahren. Denkst du, wir werden immer noch die gleichen Menschen sein?"

Masahiro öffnete die Augen und drehte sich leicht, sodass er Kjell in die Augen sehen konnte. „Nein, wir werden uns verändern. Aber das ist nicht schlecht. Es ist wichtig, dass wir wachsen, uns weiterentwickeln – zusammen."

Kjell lächelte und zog Masahiro wieder in eine Umarmung. „Zusammen, ja. Das ist das Einzige, was zählt."

Am nächsten Morgen erwachten sie früh, als das erste Licht des Tages durch das große Fenster fiel. Der Schnee vor dem Hotel glitzerte im sanften Morgenlicht, und die Stille des frühen Morgens verlieh dem Moment eine fast magische Qualität.

Kjell streckte sich, warf Masahiro einen verschlafenen Blick zu und grinste. „Bereit für den letzten Tag unseres Abenteuers?"

„Letzter Tag in Hokkaido", korrigierte Masahiro, während er langsam aus dem Bett stieg. „Unser Abenteuer hat gerade erst begonnen."

Kjell lachte und zog die Decke über seinen Kopf. „Du wirst wirklich gut darin, mich mit meinen eigenen Worten zu schlagen."

„Ich lerne vom Besten", entgegnete Masahiro mit einem verschmitzten Lächeln und warf einen Blick auf den verschneiten Berggipfel in der Ferne. „Was machen wir heute?"

Kjell sprang aus dem Bett, voller Energie, und grinste. „Ich dachte an einen Ausflug zu den heißen Quellen. Es gibt nichts Besseres, als in heißem Wasser zu entspannen und sich den Schnee um die Ohren wehen zu lassen."

Masahiro nickte zustimmend. „Das klingt perfekt. Lass uns das tun."

Ein paar Stunden später fanden sie sich in einer abgelegenen heißen Quelle wieder, umgeben von schneebedeckten Bäumen und Felsen, die eine fast unwirkliche Kulisse boten. Der Dampf stieg aus dem heißen Wasser auf und verschmolz mit der kühlen Winterluft. Masahiro lehnte sich entspannt zurück, das warme Wasser umspülte seine Haut, während Kjell sich neben ihn setzte, das Wasser plätscherte leise um sie herum.

„Das ist es", sagte Kjell zufrieden. „So sollten wir jeden Tag leben."

„Jeden Tag?", fragte Masahiro und schloss die Augen. „Du weißt schon, dass das hier nicht realistisch ist, oder?"

„Träumen ist aber erlaubt", antwortete Kjell, und Masahiro spürte, wie sich seine Hand sanft auf seine legte. „Und ehrlich gesagt, fühle ich mich, als wäre das hier der Traum."

Masahiro öffnete die Augen und sah Kjell an. „Wenn das ein Traum ist, will ich nicht aufwachen."

Kjell grinste und drückte Masahiros Hand. „Dann lass uns einfach nie aufwachen."

Die Stille, die sie umgab, war beruhigend. Das leise Zischen des Wassers, das Knistern der Natur um sie herum – es fühlte sich an, als gehörte dieser Moment nur ihnen. Kjell drehte sich zu Masahiro, ein schiefes Lächeln auf den Lippen.

„Ich weiß, du willst es nicht hören, aber ich werde es trotzdem sagen: Ich liebe dich."

Masahiro blinzelte überrascht und sah Kjell an. „Warum denkst du, dass ich das nicht hören will?"

„Weil du es nicht oft hörst", neckte Kjell und rückte näher. „Und weil ich es gerne sage."

Masahiro lachte leise, ließ Kjell gewähren und zog ihn sanft zu sich. „Sag es so oft du willst, ich werde es nie leid."

„Dann wirst du es wohl noch sehr oft hören", flüsterte Kjell, bevor er Masahiro sanft küsste.

Als der Tag zu Ende ging und die Sonne langsam hinter den Bergen verschwand, machten sie sich auf den Rückweg ins Hotel. Der Schnee fiel nun dichter, aber die Kälte störte sie nicht – sie fühlten sich warm, erfüllt und einander näher denn je.

„Ich glaube, das war die beste Hochzeitsreise, die ich mir vorstellen konnte", sagte Kjell, als sie durch die schneebedeckten Straßen gingen.

„Ja", stimmte Masahiro zu und griff nach Kjells Hand. „Es war perfekt."

Kjell sah ihn an, seine Augen leuchteten im schwindenden Licht. „Weißt du, was das Beste ist?"
„Was?"

„Das ist erst der Anfang."

© 2024 Akiko Soul
Verlag: BoD · Books on Demand GmbH,
In de Tarpen 42, 22848 Norderstedt
Druck: Libri Plureos GmbH, Friedensallee 273,
22763 Hamburg
ISBN: 978-3-7693-0003-1

Impressum

Nicole Kinde
Berlinerstrasse 26
58791 Werdohl
© nicolekinde77@outlook.com
© Cover by Nicole Kinde